读客外国小说文库

激发个人成长

一个被出卖的杀手

[英]格雷厄姆·格林 著 傅惟慈 译

江苏凤凰文艺出版社

目 录

第一章 001
第二章 035
第三章 097
第四章 129
第五章 173
第六章 201
第七章 211
第八章 257

第一章

一

莱文并不把谋杀当回事。他只不过在做一项新工作。干起来需要小心，得用脑子。杀人与仇恨无关。过去，他只见过部长一面：有人把他指给莱文看过，当时部长正从悬着小灯的圣诞树中间穿过一个新住宅区。部长穿得邋里邋遢，没有朋友，人们说他爱的是全人类。

在欧洲大陆宽阔的街道上，冷风刮得莱文脸生疼。不过这倒是个很好的借口，可以翻起大衣领子，把嘴遮住。干这行事豁嘴是个非常不利的条件。他的裂唇小时候缝得很糟糕，直到现在，上嘴唇还扭曲着，留下一个疤痕。一个人要是带着这么一个鲜明的标记，干事的时候，手段自然也就得毒辣了。从第一次干这种买卖起，莱文就不得不把每一个可能的目击者都消灭掉。

莱文夹着一个公文包，同任何一个下班回家的年轻人没有什么两样。他的黑大衣有点儿神职人员的派头。他在街上健步行走的样子同成百个同等身份的人也毫无差别。薄暮初降，一辆从身旁开过去的电车已经亮起灯来。他没有上这辆车。你也许会认为他是一个俭朴的年轻人，省钱养家。也许现在他就是去会女朋友。

但是莱文从来没有女朋友。豁嘴妨碍了他交朋友。还很小的时候，他就知道了豁嘴多么叫人恶心。他走进一幢灰色的高大的楼房，从楼梯走上去——一个怀着满腔怨气、乖戾、狠毒的身影。

他在最顶层的公寓套间外边把公文包放下，戴上了手套。他从衣袋里取出一把剪刀，剪断了电话线；电话线是从门框上边沿着电梯升降机井通到外面去的。之后，他按响了门铃。

他希望只有部长一个人在家。这套位于最顶层的公寓房就是这位社会主义者的住宅。他一个人住在这儿，室内布置极其简单。莱文被告知说，他的秘书每天下午六点半离开这里。他对自己的雇员是很体贴的。但是莱文来得稍早一些，部长又拖延了半个小时。开门的是个女人，一个戴着夹鼻眼镜、镶着几颗金牙、一把年纪的女人。她的帽子已经戴在头上，大衣搭在胳膊上。她马上就要离开这儿，有人把她耽搁住叫她非常生气。不容莱文开口，她就用德国话抢白他说："部长现在有事。"

他想放过她的，倒不是他对多杀一个人有什么顾虑，而是因为他的雇主不愿意他干超出他们要求范围的事。他一句话不说地把介绍信递过去。只要她没听到他的外国口音，没发现他的兔唇，她的命就保得住。她一本正经地接过信，举到眼镜前面。不错，他想，这个女人是近视眼。"你先在外边等一会儿。"她说，转身走进屋里。他听到屋内传来她那女管家似的、唠唠叨叨的声音，随后，她从门道里走出来，说："部长可以见你。请跟我来。"他听不懂她说的外国话，但是从她的姿势，他知道她的意思。

他的眼睛像一架暗藏的照相机，一下子就拍下了屋内的一切：书桌、扶手椅、墙上的地图、通向里间卧室的门，俯瞰光亮、寒冷的圣诞节街道的大窗户。这个房间唯一的取暖设备是一个小煤油炉。部长现在正用它烧着一口平底锅。书桌上，一只厨房用的闹钟正指着七点。一个声音说："艾玛，再放一个鸡蛋吧。"部长从卧室里走出来。他已经尽力把身上的衣服弄弄干净，但是忘记掸掉裤子上的烟灰了，手指上还沾着墨迹。女秘书从书桌的一只抽屉里拿出一个鸡蛋。"还有盐，别忘了盐。"部长说。他用缓慢的英语解释说："放一点儿盐，鸡蛋壳就不裂了。坐下，我的朋友。别客气。艾玛，你可以走了。"

莱文坐下来，眼睛盯住了部长的前胸。他在想：我根据这只闹钟给她三分钟时间，让她走远。他的视线继续锁定部长的前胸，想：就是那里，我的枪会打穿它。他把外衣的领子放了下来，他看见这个老头儿看到他的豁嘴唇后，目光往旁边一闪，感到无比气愤。

部长说："我已经有几年没听到他的消息了。但是我从来没有忘记过他，从来没有。我可以给你看看他的照片，在另外一间屋子里。他还记着我这个老朋友，真是太好了。他现在已经是个有钱有势的人了。回去以后，你一定得问问他，还记不记得当初……"一阵铃声突然刺耳地响起来。

莱文想：电话？我已经把线掐断了。铃声搅扰了他的神经。但那不过是书桌上的闹钟在响。部长关上闹钟。"煮好了一个鸡蛋。"他说完便俯身到平底锅上。莱文打开了公文包，公文包的盖子上塞着一支安着消音器的自动手枪。部长说："很对不起，闹钟把你吓了一跳。你知道，我喜欢鸡蛋只煮四分钟。"

过道上传来一阵脚步声。门开了。莱文在椅子上气冲冲地转过身去，他的豁嘴唇在发亮、刺痛。进来的是女秘书。他想：我的上帝，看看这家人，别人想干净利落地把事做完，他们都不让。他忘记了自己的嘴唇，只感到气恼、怨恨。她的金牙闪了闪，走进屋子，有些讨好又有些一本正经的样子。她说："我正往外走，突然听见电话响了起来。"说到这里，她把身子一闪，脸转到一边儿去，这是她看见他畸形的嘴唇、不想叫他感到难堪的表示。但是她做得太笨拙了，这一切都被莱文看在眼里。这就宣判了她的死刑。莱文从公文包里掏出手枪，朝部长脊背上开了两枪。

部长摔倒在煤油炉上，平底锅打翻了，两个鸡蛋打碎在地上。莱文在部长的脑袋上又补了一枪。为了打得准，他的身子靠在书桌上，把子弹射进头骨下面，他的脑袋像个陶瓷娃娃似的开了花。然后他转过身来，对着女秘书。她对他哼叫着，说不出话，唾沫止不住地从她衰老的嘴里流下来。他想她是在求他饶命。他又扳动了一下扳机。她的身体摇摆了一下，好像被某只动物从侧面踢了一脚。但他失手了。很可能她身上不时髦的衣服，那些把她身体掩盖起来、绷带似的无用布料阻碍了他的瞄准。另外，她的身体也确实结实，他几乎不敢相信自己的眼睛：不等他补一枪，她已经跑出屋门，砰的一声将门在身后关上。

但是她无法锁上房门，钥匙在莱文这一边。他拧着门把手使劲推了一下。那个老女人力气大得惊人，他只把门推动了两英寸。她开始扯直了嗓子尖叫救命起来。

不容再浪费时间了。他从门前退后两步，对准门板开了两枪。他听见夹鼻眼镜落到地上摔碎的声音。门外又尖叫了一声就不再叫了，接着又传来另外一种声音，好像她正在呜咽。这是她体内的气体从伤口透出来的声音。莱文心里踏实了。他转回身来又看了看部长。

他得留下某个线索，销毁另一个。介绍信在桌子放着。他把信装在口袋里，又把一张纸片塞在部长僵硬的手指间。莱文一点儿好奇心也没有：介绍信他只随便地看了一眼，信末尾的署名是个绰号，没有给他留下任何印象。他办事是很靠得住的。他向屋子四周扫视了一遍，看看有没有什么痕迹留下。公文包同自动手枪应该留在这里。事情非常简单。

他打开卧室的门，眼睛又把室内的景象拍摄下来：一张单人床、一把木椅、一口积满尘埃的衣橱；一幅照片，照片上是个年轻的犹太人，下巴上有一块疤痕，好象有人在那里打了一棒子；两把棕色的木质发梳，柄上写着J.K.两个首字母。到处是烟灰。这是一个邋里邋遢的孤独老人的家，也是国防部长的家。

门外又传来低低的乞求声，听来非常真切。莱文把自动手枪拿起来。谁会想到一个老妇人气会这么长呢？他的神经又跳动了一下，正像闹钟刚才给他的震动一样，好像一个幽灵在干扰人世间的事。他打开书房的门。因为她的身体堵在门上，他不得不使了一些力气。看起来她已经完全断气了，但他还是用手枪确认了一下才放心。手枪几乎触到她的眼睛。

该赶快离开这儿了。他把手枪随手揣在身上。

一个被出卖的杀手 007

二

暮色落下来以后,他俩把身体往一块儿靠了靠,坐在那里轻轻地颤抖。他俩坐在双层公共汽车灯光明亮、烟雾迷蒙的上层车厢里,公共汽车正开向哈默史密斯[1]。商店的橱窗像闪闪发光的冰块,她喊了一句:"看呀,下雪啦!"汽车驶过一座桥的时候,几大片雪花飘过去,像纸片一样落到幽暗的泰晤士河里。

他说:"只要车一直往前开,我就感到很快乐。"

"咱们明天还会见面——吉米。"她总是不习惯喊他的名字,像他这样一个又粗又壮的人,叫这个名字真有点儿可笑。

"叫我不能心安的是夜晚。"

她笑起来:"夜晚总会过去的,"但是她的神情马上变得严肃了,"我也很快活。"想到幸福和快乐时,她总是严肃的。她更愿意在悲哀、不幸的时候放声大笑。对于她关心和喜爱的事,她无法不严肃对待。在幸福的时刻,她就不禁想到所有那些会破坏

---

[1] 伦敦哈默史密斯-富勒姆区自治市。——编者注(本书中注释如无特别说明,均为译注。)

幸福的东西，幸福就使她肃穆起来。她说："如果发生战争，那实在太可怕了。"

"不会发生战争的。"

"上次大战就是一起谋杀案引起的。"

"上次被刺杀的是个皇太子。这可只不过是个老政治家。"

她说："说话当心些。你会泄露机密的——吉米。"

"去他妈的，什么机密。"

她开始哼唱她买的唱片上的一首曲子："对于你这只是公园。"大片大片的雪花从窗外飘过去，落在人行道上，"一个男人从格陵兰带来的一朵雪莲。"

他说："这首歌真没意思。"

她说："这首歌非常美——吉米。我就是不能叫你吉米。你不是吉米。你的个头太大了。麦瑟尔探长。人们爱拿警察的大皮靴开玩笑，都是因为你这种大块头。"

"那你为什么不叫我'亲爱的'呢？"

"亲爱的，亲爱的，"她用舌和嘴唇试着发这个词的声音，她的嘴唇像冬青结的小红果一样鲜艳，"啊，不成，"她最后决定说，"等咱们结了婚，再过十年，我会这么叫你的。"

"好吧，那叫'心爱的'怎么样？"

"心爱的，心爱的。我不喜欢这个。听起来就像我已经认识你很久很久似的。"公交车经过一家卖油炸鱼的小店，向山上驶去。小店的火盆里冒着红红的火苗，一股烤栗子的香气扑鼻而来。汽车已经快到站了，再过两条街，从教堂旁边往左一转就要到家了。已经看得到拐角的教堂，它的尖顶像一根冰柱似的耸立在一片屋顶上。离家越近，她的心越感到沉重；离家越近，她的声音就越轻。她努力不去想那些事物：剥落的糊墙纸；通到她卧室的长长的楼梯；要同布鲁尔太太一起吃的冰冷的晚餐；第二天还得再去职业介绍所，也许又是一个外地的工作，要离开他。

麦瑟尔沉重地说："你不像我喜欢你那样喜欢我。我再看到你差不多要过二十四小时。"

"如果我找到个工作，那就比二十四小时还要长了。"

"你才不在乎呢，你一点儿也不在乎。"

她攥住了他的胳膊。"看，看那个海报。"但是在他透过雾气蒙蒙的玻璃往外看时，汽车已经开过去了。"欧洲在动员"像一块石头似的压在她心上。

"广告上写着什么？"

"还是那个暗杀事件。"

"你怎么老是念念不忘这件事？已经过了一个星期了。跟我们一点儿关系也没有。"

"不，才不是没关系，对吧？"

"如果那件事发生在咱们这儿，我们早就把刺客给逮住了。"

"我真不懂，为什么他要这么干。"

"还不是政治问题、爱国主义什么的。"

"好了，我到了，也许还是下车的好。别那么垂头丧气的样子。刚才你不是还说你挺快活吗？"

"那是五分钟以前。"

"哦，"她又有些轻松又有些沉重地叹息了一声，"这些天日子过得多么快啊。"他俩开始在一盏路灯下接吻，她需要把脚尖踮起来才够得着他。他虽然有些沉闷和迟钝，但他还是能像一条大狗那样给人安慰的，但如果是一条狗，就不会被凄惨地打发到寒冷和黑暗中去了。

"安，"他说，"咱们结婚吧，好不好？过了圣诞节就结婚。"

"咱们一个子儿也没有，"她说，"这你知道。一个子儿也没有——吉米。"

"我会加薪的。"

"快走吧，你上班要迟到了。"

"去他的吧。你不喜欢我。"

她逗弄他说："一点儿也不喜欢——亲爱的。"她转身向54号门牌走去，一边走一边暗自祈祷：让我赶快弄到点儿钱吧，这次让这个继续下去吧。她对自己一点儿也没有信心。一个人从她身旁走过，向街道的另一端走去。他身上穿着一件黑大衣，样子寒冷又有些紧张，生着一个豁嘴。这个人真可怜，这个想法在她的脑子里一闪，但马上就过去了。她打开54号的门，从长长的楼梯往最高的一层走去，地毯到了第二层就没有了。她走进自己的房间，立即在留声机上放了一张新唱片，让那没有意义的歌词和缓慢的、懒洋洋的调子飘进自己的心扉：

  对你这只是

  公园，

  对我这却是

  人间的伊甸。

> 对你这只是
> 蓝色的牵牛花，
> 对我这却是
> 你温柔的碧眼。

生着豁嘴的人又从街上走回来。快速踱步并没有让他温暖过来，他像《白雪皇后》里的小男孩凯[1]，走到哪儿心里都带着冰块。雪花不断从半空飘落下来，掉在人行道上，变成泥浆。从三楼一间亮着灯的房子里飘落下一首歌的歌词，老旧的唱针发出沙哑的声音：

> 他们说这是
> 一个男人从格陵兰带来的雪莲。
> 我说这是你素手的
> 洁白、沁凉和柔纤。

那个人脚步一刻也不停。他从街上穿过，走得很快，一点儿也感受不到冰块在他胸口的刺痛。

---

[1] 安徒生童话《白雪皇后》中的小男孩，因魔镜碎片落进他心中，使他的心变成一团冰块。

三

莱文在"街角冷饮店"靠近一根大理石柱的空台子上坐着。他一点儿兴趣也没有地凝视着列举各种冷饮的长菜单:芭菲、圣代、奶油水果……旁边的桌子上,一个人正在吃黑面包和黄油,喝麦芽饮料。在莱文的盯视下,这人缩了回去,用一张报纸挡住自己的脸。报纸上印着通栏大标题:"最后通牒。"

查姆里穿过一张张桌子,向他走过来。

他是个胖子,手上戴着一只绿宝石戒指,一张方方正正的大宽脸,几重下巴垂在领子上。他的样子像个房地产商,或是买卖女式腰带发了笔横财的人。他在莱文的桌前坐下来,道了一声"晚上好"。

莱文说:"我还以为你不来了呢,查尔—姆恩—德里先生。"他把对方的姓每个音节都清清楚楚说出来。

"查姆里,亲爱的朋友,我的姓是查姆里。"查姆里先生纠正他的发音说。

"怎么发音都没有关系。我猜这不是你的真姓。"

"不管怎么说，是我挑的姓。"查姆里先生说。在他翻看菜单时，像扣着的大瓷碗似的灯罩里射出的明亮灯光照得他的戒指闪闪烁烁。"要一份芭菲吧。"查姆里先生说。

"这种天气还吃冷饮，真是太奇怪了。要是你觉得热，在外面站一会儿就成了。我不想浪费时间，查尔—姆恩—德里先生。您把钱带来吗？我身上一个子儿都没有了。"

查姆里先生说："这里的'少女梦'甜点挺不错。更不用说阿尔卑斯雪糕了。要不就来一份冰激凌圣代？"

"我从离开加来[1]还没吃东西呢！"

"把那信给我，"查姆里先生说，"谢谢你。"他转过来对女侍说："给我一份阿尔卑斯雪糕，加上一杯荷萝利口酒。"

"钱呢？"莱文说。

"在皮包里。"

"都是五英镑一张的？"

"两百英镑怎么可能是小票子。再说钱也不是我给的，"查姆里先生说，"我只不过是中间人。"他的眼睛落在隔壁桌子上的奶油树莓上，目光变得柔和了。"我这人就爱吃甜食。"

"你不想听听那件事吗？"莱文说，"那个老女人……"

"算了，算了，"查姆里先生说，"我什么都不想听。我不过是个中间人。我什么事都不管。我的委托人……"

莱文鄙夷地对他撇了撇自己的豁嘴唇。"你给他们起的这个名字真不错。委托人。"

---

[1] 法国港口城市，位于英吉利海峡最狭窄处。——编者注

014

"怎么我的芭菲还不来？"查姆里先生唠叨道，"我的委托人真都是最好的人。暴力行为——他们认为这是一种战争。"

"我同那个老头儿……"莱文说。

"都在前线的战壕里。"他对自己的幽默得意地轻声笑起来，他的一张大白脸像一块幕布，可以把各种奇怪荒诞的影像投射上去：一只小兔子，一个长着角的人。查姆里先生看到他叫的芭菲盛在一只高脚玻璃杯里端过来，眼睛充满了笑意，闪闪发亮。他又开口说："你的活儿干得很好，很漂亮。他们对你很满意。你现在可以好好休息休息了。"查姆里先生非常肥胖、非常粗俗、非常虚伪，但是看着他坐在那里吃雪糕，奶油从嘴角上往下流，却叫人觉得他是个很有权势的人物。他很富有，好像世界上的东西没有一样不是他的。可是莱文却什么都没有，除了查姆里带来的那只皮包里的钱、他身上的衣服、他的兔唇和那支本应扔下不拿的手枪。莱文说："我该走了。"

"再见，我的朋友，再见。"查姆里一边用吸管吸着甜品一边说。

莱文站起身来，向门外走去。他长得又黑又瘦，生来一副倒霉、受罪的样子，在这些小圆桌子和晶莹的水果饮料中间非常局促不安。他走出冷饮店，穿过圆形广场，顺着沙夫茨伯里大街走下去。商店的橱窗里装饰着花花绿绿的装饰品和圣诞节的小红豆，节日的气氛叫他又兴奋又气恼。他揣在衣袋里的手握得紧紧的，把脸贴在一家时髦女装店的窗户上，不出声地向窗玻璃里冷笑着。一个女店员正俯身在一个模特儿上，这个女孩子的线条很美。莱文的眼睛轻蔑地盯着女孩子的屁股和大腿，心里满是鄙夷。圣诞节的橱窗里有这么多肉出售,他心里想。

因为刻毒的心情暂时被压抑下去,他走进了这家时装店。当女店员向他走过来的时候,他毫不掩饰地把自己的豁嘴露给她看;他感到很开心,如果他有机会拿一挺机枪对着一个画廊开一阵火,他的心情也会是这样的。他说:"橱窗里那件女装。多少钱?"

女店员说:"五几尼。"她没有称呼他先生。他的嘴唇是他的阶级烙印。显而易见,他出身贫穷,父母花不起钱请个高明的外科医生。

他说:"这件衣服挺漂亮,是不是?"

她有意咬文嚼字地说:"是的,这件服装确实很受人欣赏。"

"很软和,很薄。像这种衣服穿的时候得很小心,是不是?是给又有钱又漂亮的人准备的吧?"

她的谎言脱口而出:"这是样品。"她是个女人,什么都瞒不过她,她知道这间小店铺实际上是很寒酸、很低级的。

"一点儿也不俗气,是不是?"

"可不是,"她说,眼睛瞟着窗外一个穿着紫红色西服的肤色浅黑的人,这人正向她张望,"一点儿也不俗气。"

"好吧,"他说,"我就买了吧,给你五镑。"他从查姆里的钱包里取出一张五镑的钞票。

"要不要给你包起来?"

"不用,"他说,"一会儿我的女朋友自己来取。"他用他那发亮的嘴唇对她笑了笑。"你知道,她也挺有风度的。这是你们这儿最好的衣服了吧?"当她点着头,把钞票拿走的时候,他又说:"这件衣服同爱丽丝正好相配。"

于是他走出店铺,来到大街上,心头的轻蔑稍微发泄出去了一点儿。他拐进弗里思街,转过街角,走进一家德国人开的咖啡馆,他在这里有一个房间。没想到,一件叫他吃惊的东西在店里等着他:木桶里立着一株小杉树,杉树上挂着五颜六色的玻璃球,树下还有一个小马槽。他对开这家咖啡馆的老头儿说:"你也相信这个?这种破烂?"

"是不是要打仗啦?"老头儿说,"报上登的太可怕了。"

"那个客店里没有空房的故事我都知道。过去他们过节总是给我们葡萄干布丁吃。恺撒·奥古斯都下了命令[1]。你看,我知道这些事,我受过教育。过去他们总是一年给我们读一次。"

"我经历过一次战争。"

"我讨厌这种过节的气氛。"

"哼,"老头儿说,"对做生意可有好处。"

莱文把圣婴耶稣拿了起来,下面的摇篮也跟着一块儿起来了,是用石膏做的,涂了色,庸俗不堪。"他们后来把他杀了,是不是?你看,整个故事我都知道。我受过教育。"

他走到楼上自己的房间去。屋子没有人整理过,面盆里还盛着脏水,水壶也是空的。他的耳边又响起了那个胖子的语声:"查姆里,我的朋友,我姓查姆里。我的姓应该读作查姆里。"胖子一边说一边晃动着他那闪闪发亮的绿宝石戒指。莱文气呼呼地从

---

[1] 罗马皇帝奥古斯都(公元前63年—公元14年)下令罗马帝国的人民必须进行登记。约瑟与玛利亚夫妇赴大卫城(伯利恒)登记。适玛利亚产期已至,又找不到地方住宿,所以生下耶稣后,放在马槽里。见《新约·路加福音》第二章。

栏杆上朝下大喊:"爱丽丝!"

爱丽丝从旁边一间屋子走了出来,一个邋里邋遢的女孩子,肩膀一边高一边低,一绺像褪了色似的淡黄头发耷拉在脸上。她说:"你用不着这么大喊大叫。"

莱文说:"我的屋子成了猪圈了。你这样对我太不像话了。快去给我收拾收拾。"他在她脑袋瓜上捆了一掌,爱丽丝把头一歪,嘟哝了一句:"你以为你是谁?"她没敢多说什么。

"快收拾,"他说,"你这个驼背的下贱货!"当她趴在床上收拾床铺的时候,他又对她笑起来:"我给你买了件过节的衣服,爱丽丝。这是收据。快去把它取来。漂亮极了。你穿着正合适。"

"你认为这很好笑?"她说。

"这个笑话是我花了五镑钱买来的。快去,爱丽丝,再晚铺子就要关门了。"但是她在下了楼以后还是报复了他一句,她对着楼上喊道:"我的样子再难看也比你的三瓣嘴好看多了。"咖啡馆里的老头儿和大厅里老头儿的老婆,柜台前的顾客,房子里的人都听到了。他想象得出这些人脸上的笑容。"干吧,爱丽丝,你们俩可真是一对儿。"莱文并没有感到刺痛,从小时候起人们就一滴一滴地给他喂毒汁,他已经感觉不出那苦辣味儿了。

他走到窗前,把窗户打开,用手指在窗台上抓弄了几下。一只小猫跑过来,顺着排水管蹿蹿跳跳跑到窗口,搔弄他的手。"你这个小杂种,"他说,"你这个小杂种。"他从大衣口袋里拿出一小盒售价两便士的奶油,倒在肥皂盒里。小猫不再自己玩耍,喵喵叫着跟着他的腿跑。他抓住小猫的脖子,连同奶油一起放在橱柜顶上。小猫挣扎着从他手里挣开。莱文小时候在家里养过一只老鼠,这只猫比它大不了多少,只是更软和些。他搔弄着小猫的脑门;小猫一心想吃食,用爪子抓了他一下。它的小舌头颤颤抖抖地舔着奶油。

该吃晚饭了,他对自己说。他身上装着这么多钱,爱到哪儿吃就可以到哪儿吃去。他可以到辛普森饭店去,像那些商业界的阔佬一样吃一顿大餐;大块吃肉,随便要多少份蔬菜。

在他经过设在楼梯下暗角的公共电话间时,他听见有人在说他的名字。老头儿说:"他在这儿长期租了一间屋子,前一阵子到别处去了。"

一个陌生人的声音说:"你,你叫什么名字——爱丽丝——领我到他的房间去。你留神看着大门,桑德斯。"

莱文溜进电话间,屈膝伏在地上。他把门留了一条缝,因为他无论在什么时候也不喜欢把自己关在一个地方。他无法看到外面的人,但是用不着,只听那说话的声音就可以知道那是什么人:警察、便衣,伦敦警察厅的口气。这个人紧挨着电话间走过去,震得地板在脚下直颤动。过了一会儿他又走了下来。"屋子里没有人。大衣和帽子也不见了。这小子一定是出去了。"那人说。

"多半是出去了,"老头儿说,"他走路总是轻手轻脚的。"

陌生人开始盘问他们:"他长得有什么特征?"

老头儿和驼背女孩异口同声地说:"豁嘴。"

"这很有用,"警探说,"他屋子里的东西你们别动。我回头派个人来采他的指纹。他是怎样一个人?"

他们说的每个字他都听得清清楚楚。他想象不出他们为什么要来逮他。他知道他没有留下任何痕迹。他不是个做事马虎的人,他知道。那间屋子、那套公寓他记得非常清楚,就好像他在脑海里拍下来的一张张照片。他们无法抓住他的任何把柄。把自动手枪带回来是违背指示的,但是这把枪他正带在身上,牢牢实实地掖在他胳肢窝底下。再说,如果他们发现了什么的话,在多佛尔就会把他截住的。他怀着一肚子闷气听着外面的谈话,急着要去吃饭。他已经有二十四小时没好好吃过饭了。他现在身上揣着两百镑钱,想吃什么都可以买,什么都可以。

"这事儿我相信,"老头儿说,"今天晚上他还拿我老婆的圣婴马槽取笑了一通呢。"

"专爱欺侮人的坏蛋,"那个女孩子说,"你们把他抓起来才称我的心呢。"

他吃惊地对自己说:原来他们都恨我!

那个女孩子又说:"他长得奇丑无比。那个嘴唇,一看就让人起鸡皮疙瘩。"

"实在不是个好人。"

"我本来不愿意叫他住在这儿,"老头儿说,"可是他倒不欠房租。只要按时交租,我是无法把他撵走的。这个年头不能这么办。"

"他有朋友吗?"

"问这话太可笑了!"爱丽丝说,"他交朋友?他要干什么?"

莱文蹲在漆黑的电话间地板上暗自窃笑:他们谈论的是我,是我啊。他摸着手枪,盯着门上的玻璃。

"你好像挺生他的气？他怎么着你啦？他不是还要送你一件衣服吗？"

"他只是在耍弄人。"

"即便如此，你还是要去取？"

"我才不要呢。你以为我会要他的礼物。我要把衣服退掉，把钱扔到他脸上。真让人笑掉大牙！"

他既有些气恼又感到好笑地想：他们都讨厌我。如果他们打开这扇门，我要把这伙人一个不剩地打死。

"我要在他那个三瓣嘴上狠狠打一巴掌。我会笑得肚子痛的。我告诉你，我真会笑得肚子痛。"

"我派个人，"那个陌生的声音说，"站在马路对面。要是那个人进来，你们就给他个暗号。"咖啡馆的门关上了。

"啊，"老头儿说，"我真希望我的老婆也在这儿。这场好戏叫她花十先令她也肯看。"

"我给她打个电话，"爱丽丝说，"她这会儿在梅森家聊天呢。我叫她马上回来，把梅森太太也苫来。咱们大伙儿一块乐一乐。一个星期以前，梅森太太还说，她再也不想在她的铺子里看到那张丑八怪的脸了。"

"太好了，爱丽丝，给她打个电话吧。"

莱文抬起胳膊，把灯泡从灯座上摘下来。他站起身，紧贴着电话间的一面墙站着。爱丽丝打开门走进来，把自己同莱文一起关在了电话间里。她还没来得及叫喊出声，莱文已经用一只手堵住她的嘴巴。他在她耳朵边低声说："别往电话里扔便士，要不然我就打死你。你要是喊叫，我也打死你。照着我说的做。"他们俩身子贴得紧紧的,就像睡在一张单人床上似的。他可以感觉到她畸形的肩膀顶着自己的胸脯。他说:"把听筒摘下来。假装你在同那个老婆子说话。快摘下来。我打死你连眼皮都不会眨一下。说,您好,格罗耐尔太太。"

"您好,格罗耐尔太太。"

"把这里的事说给她听。"

"他们要逮捕莱文。"

"为什么?"

"那张五镑的钞票。他们早就在铺子里等着了。"

"你说什么?"

"他们把票子的号码记下来了。那张钱是偷的。"

他被暗算了。他的脑子非常精确地开动着,像一张简便计算表。只要把数字给它,它就能给出正确的答案。莱文心头涌起一阵无名怒火。如果查姆里现在也在这电话间里,他会一枪把他打死,连眼皮也不眨的。

"从哪儿偷的?"

"你自己应该知道。"

"别跟我顶嘴。从哪儿?"

他连查姆里的雇主都不知道。这件事非常清楚:他们不相信他。他们设了这么一个圈套,为的是把他除掉。一个卖报的小孩在街上跑过去,一边跑一边喊:"最后通牒,最后通牒。"他清清楚楚地听到这个消息,但是没有往深里想:这件事好像同他一点儿关系也没有。他又重复问道:"从哪儿?"

"我不知道。我不记得了。"

他用手枪顶着她的脊背,甚至想哀求她。"你不能想一想了?这很重要。这不是我干的。"

"当然不是你干的。"她对着那没有接通的电话机气冲冲地说。

"你得了吧。我只求你把整个经过想起来。"

"我永远想不起来了。"

"我还送给你一件衣服呢,是不是?"

"你没送我。你要把赃款销掉,就是这么回事。你不知道他们已经把钞票的号码通知到城里每一家商店了。连我们的咖啡馆也得到通知了。"

"要是我干的,我怎么会不知道钱是从哪儿来的?"

"要是你真的没干,让人家给你栽了赃,那可就是更大的笑话了。"

"爱丽丝。"老头儿在咖啡馆喊了一声,"她回来了吗?"

"我给你十镑钱。"

"假钞票。谢谢你,我不要。你真慷慨。"

"爱丽丝。"老头儿又叫起来。他们听到他正从走道走过来。

"你也该讲讲公道吧。"他愤愤地说,用手枪在她肋骨上戳了两下。

"你居然还讲公道?"她说,"把我当犯人似的呼来喝去。要打就打。在地板上到处撒烟灰。我给你打扫垃圾已经打扫够了。你还往肥皂盒里倒奶油。你还谈什么公道?"

在黑暗的电话间里,身体紧紧同他挨着,爱丽丝一下子变成活生生的了。莱文感到非常惊奇,把外面的老头给忘了。直到门

一个被出卖的杀手 023

从外面打开,他才醒悟过来。他压低了喉咙恶狠狠地说:"别出声,不然我就打死你。"他用枪在后面比着,叫这两个人都走出电话间。他说:"别发昏。他们是逮不着我的。我进不了监狱。要是我想把你们两个人打死,连眼皮也不会眨。要是我自己被绞死,我也不会眨眼的。我爸爸就是被绞死的……对他来说那倒是件好事……在我前头走,咱们上楼去。出了这件事,有人可要倒大霉了。"

莱文把他俩弄到他的房间,从里面锁上门。楼下一位顾客正一遍又一遍地按电铃。他转身对他们说:"我很想叫你们吃枪子儿,你们告诉警察我是豁嘴。你们就不能讲点儿情义?"他走到窗户前边。从窗户很容易就能逃出去,他选择了这个房间也就是为了这个原因。小猫不敢从橱顶上跳下来,在边儿上转来转去,像只玩具小老虎在笼子里来回转悠,求援似的看着他。莱文把她抱下来,扔在床上。她走的时候想咬他的手指头。莱文爬出窗户,顺着外面的排水管道离开。浓云聚拢,把月亮遮住了,大地好像也随着云块一起在移动。一个冰冷的荒芜的星球,在无边的黑暗中穿行。

四

安·克劳戴尔穿着她的花呢厚大衣在小屋子里走来走去。她不想在燃气上浪费一先令,因为今天她挣不回这一先令来。她对自己说:我找到那份工作真是走运。我很高兴又到外面去工作了。但是她不知道自己是否真的高兴。现在是晚上八点,他俩可以在一块待四个钟头,直到午夜。她得骗他说,她是搭早上九点的火车,而不是清晨五点的。不然他就会叫她很早上床睡觉。他就是这样的人,一点儿也不浪漫。她温情地笑了笑,对着手指哈着气。

楼下的电话铃响了起来。她以为是门铃声,连忙跑到衣柜前面去照镜子。昏暗的灯泡下房间光线不足,她看不出自己的化妆是否经得起阿斯托丽亚舞厅辉煌灯火的考验。她又开始重新涂抹脂粉,如果她的脸色太白,他就要很早地把她送回家来。

女房东探进头来说:"是你的男朋友,给你打电话来了。"

"打电话来了?"

"对了,"女房东说,跨进门里边来,准备多谈两句,"听那声音,像是挺着急,简直有些不耐烦。我想同他寒暄两句,却让他给顶回来了。"

"啊,"她无可奈何地说,"他就是那样,你别往心里去。"

"他晚上多半不能陪你出去了,我想,"女房东说,"老是这样。你们这些老要到外地工作的姑娘太吃亏了。你是说《迪克·惠廷顿》[1],是吗?"

"不,不是。是《阿拉丁》。"

她一阵风似的下了楼,顾不上别人看到她这么着急会不会笑话她。她对着话筒说:"是你吗,亲爱的?"这台电话总是出毛病。对方的声音在她的耳朵里嘶哑地振动着,她简直听不出是他的声音。他说:"你怎么这么久才来接?我是用公共电话打的。我已经把最后的零钱都花了。听我说,安,我不能找你去了。非常对不起。有任务,我们正在追捕那个盗窃保险箱的人。这件事我跟你说过。我整夜都得办这件事,我们发现了一张钞票。"他的声音在她的耳鼓里激动地鸣响着。

她说:"啊,那好吧,亲爱的。我知道你本来想……"但是她不能继续装作若无其事的样子。"吉米,"她说,"我不能看到你了。好几个星期也看不到了。"

他说:"这太难熬了,我知道。我在想……听我说。你最好别乘那班早班车,没有什么意义。没有九点钟的车。我看过列车时刻表了。"

---

[1] 根据理查德·惠廷顿生平事迹创作的戏剧。理查德·惠廷顿(Richard Whittington, 1354—1423),英国商人和政治家,曾三次担任伦敦市长。英国流传有以他为原型的《迪克·惠廷顿和他的猫》民间故事。——编者注

"我知道。我那么说……"

"你今天夜里就走吧。这样在排演以前你可以好好休息一下。午夜从尤斯顿车站出发。"

"可是我还没有收拾东西呢……"

他不理会她的话。他最喜欢做的事就是给别人定计划、作决定。他说:"要是我离车站近,我也许会……"

"两分钟已经到了。"电话机里传出来电话员的声音。

他说:"真见鬼,我没有零钱了。亲爱的,我爱你。"

她拼命想说一个温柔的字,但是他的名字是个障碍,妨碍了她的舌头。她总是不能顺当地说出这个名字来——吉——。电话啪的一声断了。她气得要命:他出去干吗不带点儿零钱。她想:他们把一个警探的电话掐断,太不应该了。她转身往楼上走,没有哭,只不过有一种什么亲人逝世,她被孤单单地留下般的恐惧。她害怕新的面孔、新的职业,害怕外地人爱说的那些粗俗笑话,害怕那些不知趣的人。她也害怕她自己,怕自己忘掉被人爱着是一件多么美好的事。

女房东说:"我刚才也是这么觉着的。来吧,到楼下来跟我喝杯热茶,聊一会儿吧。把心里的话说出来就好了。对你有好处。有一回一个大夫对我说,说话能叫人把肺里的浊气排出去。这话说得有道理,是不是?谁的肺里也免不了吸进尘土,多说点儿话就把土呼出去了。别忙着收拾东西,时间还早得很呢。我的老伴要是喜欢讲话就不会死得那么早了。医生的话有道理。就是因为他嗓子里有毒气,排不出来,在正当年的时候就死了。要是他多说点儿话,就把毒气排出去了。那比吐痰要好得多。"

一个被出卖的杀手 027

五

罪案记者很难让对方把自己的话听进去。他不断地对首席记者说:"我弄到了那件保险箱盗窃案的一些资料。"

首席记者酒喝得有点儿多。他们所有人都喝得有点儿多。他说:"你还是回家去读读《罗马帝国衰亡史》吧……"

罪案记者是个严肃认真的年轻人,他既不抽烟也不喝酒。他看到有人能喝醉了在公共电话间里呕吐,会感到非常震惊。他提高了嗓门喊:"他们追踪到一张钞票。"

"写下来,写下来,伙计,"首席记者说,"写好了以后再把它烧了。"

"那个人逃了——用枪威胁一个女孩子——这是一篇很精彩的故事。"办事认真的年轻人说。他说话带着牛津口音,所以他们才派他去采访犯罪案件。这是新闻编辑开的一个玩笑。

"回家去读读吉本[1]吧。"

---

[1] 爱德华·吉本(Edward Gibbon,1737—1794):英国历史学家,即《罗马帝国衰亡史》的作者。

认真的年轻人拉住一个人的袖口问:"这是怎么回事?你们都发疯了?是不是报纸不打算出了,还是怎么的?"

"四十八小时之内就要爆发大战了。"一个人对他吼了一声。

"可是我的那个故事非常精彩啊。他用枪指着一个女孩和一个老人,自己跳窗跑了……"

"回家去吧。报纸上没有版位登这种新闻。"

"他们把肯辛顿爱猫俱乐部的年度报告都扣下不发了。"

"'商店巡礼'也取消了。"

"石灰屋的火灾只登了一条简讯。"

"回家去读吉本吧。"

"一个警察还在门口盯着,他却神不知鬼不觉地逃跑了。机动警察队已经出动了。他带着武器。警察也都带上手枪了。故事太有意思了。"

首席记者说:"带着武器!你还是到外面去弄一杯牛奶浸浸你的脑袋吧。过一两天我们就都带上武器了。他们已经把证据公布了。一清二楚,是个塞尔维亚人把他枪杀的。意大利对最后通牒表示支持。他们还有四十八小时的时间可以退让。你要是想买军火股票,应该快一点儿,可以发一笔小财。"

"不到一礼拜,你就在军队里了。"一个人说。

"我不去,"年轻的记者说,"我不当兵。你知道,我是个和平主义者。"

那个在电话间里呕吐的人说:"我要回家了。就是大英银行被炸掉,报上也不会有地盘登的。"

一个又尖又细的声音说:"我的稿子是可以发的。"

一个被出卖的杀手 029

"我告诉你没有地盘。"

"我的稿子有。'人人要戴防毒面具'。人口五万以上的城市居民都要进行特别防空演习。"他嘻嘻地笑起来。

"滑稽的是——是——是——"滑稽的究竟是什么谁也没听到,因为一个小厮开门进来,扔给他们一份报纸中版的校样:一张灰色的湿纸上印着油墨还没有干的字母,用手一摸,头条就印在了手指上:"南斯拉夫要求延期。亚得里亚海舰队进入战备状态。巴黎示威群众袭击意大利使馆。"一架飞机飞过,人人都突然安静下来。飞机在黑夜中驶过他们头顶,向南飞去。它飞得很低,尾灯发着红光,翅膀在月光下好像是透明的,只有淡淡的白影。他们透过大玻璃天花板向上张望着,突然间,谁也不想再喝酒了。

首席记者说:"我累了。我要去睡觉了。"

"我那篇选题要不要继续采访?"罪案记者问。

"要是这使你高兴的话。可是从现在起,报纸上除了那件事是不会登别的了。"

他们凝视着天花板,凝视着月亮和空阔的天空。

六

火车站的钟显示还有三分钟到午夜。入口的检票员说:"前边的车厢有座位。"

"我有一个朋友要来送行,"安·克劳戴尔说,"我能不能从后边上去,开车的时候再到前边去。"

"后边车厢的门已经锁上了。"

她垂头丧气地往检票员的身后边看了看。小卖部正在关灯,没有列车从这个月台发出了。

"你得快点儿了,小姐。"

她顺着这趟列车往前跑,一边跑一边回头看。一家晚报的新闻招贴映入她的眼睛,她不禁想:也许自己来不及和他会面就要宣战了。他肯定要入伍,别人都做的事他一定也会做,她对他非常恼怒,尽管她知道她爱他就是因为他可以信赖。如果他的性格古怪、对事物有自己的独特看法,她就不会爱他了。在她的生活圈里,她看到不少怀才不遇的艺术家和总以为自己应该是考克伦[1]

---

[1] 查尔斯·B.考克伦(Charles B.Cochran,1872—1951),英国著名剧院经理,在二十世纪二三十年代推出众多成功的音乐剧作品。

剧团大明星的二流巡回剧团女演员,因此她是不欣赏与众不同的人的。她希望自己的男朋友是个普通人,同他谈话的时候能清清楚楚地知道他下一句话要说什么。

一长列灯光映照着的面孔从她身边掠过。火车非常拥挤,甚至头等车厢里也坐着一些羞怯、自惭形秽的乘客,他们在软座上局促不安、提心吊胆,生怕验票员把他们赶出去。她不再寻找三等车厢了,随便开了一个车门,把手提包扔在唯一的空座位上,便迈过一条条伸出的腿和横七竖八的手提包,挤到窗户前边。火车引擎已经在蓄汽,浓烟喷到月台上,很难看到后面入口处的情况。

一只手拉了拉她的袖子。"对不起,"一个胖子说,"如果你没事儿就别老站在窗口了,我要买两块巧克力。"

她说:"对不起,你等一会儿。有人来送我。"

"他来不了了,太晚了。你也不能一个人霸占住窗户啊,我得买点儿巧克力。"他把她推到一边,手上的绿宝石戒指在灯光下闪着亮。她从他的肩膀后面使劲向远处的入口处张望,但是窗户差不多整个被胖子堵住了。胖子在喊:"卖巧克力的,卖巧克力的,"一边摇晃着绿宝石戒指,"你有什么样的巧克力?不,不要摩托车手牌的,不要墨西哥牌的。要甜一点儿的。"

突然,她从空隙里看到了麦瑟尔。麦瑟尔已经从检票口走进来,正一个车厢一个车厢地寻找她。他寻找的是三等车厢,连看也不看头等车厢。她请求胖子说:"对不起,请你让一让。我朋友来了。"

"等一会儿,等一会儿。有没有雀巢牌的?先给我一先令一包的。"

"请你让一让。"

"你没有小票子吗？"卖糖的孩子说，"比十先令小一点儿的。"

麦瑟尔从车边跑着错过了这一节头等车厢。克劳戴尔拼命捶玻璃，但是在汽笛的尖啸和行李车车轮的噪声中，他根本没有听到。最后一批行李已经运进行李车厢里去了。车门砰地关闭上，一声汽笛的长啸，火车驶动起来。

"请让让，请让让。"

"我的钱还没有找呢，"胖子说。卖糖的孩子一边跟着车厢跑，一边数着先令放在胖子手里。当克劳戴尔最后挤到窗口，探出身子的时候，火车已经驶出站外了。她只看到沥青地上站着一个小小的人影，但那个人影却没有能看到她。一个上年纪的女人说："你不应把身子那样探出去。太危险了。"

她回到自己座位上的时候踩了好几个人的脚。她感到她在这节车厢里很不受人欢迎，她知道每个人都在想："她不该来到这个车厢。我们买的头等票，可是她……"但是她不想哭，她常听到的一些老生常谈不由自主地涌到她的脑子里，叫她把心肠硬下来。什么"事已过去，悔也无益"啊，什么"五十年后什么还不都是一样"啊，等等这些话。虽然如此，她还是很不痛快地看了一眼胖子的旅行包，旅行包上摇摇晃晃地挂着一个签条，他去的目的地也是诺维治。胖子坐在她对面，膝头上摊着《今日舞台》《晚报》和《金融时报》，他正在吃奶油甜巧克力。

第二章

一

莱文用手帕捂着嘴，走过苏豪广场和牛津街，一直走到夏洛特街。街上很危险，但是总比露出豁嘴安全一些。他先向左转，然后向右转，进了一条窄街。街上，系着围裙的大胸女人隔着马路彼此打招呼，几个懂事的孩子在水沟里寻找破烂。莱文在一个镶着铜牌子的门口站住。阿尔弗雷德·尤戈尔大夫在二楼，一楼是北美牙科诊所。莱文走上二楼，按了按门铃。从楼下传来一股蔬菜味，墙上不知谁用铅笔画了一个裸体女人。

一个穿着护士服的女人开了门。她面相猥琐，一脸皱纹，头发灰白、蓬乱。她身上的衣服早就该洗洗了，不只油迹斑斑，而且还沾着一些看起来像血点或者碘酒的污渍。她身上带着一股刺鼻的化学药品和消毒药水味。女护士看见莱文用手帕捂着嘴，马上开口说："牙科医生在一楼。"

"我要找尤戈尔大夫。"

她仔细地打量了他一会儿，露出怀疑神色。她的眼睛盯着他的黑外衣："大夫正忙着呢。"

"我可以等。"

她身后,一个没有灯罩、光秃秃的灯泡在肮脏的过道里摇晃着。"大夫这么晚一般不给人看病。"她说。

"我麻烦了他,会付钱的。"莱文说。她打量他的那种眼神活像一个夜总会的守门人。她说:"你进来吧。"他跟着她走进候诊室。同样是没有灯罩的灯泡、一把椅子、一张橡木圆桌,桌上布满污渍。她走进后面一间屋子,把门关上。莱文听到她在另一间屋子的讲话声,嗡嗡响着总也不停。莱文拿起屋子里唯一的一本杂志,一年半以前的一期《家务管理》,机械地读起来:"今天时兴墙壁不加装饰,也许只挂一张画,点出主要色调……"

护士打开门,向他点了点头:"大夫可以给你看。"一张黄色长办公桌和转椅后面有一只固定的脸盆,尤戈尔正在洗手。屋子里除了一把硬椅、一个柜橱和一张沙发床外没有其他家具。尤戈尔大夫的头发漆黑,看来好像是染过的,稀稀拉拉、一绺一绺地贴在头皮上。当他转过身来以后,莱文看到的是一张一团和气、胖嘟嘟的脸,一张肥肥厚厚、肉欲的嘴。他说:"我们能替您做点儿什么?"你可以感觉到,这个大夫更习惯伺候女病人,不知道应该怎样应付男主顾。女护士站在他身后,脸绷得紧紧的。

莱文把嘴上的手绢放下来。他说:"你能不能很快地把我的嘴唇修整一下?"

尤戈尔大夫走过来,用一根胖手指在他的唇上拨弄了一下:"我不是外科医生。"

莱文说:"我可以多付钱。"

尤戈尔大夫说:"这是外科医生的事。不是我的行业。"

"我知道。"莱文说。他发觉护士同医生交换了个颜色。尤戈尔大夫把他的嘴唇两边掀起来看了看；他的手指甲不很干净。他紧盯着莱文说："要是您能在明天早晨十点钟来一趟……"他的呼吸微微带着些白兰地味儿。

"不，"莱文说，"我要你马上给我治。"

"十镑。"尤戈尔大夫很快地说。

"可以。"

"要现款。"

"我带着呢。"

尤戈尔大夫在办公桌后面坐下来。"请问，你的姓名……"

"你不需要知道我的姓名。"

尤戈尔大夫很客气地说："随便说一个……"

"那你就写查姆里吧。"

"CHOLMO……"

"不，拼写成CHUMLEY。"

医生填写了一张单子，递给护士。护士走出屋子，把门关上。尤戈尔大夫走到柜橱前面，拿出一个装着手术用具的托盘。莱文说："光线太暗了。"

"我已经习惯了，"尤戈尔大夫说，"我的眼力很好。"但是当他拿起一把刀子在灯光下查看的时候，手却在轻轻颤抖。他柔声细气地说："躺在床上，老兄。"

莱文躺下来，对医生说："我认识一个女孩子，到你这儿来过。名字叫佩奇。她说你的手艺挺高。"

尤戈尔大夫说："她不应该胡乱同别人说。"

"啊,"莱文说,"你放心,我不会同别人讲的。只要别人对我好,我是不会出卖人的。"尤戈尔大夫从柜子里取出一个像手提式留声机的盒子,拿到床边。他从盒子里拿出一根管子和一个面具,满脸堆笑地说:"我们这里没有专职的麻醉医师,老兄。"

"停,"莱文说,"我不要你给我麻醉过去。"

"不用麻醉剂可痛啊,老兄。"尤戈尔大夫说,拿着面罩走过来,"痛得厉害。"

莱文坐起来,把面罩往旁边一推。"我不要这东西,"他说,"不要麻醉剂。我从来没有使用过。我从来没有昏迷过。我喜欢看着你怎样给我做手术。"

尤戈尔大夫继续一团和气地笑着,像闹着玩似的拉了拉莱尔的嘴唇:"你还是习惯了这玩意儿的好,老兄。过不了几天,咱们都得给毒气熏死过去的。"

"你说什么?"

"我是说,快打仗了,不是吗?"尤戈尔大夫一边把橡皮管拉开,一边很快地说。他的手颤颤抖抖地轻轻捻动螺丝,一点儿也没有停下来的意思,"塞尔维亚人不可能这样白白地暗杀掉一位国防部长,意大利也决定参战了,法国人也有所准备了。过不了一个星期,咱们也得卷进去。"

"就因为那么一个老头……"他解释说,"我没有看报。"

"我真希望我能预先就知道,"尤戈尔大夫一边安气罐,一边同莱文聊天,"这样我在军火股票上就能发一笔财了。军火股票像火箭似的往上蹿,老兄。你往后靠着,一会儿就成了。"他又去拿面罩。他说:"你只要深深吸气,老兄。"

莱文说:"我告诉你了,我不使用麻醉剂。咱们把这件事说清楚。你爱怎么动刀子就怎么动,但我决不吸这种毒气。"

"你这人太傻了,老兄,"尤戈尔大夫说,"会把你痛死的。"他回到柜子前面,又拿起一把刀子来,手比刚才抖得更厉害了。不知为什么,他非常害怕。就在这时候莱文听见外面轻轻的一声铃响,这是电话听筒被拿起的时候从电话机里传出来的。他一下子从床上跳下来。尽管屋子里很冷,尤戈尔大夫却满头大汗。他站在柜子前边,手里拿着一把手术刀,一句话也说不出来。莱文说:"别出声,别说话。"他一下子把门拉开,护士正站在灯光暗淡的小客厅里,电话听筒贴在耳朵上。莱文侧身站着,眼睛同时看着两个人。"把听筒放下。"他说。护士照他的话做了,一对狠毒无情的小眼睛使劲盯着他。莱文气恨恨地说:"你们这两个阳奉阴违的混账东西,我真想把你俩打死。"

"老兄,"尤戈尔大夫说,"老兄。你误会了。"但是护士却一声也不吭。这一对搭档的胆子都生在她一个人身上。干了大半辈子非法堕胎买卖,也经历过不少死亡事故,她已经变得非常强悍。莱文说:"离开那架电话机。"他从尤戈尔大夫手里拿过手术刀,开始切割电话线。他被一种从来没有体味过的感觉激荡着,感到自己受了非常不公正的对待。这种感觉好像在他的舌头上蠕动着,令他作呕。这些人是跟他同一类的人,他们并不站在法律的圈子内。这一天里他第二次被不法之徒出卖。他一直就很孤独,但是从来没有像现在这么孤独过。电话线被他割断了。他不想再多说话,怕自己再同他们费口舌,就会变得怒不可遏,向他们开枪。现在不是开枪打人的时候。他走下楼去，觉得自己又凄凉又孤寂。他继续用手帕捂住嘴。从街角一家卖收音机的小商店里传出广播电台的声音："我们已经收到下列通知……"在他沿着街头走下去的时候，这个声音一直跟着他。一家家简陋房屋开着的窗户中不停地传出这个毫无表情的、谄媚的声音："伦敦警察局，通缉令。詹姆斯·莱文。年约二十八岁，中上身材。此人生有兔唇，极易辨认。最后被人发现时，身着黑大衣，头戴黑皮帽。如有线索而缉获……"莱文离开了这个声音，走到牛津街喧嚣的人流中，一直往南走。

有很多事莱文都弄不清楚：街谈巷议的这场战争，为什么他到处被人出卖。他要去寻找查姆里。查姆里本人倒无关紧要，他是按照别人的指示行事的，但是假如他能找到查姆里，他就能从他的嘴里挤出信息来……莱文正在被人到处搜捕，遑遑遽遽，孤独无依。他一方面感到自己这样被人对待非常不公正，但同时又有一种奇怪的自豪心理。在走过查令十字路的时候，他经过一些音像店和橡胶制品店，他的心膨胀起来：不管怎么说，战争是需要人挑动起来的，而我就是挑动起一场大战的人。

他根本不知道查姆里住在什么地方，唯一的线索就是查姆里的一个转信的地址。他想，如果他盯住了替查姆里转信的这家小店铺，也许就有一线希望可以看到查姆里。尽管希望微乎其微，但是既然警察现在还没有抓到他，这件事便多少有一点儿可能性。他正在被通缉的消息在电台里已经广播了。晚报上一定也会登，查姆里可能要暂时避一避风。也许有这种可能，在他准备销声匿迹以前先来取走他的信。但这件事首先取决于，除了莱文给他写的信以外，别人的信是否也从这个地方转。如果查姆里不是那么一个大傻瓜，莱文是绝对不存在这种幻想的。但是查姆里看来并不那么精明，用不着同他一起吃几次冷饮就能看出来他是怎样一个人。

店铺在一条小巷里，对面是一个戏院。这是一家只有一间门面的小书店，出售的东西没有什么超过《影坛花絮》《滑稽故事》的水平的。封得很严的法国明信片、美国和法国的杂志，另外还有一些低级的刺激性读物。这些书，那个油头粉面的年轻人或者他的姐姐，不管谁在店里，都向你要二十先令一本，如果看了以后退还给他们，可以拿回十五先令。

要在远处盯着这家店铺很难。街角上正站着一个女警察在注意不三不四的女人，街对面是戏院的一道长墙和入口。如果站在墙边，就会像苍蝇落在壁纸上一样显眼，除非等着绿灯亮了走过街对面，莱文心里盘算着，除非今天的戏非常叫座。

今天的戏很叫座。虽然戏院的大门一个钟头以后才开，门前已经排了一长队人等着买楼座票了。莱文用身上最后的一点儿零钱租了张帆布椅坐下来。书店就在街对过。今天看店的不是那个年轻人，是他的姐姐。她就坐在一进门的地方，穿着一件绿衣服，很像是用隔壁一家酒店台球桌的绿绒面剪裁的。她生着一张大方脸，好像从来没有年轻过，一只斜眼虽然戴着钢丝边大眼镜也掩盖不住。她的年龄介于二十到四十之间，说她多大岁数都可以。和他头上挂着的那些画报上的最漂亮的肉体、那些专拍模特儿照片的摄影师所能雇到的一张张最美丽的面孔比起来，这个女人又邋遢又丑恶，简直是对女性的一种嘲弄。

莱文在张望着，用一块手帕堵着嘴。他是排队买顶层楼座戏票的六十个观众中的一个，他在张望着。他看见一个年轻人停在书店门前偷偷地看了一眼《繁华的巴黎》又匆匆走开。他看见一个老头儿走进店里，出来的时候夹着一个棕色纸包。排队的人里面有一个跑过去买了一包纸烟。

一个戴夹鼻眼镜的老太太坐在莱文旁边。她回过头来对身后边一个人说：“这就是为什么我总是喜欢读高尔斯华绥[1]的书。他是个绅士。读他的书，你会觉得有一种稳当的感觉。你知道我说的是什么意思。”

"好像老是在巴尔干半岛出事儿。"

"我喜欢《忠诚》。"

"他很有人情味。"

一个人站在莱文和对面铺子中间，举起一小张方方正正的纸来。他把这张纸放进嘴里，接着又举起另一张来。一个浪荡的女人在街对面摇摇晃晃地走过去，对着书店里的女人讲了几句话。那个男人把第二张纸又放进嘴里。

"他们说舰队……"

"他的作品令你思索。我喜欢他的就是这个。"

莱文想，如果排队的人开始移动，查姆里还不露面，我就得走了。

"报上有什么新闻吗？"

---

[1] 约翰·高尔斯华绥（John Galsworthy, 1867—1933），英国小说家、剧作家，1932年获诺贝尔文学奖。《忠诚》是高尔斯华绥1922年出版的剧作。——编者注

"没有什么新消息。"

站在路上的人从嘴里拿出纸团来,把它们撕开,折叠起来,又撕开。最后他把纸打开,变成一个圣乔治十字章,在寒风中瑟瑟抖动。

"他过去曾给反对活体解剖社团捐了一大笔款。米尔班克太太跟我讲过。她给我看了他的一张支票,上面有他的签字。"

"他真是有人道精神。"

"也是很伟大的作家。"

一对神情很快活的青年男女给变戏法的人鼓掌,这个人摘下帽子,开始沿着买票的队伍讨钱。一辆出租车在街的一头停下来,从车里面走出一个人。那人是查姆里。他走进书店,店里的女人站起身跟着他。莱文数了数身上的钱。他还有两先令六便士,另外就是那一百九十五镑失窃的钞票,一点儿用场也派不上。他把脸更深地埋在手帕后面,匆匆忙忙地站起来,像是突然觉得一阵不舒服似的。变戏法的人走到他眼前,把帽子向他擎过来。莱文看到那里面放着几便士的零钱和一个六便士、一个三便士的硬币,他非常羡慕。他愿意出一百镑来换帽子里的一点儿钱。他把那人粗暴地一推,匆匆走开。

街的另一头有个出租车停车场。莱文弯着腰靠墙站着,像是个病人,直到查姆里从书店里走出来。

莱文说:"跟着那辆车。"他感到如释重负地往车座上一躺。汽车转回去,驶过查令十字路、托特纳姆宫路和尤斯顿路。尤斯顿路上陈列着的自行车都收回屋里去了,大波特兰路靠近这一段的二手车店主在系好领结,摆上一副疲惫不堪、暗无光泽的笑脸回家以前，正在匆匆地往肚子里灌一杯晚酒。莱文不习惯被人追捕。这明显好多了：追踪别人。

汽车的计程表也没有同他过不去。当最后查姆里先生绕过尤斯顿战争纪念碑，来到车站烟雾弥漫的入口时，他还富余一个先令。他非常不明智地把这个先令给了汽车司机。他还要等很长时间，手里的一百九十五镑钱却无法买一份三明治。查姆里先生带着两个搬运工先到行李房，把三个旅行包、一台手提打字机、一口袋高尔夫球棒、一个小公文包和一个帽盒寄存起来。莱文听见他在打听午夜十二点的火车从哪个站台发车。

莱文在候车大厅里斯蒂芬逊制造的第一辆机车——"火箭号"的模型旁边坐下来。他要好好思考一下。十二点的火车只有一趟。如果查姆里是去汇报，他的雇主一定是在北部某个烟雾弥漫的工业城市，因为在诺维治市以前火车是不停的。但是他马上又面对了这个抱着金饭碗讨饭吃的问题。他手里的钞票的号码已经通知给每一个地方，火车站售票处肯定也不例外。看起来，他对查姆里的追踪到了三号月台的入口处暂时就算进了死胡同了。

但是就在莱文这样坐在"火箭号"模型下面大大小小的包裹和吃三明治的人到处乱抛的面包屑中间时，一个计划在他心中慢慢成形了。他还是有一个机会的，很可能列车上的验票员并不知道钞票的号码。这是官方可能疏忽了的一个漏洞。当然了，也有另外一种可能：他在这辆北上的列车上试用的钞票最后会使他暴露身份。他在车上得买一张全程的车票，不论他在哪个站下车，都是很容易被追踪的。他还会继续被人追捕，但是他很可能会甩开他们半天的时间，使他更接近他自己猎捕的对象。莱文永远也不会理解别人，别的人好像都同他生活得不同。尽管他对查姆里先生心怀怨恨，恨得简直想把他杀掉，他还是不能想象查姆里先生自己的恐惧和动机。这就像是一场追捕：他是猎犬，查姆里只不过是一只机器兔子，不同的是这只猎犬又被另一只机器兔子在身后紧紧追赶着。

莱文的肚子很饿，但是他却不敢冒险去破开一张大票子；他甚至连去厕所的铜板也没有。过了一会儿，他站起来，开始在车站里踱来踱去，为了在这寒冰一般的污秽和零乱中使身体暖和一点儿。十一点三十分，他站在一台卖巧克力茶的机器后面看见查姆里去取行李，他远远地跟在他后面，看着他走进检票口，沿着灯火明亮的一节节车厢往前走去。过圣诞节的乘客热潮开始了。这些乘客同平时的旅客不同，你可以感觉到他们是回家团聚去。莱文站在一个月台指示牌的暗影里，听着这些人的笑声、彼此打着招呼，看着灯光下一张张的笑脸。车站里的柱子装饰得像大鞭炮；旅客的手提包里装的是圣诞节礼物；一个女孩子大衣里裹着一根冬青树枝；车站的天花板下面高高挂着一支带白浆果的槲树枝，被雪亮的灯光照耀着。莱文走路的时候，感到塞在胳膊下面的自动手枪顶着自己的身体。

离十二点只差二分钟了，莱文向前跑去，机车已经向月台上喷射着浓烟，车厢正在噼噼啪啪地关门。他对检票口的人说："我来不及买票了。我到车上去补。"

他想上最后面的几节车厢，但是里面人都已经坐满，门已经锁上了。一个搬运工对他喊，叫他到前面去。他又往前跑，只来得及跳进最近一节车厢里。他找不到座位，便站在通道里，脸对着窗玻璃，不叫人看见自己的兔唇。他看着伦敦城向后奔驰。一个亮着灯的信号室，屋子里火炉上热着一锅可可；一个信号灯发着绿光；寒星闪烁的天空下兀立着一长排黑暗的房屋。他凝视着窗外，因为只有脸朝外才能不叫人看到他的嘴唇。但就在这样眺望的时候，他却觉得自己像在看着心爱的东西向后奔去，他永远也不能再抓住它们了。

二

麦瑟尔从月台上走回去。没有看见安,他心里感到遗憾,但这没有什么要紧。反正再过几个星期他们还会见面的。倒不是他爱安没有像安爱他那么热烈,而是因为他的思想正牢牢地被一件事牵系着。他正在办一个案子,如果办成了,他可能被提升,他们也就可以结婚了。他没怎么费力地就把那个女孩从心头抹掉了。

桑德斯正在检票口外面等着他。麦瑟尔说:"咱们走吧。"

"这回到哪儿去?"

"到查理那儿去。"

他们坐在汽车的后座上,汽车重又驶入车站后面肮脏的窄街里。一个妓女对着他们吐舌头。桑德斯说:"乔——乔——乔那儿怎么样?"

"大概不会在那儿,不过咱们还是可以去一趟。"

汽车在离一家炸鱼店两个门时停了下来。坐在司机旁边的一个警察走下车来,等着指示。"到后门去,弗罗斯特。"麦瑟尔说。他让他先走,过了两分钟才开始敲炸鱼店的门。屋子里一盏灯亮了，麦瑟尔从窗子外面可以看到里面的长柜台、一堆旧报纸和下面炉火已经熄灭的铁算子。门开了一条缝。麦瑟尔跨进一只脚，把门开大。"晚上好，查理。"他一边说一边向屋子四周巡视了一遍。

"麦瑟尔先生。"查理说。查理胖得像个东方的太监，走路的时候像个妓女，扭扭捏捏地摆动着大屁股。

"我要跟你说几句话。"麦瑟尔说。

"哦，那太好了，"查理说，"请到这边来，我刚要上床。"

"我想你也是的，"麦瑟尔说，"今天夜里下边的客人都满了吧？"

"哦，麦瑟尔先生。您真会开玩笑。只不过是两三个牛津大学学生。"

"我告诉你。我正在寻找一个豁嘴子。大概二十七八岁。"

"他不在这儿。"

"黑大衣、黑帽子。"

"没见过这个人，麦瑟尔先生。"

"我想到你的地下室去看看。"

"当然可以，麦瑟尔先生。只有两三个牛津大学学生。我先下去成不成？给您引见一下，麦瑟尔先生，"他在前面领路，沿着石头台阶下去，"这样安全一些。"

"我会照料我自己的。"麦瑟尔说，"桑德斯，你留在上面。"

查理打开门："孩子们，别害怕。麦瑟尔先生是我的一个朋友。"所谓的牛津大学学生们在屋子一头排成一行,对他怒目而视,一个个不是断过鼻梁就是耳朵被打成花椰菜似的,显然这些人都是拳击界不入流的角色。

"晚上好。"麦瑟尔说。桌子上的酒和牌都已经收起来了。他从最后两级石头台阶走到石板地面上。查理说:"好了,孩子们,你们用不着害怕。"

"你们怎么不请几个剑桥的学生参加这个俱乐部啊?"麦瑟尔说。

"啊,您真会开玩笑,麦瑟尔先生。"

麦瑟尔在屋子里走动的时候,这些人都用眼睛盯着他。没有一个人同他讲话。他是他们的敌人,他们用不着像查理似的对他客气,可以表现出对他的敌意。麦瑟尔每走一步,他们都不放松。麦瑟尔说:"你们在你这个柜子里藏着什么啊?"麦瑟尔向柜子走去,这些人仍然目不转睛地盯着他。

查理说:"让这些孩子在这里开开心吧。他们不想做坏事。我这里是最规矩的俱乐部——"麦瑟尔把柜门一拉,从里面滚出四个女人来。一个个头发蓬松、油亮,好像用一个模子铸出来的玩具。麦瑟尔笑了起来,他说:"这真是同我开玩笑。我真没想到你这个俱乐部还有这种玩意儿,查理。好吧,再见啦!"女人们从地上爬起来,拍打尘土。男人们一个也没有说话。

"说实话,麦瑟尔先生,"查理说,在向上面走的时候他的脸一直涨得通红,"我真希望我的俱乐部没有发生这种事。我不知道您会怎么想。但是那些孩子并没想干坏事。您知道这是怎么回事。他们不愿意叫自己的姐妹留在家里。"

一个被出卖的杀手 051

"怎么回事？"桑德斯在台阶上面大声喊。

"所以我就说他们可以把自己的姐妹带来，这样那里才坐着几个女孩子……"

"怎么回事？"桑德斯说，"女——女——女孩子？"

"别忘了，查理，"麦瑟尔说，"一个豁嘴儿。如果这个人在你这儿露面，最好让我知道一下。你不想你的俱乐部关门吧。"

"有悬赏吗？"

"会给你一笔赏金的。"

他们回到汽车上。"把弗罗斯特接上车来，"麦瑟尔说，"该上乔那里去了。"他把笔记本拿出来，又划去了一个名字。"在乔以后还有六个地方。"

"三点以前我们跑——跑——跑不过来。"桑德斯说。

"例行公事，他现在早已离开伦敦了。但是迟早他要用掉另一张票子的。"

"有没有指印？"

"太多了。光是肥皂盒上的就有一大本子。一定是个爱干净的人。哼，他是逃不脱的。只不过是时间问题而已。"

托特纳姆宫路的灯光晃在他们脸上。大商店的橱窗里仍然灯火辉煌。"这套卧室家具真漂亮。"麦瑟尔说。

"真是闹得人仰马翻，是不是？"桑德斯说，"就为了这几张钞票，我是说。都快打起仗——仗——仗——"

麦瑟尔说："如果他们那边办事也像咱们这么有效率，可能就打不起仗来了。我们现在早把凶手逮住了。这样全世界的人就都能知道,到底是不是塞尔维亚人……啊——"他轻轻地喊了一声,因为汽车这时正开过希尔家具店,柔和的光泽,镀铬的闪亮使麦瑟尔暂时沉醉到自己的幻想里。"我倒愿意办那种案子,"他接着说,"全世界都瞩目的杀人凶手。"

"只为了这么几张钞——钞票。"桑德斯唠叨着。

"不对,你错了,"麦瑟尔说,"重要的是得按常规办事。今天是几张五镑钞票,下次就不是几张钞票了。大小事都得按手续办。这是我对这件事的看法。"他说,让自己像被铁锚系住的思想尽量把铁索拉得远远的。汽车继续驶下去,绕过圣吉尔斯圆环,向七日晷路方向开去。每经过一个盗匪可能藏身的窝子他们都下来检查一番。"打不打仗对我来说没有什么。战争过去我还要继续干这一行。我喜欢这样的组织,我从来就喜欢在组织严密的一面。当然了,在另一面你可以遇到很多天才,但你也会遇到不少蹩脚的骗子,你会看到人性中所有的残忍、自私和傲慢。"

在乔的俱乐部里,除了傲慢以外别的人性他们都看到了。那里的人坐在光秃秃的桌子旁抬头望着他,听凭他把屋子搜寻了一遍。作弊的纸牌已经藏在袖口里,掺水的酒不见踪影,每个人都佩戴着残忍和自私的独特标志。甚至在墙角,他也能发现傲慢:一个人伏在一张纸上,没完没了地玩画圈打叉的双人游戏。他在同自己赌胜负,因为他不屑于同俱乐部里别的人玩。

麦瑟尔又划掉了一个名字,汽车向西南方肯宁顿驶去。在伦敦所有的地区,其他的警车也在做着同样的工作,麦瑟尔只不过是这个庞大组织的一部分。他不想做领袖,他甚至不想投靠到某个上帝派遣的狂热的领袖手下。他只愿意自己是千千万万人中的

一个被出卖的杀手 053

一员，身份大致平等，为了一个具体目的工作——不是为着什么机会均等这类空洞的口号，也不是为着效劳于一个民治的政府、一个豪富者的政府或者好人政府，他只是在消除导致社会不安的犯罪。他喜欢安定，希望有一天准保能同安·克劳戴尔结婚。

装在汽车里的扬声器传出声音："警车现在驶回国王十字区，加强搜查。下午七点左右有人见到莱文乘车到了尤斯顿车站。可能还没有坐火车离开。"麦瑟尔俯身对司机说："把车掉头，开到尤斯顿火车站。"他们开过沃克斯豪尔街。另外一辆警车从沃克斯豪尔街地道开出来，和麦瑟尔的汽车相遇。麦瑟尔举手向那辆车打了个招呼跟在后面驶过泰晤士河。壳牌麦斯大楼上的大钟指着一点半。威斯敏斯特的钟楼还亮着灯：议院正彻夜举行会议，反对派为了全国动员令不被通过正在做最后的挣扎。

他们驶回泰晤士河堤岸的时候已经是清晨六点了。桑德斯在车里打起瞌睡来。他说了一句梦话："那太好了。"他梦见自己的口吃病已经治好了，有了一笔财产，正在和一个女孩子喝香槟，一切都非常好。麦瑟尔在笔记本上把这一夜的活动情况概括地记下来，他对桑德斯说："他肯定上火车了。我敢和你打赌——"这时候他发现桑德斯已经睡着了。麦瑟尔在他膝头盖上一条毯子，又思索起来。汽车开进了伦敦警察局的大门。

麦瑟尔看见探长的房间里还亮着灯，就走了进去。

"有什么要报告的吗？"库塞克说。

"没有。那个人一定上火车了，长官。"

"我们了解到一点儿情况，可以研究一下。莱文追踪一个什么人到了尤斯顿火车站。我们正在寻找被他追踪的那个人乘坐的汽车。还有一件事：他到一个叫尤文尔的大夫那里去过，想叫大夫给他的嘴唇整形。他要给大夫他的那些钞票。那支自动手枪还在他身上。我们已经了解到他过去的一些情况。他小时候上过工厂开办的学校，相当精明，一直没犯到咱们的地界里来。我真不明白，像他这么精明的人，为什么这次他这样跳了出来。这不是把脚印明摆出来叫人捉到他吗？"

"除了那些钞票以外，他手里的钱还多不多？"

"大概不多。你有什么想法，麦瑟尔？"

城市上空已经变亮了。库赛克关掉台灯，屋子变得灰蒙蒙的。"我得去睡一会儿了。"

"我猜想，"麦瑟尔说，"所有的售票处都知道钞票的号码了吧？"

"所有的售票处都通知到了。"

"我的看法是，"麦瑟尔说，"如果他手里只有假钞票而又想乘快车……"

"你怎么知道他乘的是快车？"

"不错，我也不知道为什么我要说快车，长官。也许是……如果是慢车，伦敦附近站站都停，这时候肯定会有人向咱们报告了……"

"也许你猜得对。"

"如果我要想搭一趟快车，我就在检票口外面等着，直到快开车的时候再进去，在车上补票。我想车上的查票员是不会知道假钞号码的。"

"你说得有道理。累了吗，麦瑟尔？"

一个被出卖的杀手 055

"不累。"

"我可累了。你在这儿给车站打打电话，尤斯顿、国王十字、圣潘克拉斯，给所有的车站都打个电话。把昨晚七点以后开出的各次列车都记下来。叫他们用电话通知列车经过的各个站，检查一下每个在火车上补票的旅客。我们很快就会知道他在什么地方下车了。晚安，麦瑟尔。"

"早安，长官。"麦瑟尔喜欢把话说得准确。

三

　　这一天诺维治市的天始终亮不起来。浓雾像没有星辰的夜幕一样笼罩着市区的高空。街头的空气倒还清新,你只要想象这还是夜晚就成了。第一辆有轨电车从车库里爬出来,沿着铁轨驶向市场。一张旧报纸被风刮起来,贴在皇家剧院的门上。诺维治郊区靠近矿井的几条街上,一个老人蹒跚地走着,拿着一根长棍挨门挨户地敲打住家的窗户。商业街上一家文具店的橱窗里摆满了《祈祷书》和《圣经》,还孤零零地摆着一张纪念英联邦阵亡将士纪念日的纪念卡,好像摆在纪念碑前的一个枯干了的罂粟花圈:"你们要在战争牺牲者的面前宣誓,永远不要忘记。"铁路前面,一盏信号灯在黑暗中闪着绿光,一节节明亮的车厢速度慢下来,驶过一个墓地、一家制胶工厂,从一条砌着水泥堤岸的整洁、宽阔的河上开过去。天主教堂的钟声正在轰鸣着。月台上响起一声哨音。

　　满载着乘客的列车又徐徐驶入一个新的清晨。一张张脸风尘仆仆,所有的旅客都和衣而卧,在车上度过一个夜晚。查姆里先生甜食吃得太多，牙齿积满污垢，呼吸重浊，带着一股巧克力糖味儿。他把脑袋伸到过道里，莱文马上转过身去，望着窗外铁路侧线。几辆卡车装满了当地采出的煤块。从制胶工厂飘来一股臭鱼腥味。查姆里先生又转到车厢的另一边，想弄清楚这列火车傍着哪个月台停车。他一边说"对不起"，一边往别人的脚上踩。安微微笑着，使劲在他的脚踝上踹了一下。查姆里瞪了她一眼。安说一句"对不起"，便开始用棉纸和扑面粉化起妆来。她要把自己打扮得整整齐齐，才能鼓起勇气来迎接这一天的新环境：皇家剧院、狭小的化妆室、煤油取暖器以及同行的互相倾轧和造谣诽谤。

"你让我过去好不好？"查姆里先生气愤地说，"我在这儿下车。"

莱文从玻璃的反射中看到查姆里从车厢里下去，但是他不敢紧跟在后。他耳旁好像响着一个声音，这声音飘过了雾气迷蒙的遥远路途，越过一个个州郡起伏的原野和时隐时现、建满了别墅的市郊在他耳边回响着："逮捕一个没有车票的人。"他手里拿着验票员给他补票的白纸单据思索着。他打开车门，看着旅客从他身边成群结队地向出口走去。他需要时间，但是他手里的这张白纸却马上就会把他暴露。他很清楚地知道，他连十二小时的先机都不会有了。他们会立刻搜查诺维治的每一处酒店和旅社。他什么藏身的地方也没有。

就在这个时候，他看到二号月台上的自动售货机，灵机一动，想起了一个主意。这个办法打破了他彳亍独行的孤独天地，使他又回到广大的人丛中去。

这时大多数旅客都已走净了,但是有一个年轻姑娘还站在小吃店门口,等着搬运工回来替她搬行李。莱文走到她跟前说:"我可以帮你拿拿行李吗?"

"哦,假如你肯帮忙的话。"她说。莱文站在她面前,微微低着头,不让她看到自己的嘴唇。

"吃一份三明治,好吗?"他说,"坐一夜车可真够呛的。"

"开门了吗?"她说,"这么早?"

莱文推了推门。"已经开了。"他说。

"你要请我吗?"她说,"是请客吗?"

他有些惊讶地看着她。她脸上带着笑容,一张小脸很俊俏,两只眼睛离得太远了一些。莱文更习惯的是妓女们脱口而出表示亲昵的客套话,而不是自然而亲切的态度,这种他似乎早已失掉的幽默感。他说:"我请。我来付账。"他把她的包裹拿进小吃店去,敲了敲柜台。"你要什么?"他说。在苍白的灯光下,他始终背对着她,不想把她吓坏。

"品种真多,"她说,"葡萄干面包、小圆面包、饼干、火腿三明治。我想要一个火腿三明治和一杯咖啡。是不是我会让你破产了?那我就不要咖啡了。"

莱文等着,直到柜台后的女售货员重新离开,直到身旁的女孩子嘴里塞满了三明治想喊也喊不出声来,才把脸露出来。他感到有点狼狈,因为女孩子不但没有露出嫌恶的表情,反而含着一嘴东西对他笑起来。他说:"我要你的车票。警察在追捕我。无论怎样,我也要把你的车票弄到手。"

她被嘴里的面包呛住了,咳嗽起来。她说:"看在上帝的面上,在我背上捶两下。"莱文差一点儿就照她的话做了,她简直弄得他手足无措。他对人们的正常关系已经不习惯了,这使他的神经感到慌乱。他说:"我带着枪呢。"接着又补充了个站不住脚的条件,"我给你这个作为交换。"他把补票单据放在柜台上。她一边咳嗽,一边很感兴趣地仔细看了看他补票的单据。"头等,全程。这么一说,我还可以退一部分钱呢。这个买卖可真合算。但是你为什么要动枪啊?"

他说:"拿票来。"

"给你。"

"现在你同我一起出站,"他说,"我不放心你。"

"你为什么不先把火腿三明治吃掉。"

"小声点儿,"他说,"我没有工夫听你说笑话。"

她说:"我喜欢你这种硬汉子。我的名字叫安。你叫什么?"外面列车鸣起笛来,车厢开始移动,一长串亮光又驶回到浓雾里,机车把蒸汽喷射到月台上。莱文的眼睛离开了她一会儿,她趁机举起杯子,把一杯热咖啡泼在他脸上。莱文身子往后一仰,双手捂住眼睛。他像个动物似的呻吟了一声,热咖啡把他的脸烫得生疼。这是那个老国防部长感受过的,是那个女秘书感受过的。莱文的右手摸到自动手枪上,脊背倚着门。他干事都是被别人逼出来的,都是别人逼着他失去了理智。但是他控制住自己,他努力忍着烫伤的疼痛,克制着逼他杀人的痛苦。他说:"我的枪在瞄准你。把你的手提包拿起来。拿着那张补票收据在我前边走。"

她照着他的话做了,因为提着沉重的箱子,脚步有些蹒跚。收票员说:"改变主意了?这张票可以一直坐到爱丁堡呢。怎么中途就下车了?"

"是啊,"她说,"我就在这儿下了。"收票员拿出一支铅笔,在补票单据上写了几个字。安想到一个主意:她想叫收票员记住她和这张票。很可能会进行查询的。"不要了,"她说,"我不用票了。我不想到别的地方去了。我就到这个地方。"她从出口处走出去,心里想:这件事他不会很快就忘记的。

路两边是肮脏的小房子,一条长马路向前延伸着。一辆送牛奶的车哗啷啷地响着转进一条横街,不见了。她说:"怎么样?可以让我走了吗?"

"别把我当傻瓜,"他没好气儿地说,"往前走。"

"你也该替我拿一件行李吧。"她把一只箱子放在地上,莱文只好提起来。箱子很沉,他用左手提着,他的右手还得攥着手枪。

她说:"这条路不是往诺维治市内云的。咱们应该在刚才那个街角往右拐。"

"我知道往哪儿走。"

"我倒希望我也知道。"

两旁的小房子在浓雾里好像永远也没有尽头。天还很早。一个女人走出门来取牛奶。安看见一个男人在窗户里面刮胡子。她想向这个人呼喊求救,但是这个人可能没有反应。她想象得出来,这个人会愣愣地瞪着看她,很久也不明白外面出了什么事。他们继续走下去,莱文在离她身后一步远的地方。她想知道,他是不是在吓唬她。如果他真的会对她开枪,那他一定是犯了什么

一个被出卖的杀手 061

重罪，正在被缉捕。

她把脑子里想的说出来："是杀人了吗？"她说这话时很不客气，声音很低，带着点儿恐惧，这种语调对莱文说是熟悉的，他习惯了恐惧。二十年来他心头一直埋着恐惧。使他手足无措的反而是人与人的正常关系。莱文一点儿也不感到拘束地回答说："不是，他们要捉我不是因为我杀了人。"

她向他挑衅地说："那么你是不敢对我开枪的。"但是莱文的回答是现成的，他这样回答别人都会相信，因为他说的是实话。"我不想坐牢。我宁可叫他们绞死。我父亲就是被绞死的。"

她又问："咱们上哪儿去？"她一直注意寻找时机。这次莱文没有回答。

"这个地方你熟悉吗？"但是莱文已经不想再说话了。突然，她的机会来了：一家门口摆着晨报新闻标题广告的小文具店，橱窗里陈列着廉价的信纸、钢笔和墨水，一个警察正站在橱窗外面往里看。她感到莱文在她背后走近了一步，事情发生得太快了，她没来得及打定主意，他们已经从警察旁边走过去，又沿着这条肮脏的马路走下去。现在再喊已经来不及了。警察已经离开他们二十码远，无法过来救她了。她低声说："准是杀了人。"

她两次重复这句话刺激了他。他说："你太不公平了，总是往坏处想我。是他们把一个盗窃案加到我的头上，我连这些钞票是从哪儿偷的都不知道。"从一家酒馆里走出一个人来，用湿布揩拭台阶，一股油煎火腿味传到他们鼻子里来。手提包在他的手里越来越沉了，莱文需要握着枪，所以不敢换手。他又接着说："一个人要是相貌生得丑，就一辈子也不会有出头之日了。从在学校念书就是这样。甚至在入学以前就已经注定了。"

"你的相貌有什么难看的?"她明知故问地说。只要他开口讲话就存在着希望。要杀死一个同你仍然发生着某种关系的人一定比较困难一些。

"我的嘴唇,当然了。"

"你的嘴唇怎么了?"

他有些惊讶地说:"你是说你没有注意到……"

"啊,"安说,"我想你是说你的豁嘴儿。比那个难看的有的是。"他们这时已经走完了一座座肮脏的小房子。她看了一下这条新建的路的名字:莎士比亚大道。发亮的红砖楼房,都铎式的三角屋顶、半木结构、镶着彩色玻璃的房门,每一幢小楼都有一个诸如"幽憩"之类的名字。这些房子代表着一种比纯粹贫穷更为庸俗的东西——灵魂的庸俗。它们已经爬到诺维治的边缘上了,投机的建筑商大量盖起分期付款的住房来。安忽然想,他把她带到这里来,是为了把她杀死在这些房子后面坑坑洼洼的空地上;那里,青草都被踩在烂泥里,一个个的树桩说明过去曾是个树林。他们继续往前走,看到一所小楼的门开着,为了让购买住房的人随时可以进去看:从一间方方的小客厅可以走到方方的小卧室,卧室通到浴室和楼梯平台旁边的厕所。一个大招牌上面写着:"欢迎参观安乐居。现款十镑产权立即到手。"

"你是想买一幢房子吗?"她强自说着打趣的话。

莱文说:"我口袋里装着一百九十五镑,可是连一盒火柴也不能买。我告诉你,我中了人家的圈套了。我从来没有偷过那些钞票。是一个浑蛋栽在我身上的。"

一个被出卖的杀手 063

"这个人也太慷慨了。"

他在另一所名叫"睡谷"的房子前边犹豫了一会儿。这所房子刚刚盖好,滴在窗玻璃上的油漆还没有擦掉。他说:"因为我替他干了一件事。他本来应该付给我一笔报酬的。我跟踪他到这里来。一个叫查尔—姆恩—德里的浑蛋。"

他把她推进"睡谷"的大门,经过一条没有铺砌地面的小路走到后门。他们站在雾气的边缘上,好像在日夜交界的地方,雾气像长幡一样消失在灰色的天空中。莱文把肩膀往后门上一靠,像玩具房屋一样,住房门锁一下子就从木柴棍门框上脱开。他们走进厨房,电线等着安灯泡,煤气灶还没有接通管道。"靠墙站着,"他说,"让我看着你。"

他坐在地板上,手里拿着手枪。他说:"我累了。在火车上站了一夜。我的脑子都麻木了。我不知道拿你怎么办。"

安说:"我在这里找到了一个工作。如果把工作丢了我就一个铜子儿也没有了。我向你发誓,你把我放了我绝不对别人讲。"她又不抱希望地加了一句,"但是你是不会相信我的。"

"人们答应我什么也不算数。"莱文说。他在污水池旁幽暗的角落里面色阴郁地沉思着。他说:"只要你在我身旁,我在这儿待着,暂时还是安全的。"他把手放在脸上,但是马上就因为烫伤疼得一哆嗦。安的身体动了一下。莱文说:"别动,不然我就开枪了。"

"我能坐下吗?"她说,"我也累了。我今天得站一下午。"但是就在她说这话的时候,她却仿佛看见自己被塞在壁橱里,浑身鲜血淋漓。她接着说:"我得化装成中国人,扯着喉咙唱歌。"但是莱文并没有听她说话,他正在自己的幽暗里筹思他的计划。为了不叫自己过分沮丧,她信口哼起萦回在脑子里的一支歌来;这首歌使她想起麦瑟尔,想起他们晚间乘车回家,想起"明天见"。

对你这只是
公园,
对我这却是
人间的伊甸。

他说:"我听过这个歌。"他不记得是在哪儿听到的,只记得那是一个灰暗的夜晚,寒风刺骨,他饿得要命,唱针刮着唱盘。他觉得某种尖锐、寒冷的东西正在他心里碎裂着,使他痛苦不堪。他坐在污水池下边,手里拿着枪,开始啜泣,却没有哭出声音,一任眼泪从眼角往下流,像苍蝇在由着自己性子飞似的。安继续哼唱着,一时没有发现他在落泪。"他们说这是一个男人从格陵兰带来的雪莲。"这时她看见他脸上的泪水了。她说:"你怎么了?"

莱文说:"靠着墙,要不我就开枪了。"

"你都垮了。"

"这不关你的事。"

"啊,我想我还是通人情的。"安说,"你还没有做出什么伤害我的事来。"

他说:"没什么,我只是累了。"他看了看面前还没有完工的赤裸、肮脏的厨房地板，想吹两句牛。"我住旅馆已经住腻了。我想把这间厨房修好。过去我学过电工。我受过教育。"他说，"'睡谷'。在你累了的时候这倒是个好名字。但是他们把'谷'字写错了。"

"放我走吧，"安说，"你可以相信我。我什么都不说。我连你是谁都不知道。"

他凄惨地笑了笑："相信你。我倒愿意这样做。等你进了城，你就会在报上看到我的名字，我的相貌特征，我穿着什么衣服，我多大年岁。我从来没偷过钞票，但是我却没有办法告诉别人我要寻找的是谁。姓名：查尔—姆恩—德里；职业：骗子。一个胖子，戴着个绿宝石戒指……"

"啊，"她说，"我就是跟这样一个人同车来的。我不相信他有这个胆子……"

"哦，他只不过是个代理人，"莱文说，"但是如果我能找到他，我就能逼着他告诉我……"

"为什么你不自己到警察局去投案，把事情和他们说清楚呢？"

"你真会出主意。告诉他们是查姆里的朋友们把那个捷克老头儿干掉的。你太聪明了。"

"捷克老头儿？"她叫起来。这时雾气从这一带住房和受到创伤的田野上升起来，厨房的光线比刚才亮了一些。她说："你说的是报纸上到处登着的那件事吗？"

"就是这件事。"他阴郁又骄傲地说。

"你知道是谁把他谋杀的？"

"像知道我自己那么清楚。"

"这件事跟查姆里也有关系……那是不是说，现在人们想的都错了？"

"这些报纸对这件事什么都不知道。应该相信的事他们却不相信。"

"这件事你知道，查姆里也知道。这么一说，如果你能找到查姆里，就根本打不起仗来了。"

"打仗不打仗才不关我的事呢。我要弄清楚的是谁把我暗算了。我要报仇。"莱文解释说。他一边用手捂着嘴唇，一边抬起头来看着地板另一边的那个女孩子。那个女孩子又年轻又娇艳，非常可爱，可是他却像因在铁笼里满身疮疖的癞狗看着栏杆外面一只养得干净、喂得肥壮的母狗一样，丝毫也没有什么兴趣。"打一场大仗也没有什么了不起的。"他说，"战争会叫人们睁开眼睛，会给他们尝尝自己种的苦果。这我知道。对我来说，战争从来没有停止过。"他摸了摸他的手枪。"我现在伤脑筋的是拿你怎么办，怎样才能叫你安安静静地待二十四小时。"

她低声说："你不会把我打死吧？"

"如果没有其他办法的话，"他说，"让我再想一想。"

"可是我是要站在你这边的。"她一边哀求他，一边四处搜寻看有没有什么东西可以向他扔去。她在想办法逃命。

"谁也不会站在我这边，"莱文说，"这我早就懂得了。甚至连一个专门给人打胎的医生……你知道，我长得太丑了。我不想装成你们那些漂漂亮亮的人。但是我受过教育。我什么事都看得很透。"他又很快地说，"我不该浪费时间了，我应该立刻办自己的事。"

"你准备怎样做?"她一边说,一边从地上站起来。

"哦,"他用失望的语调说,"你又害怕了。你不害怕的时候倒是挺不错的。"他站在厨房的另一头,用手枪比着她的胸脯,像哀求似的对她说,"用不着害怕。我的嘴唇……"

"你的嘴唇是什么样子我一点儿也不在乎。"她气急败坏地说,"你的样子并不丑。你应该有个女朋友。有了女朋友,你就不会老惦记着你的嘴唇了。"

他摇了摇头。"你这样说是因为你害怕了。你这样是不能从我手里逃开的。你碰上了我,算是倒霉了。你不该这么怕死。要是打起仗来,反正我们也得死。死来得很突然,快极了,不会叫你受罪的。"他说。他又想起了那个老人的被打碎的头颅——死就像这样,不比打碎一个鸡蛋更困难。

她低声说:"你要开枪打死我吗?"

"啊,不,不,"他竭力安慰她说,"转过身,到门那边去。咱们去找一间屋子,我可以把你锁在里面,过几个钟头。"他的眼睛盯住她的脊背,他想干净利落地一枪把她打死,不想叫她受罪。

她说:"你这人并不坏。如果咱们不是这样碰在一起,说不定会交上朋友的。如果这是舞台门的话。你在舞台门口找过女孩子吗?"

"我?"他说,"没有。她们连看都不会看我的。"

"你长得并不丑。"她说,"我宁愿你有这样的嘴唇也不愿意你的耳朵像花椰菜似的。那些人还以为自己多么威武呢!那些人穿着裤衩打拳的时候,女孩子简直都发狂了,可是一穿上宴会礼服,样子就可笑极了。"莱文想:如果我在这儿把她打死,随便哪个人从窗户外边走过都看得见她的尸体。不,我要在楼上一间浴室里把她打死。他又对女孩子说:"走,再往前走。"

她说:"今天下午你就把我放了吧,我求求你。要是我不到剧场去,我的工作就丢了。"

他们走到外面那间明亮的小客厅里,客厅还发散着油漆味。她说:"我可以给你弄一张戏票。"

"走,"他说,"上楼去。"

"这出戏值得一看。阿尔弗雷德·布利克扮演团琪寡妇[1]。"楼梯口通向三扇门,一扇门是框格毛玻璃的。"打开这扇门,"他说,"进去。"他决定,她一迈进门槛,马上从背上打一枪。这样,他只要把门一关,就不会有人看到她了。在他的记忆中又出现了一个苍老、低微的声音,那声音隔着一扇关闭的门无限痛苦地哼叫着。但是莱文从不为记忆所苦。死人的事他已经司空见惯了。在这个寂寥寒冷的世界里,居然那么害怕死,真是太愚蠢了。他嘶哑着嗓子说:"你高兴吗?我的意思是说,你喜欢你的工作吗?"

"啊,我不喜欢这份工作。"她说,"但是它不会继续很久的。你想会不会有人愿意同我结婚?我希望的是这件事。"

他压低了喉咙说:"进去。往窗外看一看。"他的手指摸着枪的扳机。她顺从地向前走去。他把枪举起来,手一点儿也不颤

---

[1] 戏剧《阿拉丁》里新增的滑稽角色,是阿拉丁的母亲,多由男性扮演。——编者注

抖。他对自己说：她什么也不会感到的。死并不是她该害怕的事。她已经把手提包从胳膊下面拿了出来，他注意到这只提包的式样非常新奇：一边是一个拧成螺旋形的玻璃圈，中间镶着两个电镀字母A.C.，她正准备化一下妆。

就在这个时候，楼下房门发出了合上的响声，一个声音说："请原谅我，这么早就麻烦您到这里来。我要去上班，下班非常晚……"

"没关系，没关系，格雷夫斯先生。您看，这幢小房子是不是非常舒服？"

在安回过头来的时候，莱文把枪放了下来。安呼吸急促地低声对他说："快进来。"他照她的话做了，他自己也不知道为什么。如果安喊叫起来，他还是会毫不犹豫地向她开枪的。她看见他手中的枪，对他说："快把它收起来。你拿着枪只会给自己惹麻烦的。"

莱文说："你的行李还在厨房里呢。"

"我知道。他们是从正门进来的。"

"煤气和电都接通了。"一个声音说，"只要交十镑钱，把名字往表上一填，您就可以把家具运来了。"

另一个声音说："当然了，我还要考虑一下。"这人的声音规规矩矩，想象得出：说话的人一定戴着夹鼻眼镜，系着硬领，生着一头亚麻色的稀疏头发。

听得到两个说话的人穿过客厅，往楼上走来。房产公司的代理人一边走一边不住口地讲话。莱文说："我打死你，你要是敢……"

"别出声。"安说,"别说话。听我说,那些钞票在你身上吗?给我两张。"莱文有一点儿犹豫,她着急地在他耳边说:"咱们得冒一个险。"房产公司代理人和格雷夫斯先生这时已经走进最好的一间卧室去了。"你看看吧,格雷夫斯先生,"房产公司的人正在说,"用的是带花纹的棉布。"

"墙壁隔音吗?"

"特制的隔音板。关上门。"门关上了,代理人的声音小了一些,但是仍然听得清清楚楚,"屋子里讲话,外面过道上一点儿也听不见。这些房子是专门为携家带口的人设计建造的。"

"现在我想去看看浴室。"格雷夫斯先生说。

"别动。"莱文威胁她说。

"好了,把枪收起来,"安说,"别乱来。"她把身后的浴室门关上,走到卧室前边。卧室的门打开了,代理人满脸殷勤地对安说:"哎呀,哎呀,您怎么到这儿来了?"这种对女人讲话的油腔滑调在诺维治的所有酒吧都可以听得到。

"我路过这里,"安说,"看到门没有上锁就进来了。我本来预备去找你的,没想到你这么早就来了。"

"随时乐于为您服务。"房产公司代理人说。

"我想买这幢房子。"

"请您等一等。"格雷夫斯先生说。格雷夫斯先生穿着一身黑色西服,满色苍白,脾气暴躁;看到他就会联想到睡眠不足、酸臭的小屋子和一大群小崽子。"您这样可不成。这幢房子我现在正在看呢。"

"我丈夫叫我来把房子买下。"

"我先来的。"

"您买下了吗?"

"我得先看一下,是不是?"

"给你,"安把手里的两张钞票亮出来,"我现在只要在……"

"在这张表格上的虚线上签上名字。"代理人说。

"再给我一点儿时间,"格雷夫斯先生说,"我挺喜欢这所房子。"他走到窗户前边,"我喜欢窗外的景物。"他的一张苍白的脸凝视着外面坑坑洼洼的地面;在逐渐消失的雾气下,这片地一直延伸到远处一座座炉碴堆成的小山前边。"这地方真安静,"格雷夫斯先生说,"这对我的孩子和妻子健康大有好处。"

"真是对不起,"安说,"可是我已经准备付款、签字了。"

"您的证明文件呢?"代理人说。

"我下午拿来。"

"我带您去看另外一幢房子吧,格雷夫斯先生。"代理人打了一个嗝,连忙道歉说,"我不习惯在吃早饭以前做生意。"

"我不看。"格雷夫斯先生说,"如果我买不到这一幢我就不买了。"他面色苍白、怒气冲冲地站在这所"睡谷"最好的一间卧室里,他在向命运挑战,他多年的痛苦经验告诉他,不管他提出什么挑战,命运总是接受的。

"那可没法子,"代理人说,"您买不了这幢房子。总有个先来后到呀。"

格雷夫斯先生说了声"再见",便带着他那叫人感到可怜的、心胸狭隘的骄傲走下楼去。他至少可以为一件事感到骄傲:即使他对真正想要的东西总是晚了一步,他也是绝对不肯将就凑合的。

"我同你一起到公司去,"安说,"马上就去。"她挎着代理人的胳膊,回头看了一眼浴室——那里面还站着那个手里拿着一把手枪的阴沉的倒霉鬼,便走下楼去。室外非常寒冷、雾气迷蒙,但是她却觉得像夏日一样晴朗、舒适,因为她已经得救了。

四

"阿拉丁到了北京,
他说什么呀?"

于是一长排人都拖着脚摇摆着身体一起唱起来:"请、请。"她们都弯着腰,一边唱一边拍打着膝盖,虽然累得要命,却个个装得神采奕奕的样子,她们已经排练了五个钟头了。

"不成,不成。一点儿精神也没有。重新来。"

"阿拉丁到了北京……"

"到现在为止,你们有多少人已经给累垮了?"安一边小声问,一边唱着"请、请"。

"哦,有半打了。"

"我真高兴,我是最后到的。这玩意儿连着排两个星期可真受不了。饶了我吧。"

"你们能不能演得有点儿艺术性?"舞台监督央求演员们说,"表现出一点儿自豪感。这不仅仅是个圣诞节童话剧呀。"

"阿拉丁到了北京……"

"你的样子已经精疲力竭了。"安说。
"你也不比我好多少。"
"这地方办什么事都挺快。"
"再来一次,姑娘们,下面咱们就转到梅迪欧小姐那场去了。"

"阿拉丁到了北京……
他说什么呀?"

"你在这儿住上一个礼拜就不会这么说了。"
梅迪欧小姐侧身坐在前排椅子上,两条腿搭在旁边的座位上。她穿着花呢衣服,带着一股高尔夫球、松鸡和荒野夹杂的味儿。她的真名叫宾斯,父亲是弗尔德海文勋爵。她用听着极不自然的文雅语调对阿尔弗雷德·布利克说:"我说了,我不想演。"

"坐在后排的那个人是谁?"安小声问道。这人在后边模模糊糊的,她看不清楚。

"我不知道,从没来过。我想大概是个捐款支持演出的人,想饱饱眼福。"她开始模仿起这个臆想中的人物来:"考里尔先生,您介绍我认识认识这些小姐们好不好?我要好好感谢感谢她们这么卖劲儿，使得这次演出获得成功。您肯不肯赏光同我去吃一顿饭，小姐？"

"别说话，鲁比，精神集中点儿。"考里尔先生说。

"阿拉丁到了北京，

他说什么呀？"

"好了，这次成了。"
"对不起，考里尔先生，"鲁比说，"我能问您一个问题吗？"
"好了，梅迪欧小姐，现在该轮到您和布利克先生的一场了。好了，你要问我什么？"
"我要问，阿拉丁说的到底是什么。"
"我要演员们有纪律，"考里尔先生说，"自始至终都要有纪律。"考里尔先生身材不高，眼神很凶，头发是草黄色，下巴颏缩了进去。他时不时地往肩膀后面看一眼，生怕有人在身后同他捣鬼。他导演的本领并不高，弄到这个位置是因为有人给说了情，至于究竟经过几层关系，就没人说得清了。所谓关系链就是这样的：有人欠某人一笔钱，而借给人钱的这个人有个侄儿……但考里尔先生并不是这人的侄子，关系最后拉到考里尔先生身上，中间还隔着好几道手。这里面还关系到梅迪欧小姐。总而言之，关系非常复杂，一时很难说清。人们常常误以为考里尔先生是靠着自己的本领捞到这个工作的。梅迪欧小姐就不是这种情况，她并不吹嘘自己有什么演剧的才华，她经常给专门为妇女编的小报写一些小文章，什么《勤奋是促使演员成功的唯一途径》等。她这时又点起一根纸烟说："你是在和我讲话吗？"她对阿尔弗雷德·布利克说。布利克穿着一套晚餐礼服，肩膀上披着一块红色毛线围巾。"那是为了躲开所有那些……皇家游园会。"

考里尔先生说："谁也别离开剧场。"他胆怯地回过头来看看观众席后面的胖绅士。胖绅士这时已经走到亮处来。考里尔先生之所以能够到诺维治来，之所以能够站到舞台前面这个众目睽睽的导演位置（他总是担心演员不听自己的话，吓得心惊胆战），也多亏这位胖绅士这关系链的一环。

"要是您这场戏已经排演完，考里尔先生，"胖绅士说，"您介绍我认识一下您的姑娘们好不好呀？我可不愿意打搅你们演戏。"

"当然，当然。"考里尔先生说。接着他又转过身去对女演员说："姑娘们，这位是戴维南特先生，是咱们的主要赞助人之一。"

"戴维斯，不是戴维南特，"胖子说，"我已经把戴维南特的股份全买下来了。"他挥了挥手，小手指上的绿宝石闪烁了一下，映到安的眼睛里。他说："在演出的这些日子，我要邀请你们每一位姑娘出去吃饭，表示一下我的心意。诸位热心艺术，我们这个童话剧肯定会大获成功，我由衷感到钦佩。哪一位愿意第一个接受我邀请？"他快乐得有些得意忘形，仿佛突然发现自己什么都可以不管不顾，只要填补一个真空就成了。

"梅迪欧小姐。"他不太热情地说。他首先邀请剧中的主角只是为了让合唱队的女孩子相信他请客并没有怀着邪念。

一个被出卖的杀手　077

"对不起,"梅迪欧小姐说,"我说好了要同布利克去吃饭。"

安一句话也没有说就走了出去。她并不想对戴维斯表现傲慢,只不过他的突然出现使她感到震惊。安相信命运,相信上帝,相信善和恶,相信马厩里的耶稣以及庆祝圣诞节的一切仪式。她相信有一种看不见的力量把人们安排到一起,驱使人们走上他们不情愿走的道路。但是她打定主意决不参与任何事,既不扮演上帝的角色,也不参加魔鬼的游戏。莱文已经被她甩开了,她把莱文扔在一所空房子的浴室里,同她再也没什么关系了。当然了,她不会出卖莱文,因为她还没有站到那组织起来的百万大军一边。但是另一方面,她也决不想帮他的忙。在她从更衣室走出来,穿过剧场大门,直到她走到诺维治的商业街上,她走的一直是一条不偏不倚、严格中立的道路。

但是街头的景象却叫她一下子停住了脚步。街上人非常多,所有的人都站在南边人行道上。从剧场门口一直排到市场前面。一双双的眼睛都注视着华莱士大绸布店楼顶上灯光拼出的最新消息。自上次大选以后,她再也没见过这样的场景,但这次不一样,因为没有欢呼声。人们在念着欧洲大陆军队调动频繁,英国颁布预防毒气弹空袭紧急措施等消息。上次大战爆发时,安的年纪还很小,她不记得当时的情况了,但是她从书上读到过王宫前拥挤不堪的人群,征兵办事处前排着长队,人民意气风发。在她想象中,这应该是每次大战开始时的普遍情景。如果说她对战争也怀着恐惧,那是因为她担心她自己和麦瑟尔的命运。她想象中的战争是在欢呼和旗帜的背景上演出的一场个人悲剧,但是现在她看到的景象却大不相同。沉默的人群一点儿也没显出炽热的爱国情绪,相反,人们个个怀着惊惧的心情。一张张苍白的面孔仰视着天空,仿佛整个人间在向空中吁请似的。他们不是向任何神明祈求,他们希望的只是那楼顶上的灯光给他们拼出另外一个故事。这些人刚刚下班,有的拿着工具,有的夹着公文包,但是建筑物上的几排灯泡却把他们拦在半路,灯光闪现出他们简直无法理解的复杂的消息来。

安开始想:怎么可能呢?那个愚蠢的胖子……那个生着豁嘴的年轻人居然知道……"好吧,"她对自己说,"我相信命运,我想我不能甩手一走,不管他们的事。我已经卷进去了。要是吉米也在这里该多么好啊!"但是她马上非常痛苦地想起来,吉米是站在另外一边的,他是属于那些追捕莱文的人的。但是必须叫莱文有机会先把他的猎物捕捉到手。安又转身走回剧场去。

戴维南特先生—戴维斯—查姆里,他爱叫什么就叫什么吧,正在给大家讲故事。梅迪欧小姐和阿尔弗雷德·布利克已经走了。大部分女演员也去换衣服了。考旦尔先生正在紧张地听着,一边听一边打量着这个胖子。他拼命地想着这位戴维斯先生到底是什么人。戴维南特先生是做丝袜生意的,他认识卡里特罗普。而卡里特罗普则是德莱特欠债的那个人的侄子。同戴维南特先生在一起,考里尔先生是没有什么风险的,但是对于戴维斯他就没有把握了……这次童话剧的演出总有一天要结束,同不对路的人有了交往正像同对路的人停止交往一样,会给你带来不堪设想的后果。非常可能,戴维斯就是曾经同寇恩吵过架的那个人,要不就是同寇恩吵架的那个人的叔叔。在剧团到外地巡回演出的一些二等城市里，这次争吵的余音仍然在当地剧场后台的过道里回响着。用不了多久，这两人的龃龉势必会波及到三流的剧团，于是剧团里所有的人不是擢升就是降级，只有那些职位最低再无从下降的人除外。考里尔先生神经质地咯咯笑起来，他翻着一对白眼珠，想尽量做到既不拉拢人也不得罪人的处境十分悲惨。

"我好像听见有人说要请客，"安说，"我真饿坏了。"

"谁先来我就先请谁，"戴维斯—查姆里先生兴致勃勃地说，"告诉那些姑娘们，我以后再来看她们。咱们到哪家饭店去，小姐？"

"叫我安吧。"

"太好了，"戴维斯—查姆里先生说，"叫我威利吧。"

"我想你对这个地方一定很熟，"安说，"我是第一次来。"她走近脚灯旁，有意叫对方看清楚自己的样子。她想知道这个人是否还认识她。但是她这种想法是多余的，戴维斯先生从来不看别人面孔。戴维斯先生的眼睛总是从你脸上望过去，看着别的地方。他的一张大方脸用不着盯着你的眼睛来炫示它的威力。这张脸存在于这个世界上，这件事本身就足以说明戴维斯先生如何重要了。你感到惊奇的是，他一天要吃掉多少东西才变得这么肥胖，正像你对一只大獒犬的胃口感到惊奇一样。

戴维斯先生对考里尔先生挤了挤眼睛，说："啊，不错，这地方我很熟。从某种意义上讲，这个城市可以说是我一手使它繁荣起来的。"接着他又说，"没有几个地方可以选择，要么就是大饭店，要么就是大都会饭店。大都会饭店的环境让人觉得亲切。"

"那咱们就去大都会吧。"

"他们也有诺维治最好的冰激凌圣代。"

街上的人已经不像刚才那么拥挤了，同平时街头一样，有几个人在浏览橱窗，有几个悠闲地踱回家去，也有一些正走进皇家电影院。安心里想：莱文现在什么地方？我怎样才能找到他呢？

"用不着叫出租车，"戴维斯先生说，"一转弯就到。你会喜欢大都会饭店的。"接着他又重复了一句，"大都会的环境让人觉得亲切。"但是在安看到这所饭店的时候，她却怎么也不能把这个地方同亲切二字联系起来。这幢用红黄石块建筑的大楼，占据了市场的整个侧翼，大得像火车站，而且同火车站一样，顶上还有一个尖尖的钟楼。

"有点儿像市政厅，是不是？"戴维斯先生说。从他的语气可以听出，这个人是很为诺维治感到骄傲的。

每两扇窗户中间都摆着一座雕像，这个地方的所有历史名人，从侠盗罗宾汉到一八六四年诺维治市长，都僵直地挺立着，而且还是一式的新哥特风格。"人们从很远的地方来，就是为了要看看这些雕像。"戴维斯先生说。

"大饭店呢？大饭店是什么样子？"

"啊，大饭店，"戴维斯先生说，"那地方粗俗不堪。"

他在后边推着安，从转门走进去。安注意到看门的人认识他。在诺维治这地方找到戴维斯先生并不困难，她想，但是怎样才能和莱文取得联系呢？

餐厅非常大，坐得下一整艘轮船的顾客。支撑着屋顶的大柱子漆着浅绿、金黄两色相间的条纹，弧形的天花板是蓝色的，闪烁着和真正星座位置相同的金色小星。"这也是诺维治的奇景之一。"戴维斯先生说，"我总坐在金星下面的位置上。"他神经质地笑了笑，在他的老座位上坐下来。安发现他们的头顶上是木星，并不是金星。

"我倒应该坐在大熊星座下面。"她说。

"哈，哈，太妙了，"戴维斯先生说，"我得记住你这句话。"他开始低头看酒单。"我知道你们这些女士总喜欢喝一点儿甜酒，"他说，"我也是特别喜欢吃甜东西。"他坐在那里研究着餐单、酒单，别的什么都不顾了。他对她没有什么兴趣，从他叫的第一道大菜龙虾开始，他的精神好像就暂时完全贯注在各式各样的菜肴上了。这个地方是他的安乐窝，这个空气闷浊的大食品库。这就是他所谓的亲切感，两百张桌子中的一席之地。

安盘算着，他把她带出来是为了同她调调情，她猜想同戴维斯先生搞好关系并不是一件困难的事，尽管想到这一程序使她有一点儿胆寒。她虽然已经有了五年的外地舞台生活经验，可是至今也没有学会调情该掌握的分寸：怎样挑动起对方的感情而自己又能对付得了。每次她的退却总是既突然又危险。吃龙虾的时候她脑子里一直想着麦瑟尔，想着安全感和爱情的专一。她把一条腿往前伸了伸，和戴维斯先生的挨在一起。戴维斯先生一点儿也没有理会，只顾埋头大嚼龙虾的大螯。看他吃饭的样子，倒好像根本没有带客人来似的。戴维斯先生这样把她抛在一边，叫安感到不安。这好像不太正常。她又碰了碰他的腿，说："你有什么心事吗，威利？"

他抬起的那对眼睛，好像透过一架大倍数的显微镜检查一张未冲洗的底片。他咕哝了一句："怎么啦？龙虾的滋味很不错，不是吗？"他的眼睛从她身上看过去，直勾勾地盯着顾客稀少的空旷的餐厅。每一张台子上都装饰着冬青和槲寄生树枝。他大喊了一声："侍者，我要一份晚报。"马上又吃起大螯来。报纸拿来以后，他首先翻到了经济新闻版。他好像很满意，好像读的地方登着甜甜蜜蜜的棒棒糖。

安说："对不起，我要出去一会儿，威利。"她从钱包里取出三个铜币来，走到女厕所去。她照了照洗手盆上面的镜子，但是并没找出自己的化妆有什么不对头的地方。她对看管厕所的老太婆说："你瞧瞧我什么地方打扮得不对？"

老太婆笑着说："也许你那个男朋友不喜欢那么多口红。"

"不对，"安说，"他是那种喜欢口红的人。想出来换换口味，找一朵野花儿。"她又问，"他是什么人？他管自己叫戴维斯。他说这地方繁荣起来都是靠了他的力量。"

"对不起，亲爱的，你的丝袜绽线了。"

"这倒不是他弄的。他是什么人？"

"我从来没有听说过，亲爱的。你问问看门的吧。"

"我想我得去问问。"

她走到大门口。"餐厅里真热，"她说，"我得出来透透气儿。"大都会饭店的看门人这时候正好非常清闲，没有人进去，也没有人出来。看门人说："外面可够冷的。"一个一条腿的人正站在马路边上卖火柴。电车一辆辆从街心驶过去——一间间灯光明亮的小房子，烟雾弥漫，里面的人正在亲切地交谈着。大钟敲起了，报时八点半，从广场外面的一条街上传来一群小孩子尖锐的歌声,他们正在唱一首跑调的圣诞歌曲。安说:"好了,我得回戴维斯先生哪儿去了。"接着她用很随便的口气问,"戴维斯先生是什么人?"

"一位阔佬。"看门的人回答。

"他自己说这个地方能够繁荣起来都靠了他。"

"那是吹牛,"看门的人说,"这地方是因为有英国中部钢铁公司才繁荣起来的。你在制革街可以看见他们的办公楼。但是这家公司现在正在把这个城市搞垮。过去他们雇了五万人,现在连一万人也不到。我自己就给他们当过看门的。但是他们连看门的都裁了。"

"真是叫人活不下去了。"安说。

"对他这种人就更糟了。"看门人向门外那个一条腿的人点了点头说,"他给他们干了二十年。后来失去了一条腿,法庭判决说是由于他自己粗心大意,所以连一个六便士也没给。你看,连这个地方他们也非常节约。好吧,他睡着了,就算粗心大意吧。要是叫你守着一台机器,一连八个小时每一秒钟都看着它做同一个动作,你也要瞌睡的。"

"可是戴维斯先生是怎样一个人呢?"

"啊,戴维斯先生的事我一点儿都不清楚。他也许跟制靴工厂有关系。也许是华莱士绸布店的一位经理。他们这些人有的是钱。"一个女人带着一条小狮子狗走进门来,身上穿着一件很厚的皮大衣。她问看门的人说:"阿尔弗雷德·派克尔先生来了吗?"

"没有,太太。"

"我早就料到了。他叔叔就老是这样。动不动就没影儿了。"她说,"给我看住这条狗。"说着,她摇摇摆摆地向广场另一头走去。

"她是市长夫人。"看门人说。

安走了回去。但是这期间发生了点儿事。酒瓶子差不多已经空了,报纸掉在地板上戴维斯先生脚前边的地方。桌上摆着两份圣代,但是戴维斯先生却没有碰它。太不礼貌了,戴维斯先生生气了。他对她吼叫起来:"你到哪儿去了?"她想看一下他刚才读的是什么。已经不是经济新闻了,但是她只能看到大标题:"……夫人离婚判决。"因为报纸倒放着,她读不出那位夫人复杂的姓名。另一个标题是:"摩托车驾驶员被判过失杀人罪。"戴维斯先生说:"我弄不清楚这地方是怎么搞的,他们在圣代里不知道是放了盐还是别的什么东西了。"他把一张怒容满面、肉皮耷拉着的大脸转向一个从旁边走过的侍者。"你们管这个叫圣代?"

"我给您换一份来,先生。"

"用不着了,把我的账单拿来。"

"这么一说咱们就分手了吧。"

戴维斯先生的脑袋从账单上抬起来,脸上显出类似恐怖的表情。"不,不,"他说,"我不是这个意思。你不会甩手一走,把我孤零零地扔下吧?"

"那么你还预备干什么?去看电影?"

"我本来想,"戴维斯先生说,"你会不会到我家坐一会儿,听听音乐,喝一杯什么的。咱们可以一起走一段路,好不好?"他的眼睛并没有看着她,他几乎并没有思索自己说的是什么。他的样子一点儿也不危险。安想,这一类型的人她是了解的。只要同他们接一两个吻就可以把他们打发走,在他们喝多了的时候给他们讲个伤感的故事,他们就会觉得你简直是他们的亲姐妹。这是最后一个人了,不久她就属于麦瑟尔了,就安全了。但是首先她得探听到戴维斯先生住在哪里。

在他们走到广场上的时候,唱圣诞歌的孩子向他们跑过来,六个小男孩没有一个真正会唱歌的。他们都戴着毛线手套、披着毛线围脖,把戴维斯先生的去路挡住,唱起来:"看好我的脚步,我的侍从。"

"要出租汽车吗,先生?"

"不要。"戴维斯先生向安解释说,"在制革街雇车可以省三便士。"但是唱歌的孩子拦住他不叫他走,向他伸出帽子来要钱。"走开。"戴维斯先生喊道。孩子们凭着自己的直觉一眼就看出来他正有什么心事,他们在人行道上跟在他后面,纠缠着他不放,嘴里唱着:"勇敢地跟在他们后面。"皇冠酒店外面的几个行人转过头来看热闹,有的人还鼓起掌来。戴维斯先生突然转过身子,一把抓住离他最近的一个小孩的头发。他狠命地往下扯,痛得那孩子哇哇叫起来。最后他揪下了那孩子的一绺头发,念念叨叨地说:"就得这么教训教训你。"一分钟以后,他坐在制革街停车场一辆出租汽车里,得意扬扬地说:"他们想同我调皮可不成。"他张着嘴,嘴唇湿湿的满是口水,陶醉在刚才的胜利里,正像在饭店里埋头大嚼大螯一样。安现在觉得他不像自己想的那样保险了。他不断安慰自己说:他只不过是个代理人。莱文说过,这人知道凶手是谁,但他不是杀人凶手。

"那是什么大楼？"安问道。汽车经过维多利亚大街的时候，她看到一幢玻璃墙面的黑色大厦耸立在一栋栋普通楼房中间。这个地方过去是制革场汇集的一条街道。

"英国中部钢铁公司。"戴维斯先生说。

"你在这儿工作吗？"

戴维斯先生第一次脸对脸地凝视着她。"你怎么会想到我在这儿工作？"

"我也不知道。"安说。她这时看出来戴维斯先生只是在风向顺的时候才是个温顺的人物，不觉忧虑起来。

"你说你会不会喜欢我？"戴维斯先生摸着她的膝盖说。

"我肯定会喜欢你的。"

汽车开出了制革街，驶过横贯路面的好几道电车轨道，开到车站广场上。"你的家在城外吗？"安问。

"在城边上。"戴维斯先生说。

"这个地方照明费便宜一点儿？"

"你真是一个聪明的姑娘，"戴维斯先生说，"我看你看问题很敏锐。"

"人不可貌相，我想你说的是这个意思吧？"安说。这时候他们的汽车正从一架大铁桥下面开过。桥上是开往约克郡的铁路。在通往车站的长长坡路上只有两盏路灯。隔着一道木栅栏可以看到停在铁路岔道上的一节节车皮和准备运走的煤堆。在又小又暗的火车站门口，停着一辆老旧的出租汽车和一辆公共汽车，等着下火车的旅客。这座车站是一八六〇年建的，已经大大落后于诺维治市的发展了。

"你上班可真远。"安说。

"这就到我家了。"

出租汽车向左一转,安从路牌上读到这条街的名字:吉贝尔路。一长排廉价的别墅住宅,每所房子门前都钉着住户姓名牌。出租汽车一直开到这条街的尽头才停住。安说:"你是说你住在这个地方?"戴维斯先生正在付车费。"61号。"他说(安发现只有这幢房子没有标出住户姓名)。戴维斯先生讨好地、细声细气地笑着说:"里面可舒服啦,亲爱的。"他把一个钥匙插在锁孔里,一只有力的手抵在安背后,把她推进一间灯光暗淡的小客厅里。他把帽子挂在帽架上,蹑手蹑脚地往楼梯口走去。屋子里有一股煤气和烂青菜的气味。一道扇形的蓝光照着一盆蒙满灰尘的植物。

"咱们把收音机打开,"戴维斯先生说,"听个曲子。"

过道上一扇门开了,一个女人的声音说:"谁啊?"

"我啊,查姆里先生。"

"上楼以前先把房钱交了吧。"

"二楼,"戴维斯先生说,"正前面的那间屋子,我马上就来。"他在楼梯上站了一会儿,等着她走上去。他的手伸进口袋里,硬币叮当作响。

屋子里确实有一台收音机,放在大理石洗脸台上。但是并没有跳舞的地方,因为一张大双人床把地方都占去了。看不出这间屋子有人住过,衣柜的镜子上布满灰尘,音响旁边的水壶也是干的。安从床架杆后面往窗户外面看了一眼,楼下是一个黑糊糊的小院子。她的手在腰带上颤抖着,她没有料到自己投进来的竟是这样一个罗网。戴维斯先生这时开门走进来。

安害怕得要命,不由自主地转入了攻势。她脱口问道:"你叫自己查姆里先生?"

他向她眨了眨眼睛,轻轻把身后的门关上。"我是查姆里先生又怎么样?"

"你说你带我到你家去。这不是你的家。"

戴维斯先生在床沿坐下,脱下鞋。他说:"咱们别大声讲话,亲爱的。那个老太婆不喜欢吵闹。"他把洗脸台下面的一扇门打开,从里面取出一个硬纸盒子来。当他向她走近的时候,糖渣从纸盒缝里一路撒出来,撒了一床一地。"吃一块土耳其酥糖吧。"

"这不是你的家。"她又坚定地问了一句。

戴维斯先生正往嘴里送酥糖,手指在半路上停住,说道:"当然不是。你也不会期望我能把你带回家去的,不是吗?你不会那么幼稚的。我可不愿意把我的名声毁了。"他又说,"咱们先听点儿音乐,好不好?"他开始捻动收音机的旋钮,收音机嗞嗞地叫起来。"干扰太多了。"戴维斯先生说,他继续转动旋钮,最后收音机里终于传出了乐队演奏舞曲的声音,一支遥远的、梦一般的旋律透过尖啸声传到他们耳朵里来。勉强能分辨出奏的是什么曲子:《夜之光,爱情的光》。"这是我们诺维治市的节目。"戴维斯先生说,"整个中部地区再没有比我们这里的乐队更好的了。这是诺维治大饭店的乐队。咱们跳两步怎么样。"说着,他搂住她的腰,开始在床和墙中间一小块地方颠动起来。

"我到过比这个更好的舞厅,"安说,她尽量想说两句没多大意思的笑话,在这绝望的处境中提高自己的情绪,"可从来没有这样磕碰过。"戴维斯先生说:"你可说得真妙。我得把这句话记下来。"突然,他把黏在嘴唇上的糖渣吹掉,一下子变得热情起来。他把嘴唇贴在她的脖子上。安一边对他笑,一边用力往外推他。她要保持冷静。"现在我知道岩石是什么感觉了。"她说,"当汹涌的海涛——波浪——他妈的,我怎么也说不对这个字了。"

"你可说得真妙。"戴维斯先生机械地说,又把她拉到怀里。

她开始不住嘴地讲起来,想到什么就说什么。"我真想知道毒气室是怎么回事,"她说,"他在那个老太太脑门上打了一枪,是不是太可怕了?"

他把搂住她的手松开了,虽然她刚才那句话只是顺口说出的。他问:"你提起这件事干什么?"

"我刚才在报上读到的,"安说,"那家伙一定把那套公寓弄得鲜血淋漓的。"

戴维斯先生乞求她说:"别说了。我求求你,别说了。"他靠着床柱,有气无力地解释说,"我的肠胃很不好,听不得恐怖的故事。"

"我喜欢看惊险故事,"安说,"那天我看了一本书……"

"我的想象力太丰富了。"戴维斯先生说。

"我记得有一次我把手指头割破了……"

"别说了。我求求你,别说了。"

看到自己的计策奏效,她越说越没边儿了。"我的想象力也非常丰富,"她说,"我觉得有人在外边看着这所房子。"

"你说什么?"戴维斯先生真的害起怕来。但是安说得太过火了,她说:"有一个黑皮肤的人在看着咱们的房门,这人是个豁嘴儿。"

戴维斯先生走到门前边,把门锁上。他把收音机的音量调低,回过头来说:"二十码以内连路灯都没有,你不会看清他的嘴唇的。"

"我只是在想……"

"我想知道一下他都告诉了你一些什么。"戴维斯先生说。他在床沿坐下,看着自己的两只手。"你想知道我住在什么地方,想知道我在哪儿工作……"他没有把话说完就停住了,带着恐惧的神情抬头看着她。但是安从他的神情看出来,他怕的不是她,而是另外一件什么事。他说:"他们绝不会相信你的。"

"谁不会相信我?"

"警察。你的故事太离奇了。"她非常吃惊地看到,他坐在床边搓着两只大毛手,竟抽起鼻子来。"总得想出个办法来。"他说,"我不愿意伤害你。我谁也不愿意伤害。我的肠胃不好。"

安说:"我什么都不知道,请你开开门,好不好?"

戴维斯先生带着怒气低声说:"别作声。这是你自己找的。"

她又说:"我什么都不知道。"

"我不过是个代理人,"戴维斯先生说,"我不负责任。"他低声解释说。他穿着袜子坐在床沿,一对深眼窝里闪着自私的泪珠。"我们的策略是任何事都要做得极度安全。那个家伙逃掉了并不是我的过错。我已经尽了最大的努力了。我不论做什么总是尽量往好里做。但是他不会再原谅我了。"

"你如果不把门打开,我就要喊了。"

"喊吧,你只会把那个老太婆惹恼的。"

"你要干什么?"

"这事关系到五十万英镑的巨款,"戴维斯先生说,"这次我可不能再冒风险了。"他站起身来,伸着手,一步一步向安走过来。安尖叫起来,拼命摇门。因为门外一点儿也没有响动,她又从门口跳到床后边。戴维斯先生并没有拦阻她,他知道在这间狭小的屋子里她是逃不出自己掌心的。他站在那里自言自语地说:"可怕呀,可怕呀。"看样子他好像马上就要呕吐了,对某个人的害怕驱使着他继续下手。

安央求他说:"你叫我做什么,我都答应你。"

他摇了摇头,说:"那个人永远也不会原谅我的。"他从床上爬过去,抓住她的手腕。他气息粗重地说:"老实点。要是你不挣扎,我是不会伤害你的。"他把她从床上拖过来,另一只手摸索着拿过一个枕头。直到这个时候,安仍然安慰自己说:我是不会死的,他们谋害了的是别人。我不会被他们杀死。由于生的欲望非常强,她不相信这就是她的末日,就是热爱生活、同情别人的"我"的末日,甚至在枕头已经堵在她嘴上的时候,生的欲望仍然给她莫大的安慰。在她在戴维斯先生的一双沾满了酥糖、黏黏糊糊、既柔软又有力的大手下挣扎的时候,她一点儿也没有意识到死的恐怖。

五

雨从东面沿着威维尔河袭过来,在寒冷的夜空中变成冰,敲打着沥青人行道,把公园里木椅上的油漆打出一个个的小坑。一个警察悄悄地走过来,披在身上的厚重雨衣像湿漉漉的碎石路一样闪亮。他手里提着一盏灯,在两个路灯间的黑影里照来照去。他对莱文招呼了一句"晚上好",连第二眼也不看就走了过去。他要搜寻的是成双作对的男女,即使在十二月的冰雹天里也有人出来谈情说爱。这是被禁锢的可怜的热情在小城市里的表现。

莱文把外衣领上的扣子系上,继续寻找一处躲避冰雹的地方。他想把心思放在查姆里身上,想思索一下怎样在诺维治这个地方找到他。但是他却发现自己总是想着早晨他要干掉的那个女孩子。他想起来他丢在苏豪区咖啡馆里的那只小猫。他是很爱那只小猫的。

她一点儿也没有理会他的丑陋。"我的名字叫安。""你并不丑。"他想,她一点儿也不知道他要杀死她,就像他有一次不得不淹死的一只小猫那样天真。他非常惊奇地想到,她并没有出卖自己。她甚至很可能相信了他的话。

这些思想对他说来比冰雹更寒冷,更叫他不舒适。除了苦味以外,他的舌头不习惯尝到别的味道。他是仇恨抚育大的,仇恨把他塑造成这样一个又黑又瘦、杀人成性的人。他一个人彳亍在雨地里,被人追捕着,一副丑陋的脸相。他生下的时候父亲正关在监狱里,六年以后,父亲因为又犯了别的罪被绞死了,母亲用一把菜刀了结了自己的性命。这以后他便被送到少儿收容所去。他对任何人从来没有一点儿温情。他就是这样被培育出来的,而他对这一结果却有一种奇怪的自豪感。他不希望自己被制造成别的样子。突然间,他害怕起来:如果想要逃跑的话,这次他一定要比过去任何时候都更加冷静。要想眨眼间就把枪掏出来,需要的绝不是温情。

河边上一座大房子的车库门没有关上,显然这个车库里没有放着汽车,而是为了存放婴儿车,为了孩子们游戏用的,也许里面还摆着些洋娃娃和积木。莱文躲了进去,他浑身冻得冰冷,只有一个地方没有这种感觉,因为一生中,他身上那地方的冰块从来没有解过冻。那像匕首一样的冰块现在却有一些融化了,给他带来了极大的痛苦。他把车库门推开了一点,如果有人从河滨路上走过,他不想叫人发现自己偷藏在这里。在这种风雪交加的日子里,谁都可能在别人的车库里躲避一会儿。当然了,有一个人是例外,一个正在被追缉的、生着兔唇的人。

这条街上的房子并不紧挨在一起,两幢房子中间都隔着一间车库。莱文被红砖墙紧紧地包在里面。他可以听到两边房子里传出的收音机声。一所房子里,一只焦躁不安的手不停地扭动旋钮,改变波段,收音机从一个电台跳到另一个电台,一会儿是柏林的一段慷慨激昂的讲演,一会儿是斯德哥尔摩的歌剧。从另外一幢房子里传来的是英国广播电台的节目,一个年老的评论员正在朗读一首诗。莱文在寒冷的车库里,站在婴儿车旁边,凝视着室外黑色的冰雹,无可奈何地听着收音机播出的诗句:

> 一个影子从我面前掠过
> 不是你,但又何其像你;
> 啊,基督,我多么希望
> 能看到,哪怕只一瞬息,
> 我们热爱着的灵魂,能知道
> 他们是谁,又在哪里。

他想到被绞死的父亲,在地下室厨房里自杀的母亲,想到所有那些使他堕落的人。他使劲把指甲掐在自己手心的肉里。那个年老的、文雅的声音继续读道:

> 我厌恶广场和里巷,
> 厌恶我遇到的那些面孔。
> 那些颗心,对我无情无义……

他想:如果她有足够的时间,也会去报告警察的。这是和女人打交道必须要落得的下场。

我的整个灵魂奔向你

他在努力令自己的心重新凝冻起来,像过去一样坚硬、一样安全,凝成寒冷的冰块。

"刚才是德鲁斯·温顿先生朗读丁尼生[1]爵士的长诗《莫德》的片段。国家广播到此结束。祝各位听众晚安。"

1　阿尔弗雷德·丁尼生(Alfred Tennyson 1809—1892),英国桂冠诗人。

第三章

一

　　麦瑟尔乘的那列火车是夜里十一点钟到的诺维治，他同桑德斯坐汽车直接从车站到了警察局。街头已经没有什么行人，因为诺维治市的人很早就都上床了。电影院最后一场十点半散场，一刻钟以后，所有的人都已离开了市中心，或者乘电车，或者乘公共汽车。徜徉在市场附近的还有一个诺维治市的妓女，撑着一把伞，冻得浑身发青。此外就是大都会饭店里的一两个商人，正在吸最后一支雪茄。麦瑟尔的汽车从结了薄冰的马路上驶过去，快到警察局的时候，他看到皇家剧场外面贴着《阿拉丁》童话剧的海报。他对桑德斯说："我的女朋友就在这儿演出。"他很骄傲，心里乐滋滋的。

　　诺维治的警察局长亲自到局里来见麦瑟尔。这本是一个普通案件，但是听说莱文带着一支枪，又是个亡命徒，就增加了事态的严重性。警察局长生得身体肥胖，神情非常兴奋。过去他本是个商人，赚过不少钱。上次大战期间，政府委任他主持当地军事法庭的审讯工作。他对一些反战的人执法严苛，并且为此深感自豪。在他的家庭中，在他那个一直看不起他的老婆跟前，这件事为他挽回不少脸面。也就是因为这个他才到警察局里来迎接麦瑟尔；回到家里又是一件值得吹嘘的事了。

麦瑟尔说："当然了，长官，他是不是一准在这里，我们还不知道。但是他确实乘了一夜火车，火车票是在这里交回来的。交票的是一个女人。"

"这么说还有一个同犯，啊？"警察局长问。

"也许有。只要找到那个女人就可以找到莱文了。"

警察局长用手掩着嘴打了一个嗝。出来以前他喝了不少罐装啤酒，喝了啤酒总是要打嗝的。督察说："我们一接到伦敦警察局的通知，马上就把钞票的号码通知到这里所有的商店、旅馆和寄宿公寓了。"

"这是地图吗，长官？"麦瑟尔问道，"巡逻的路线是不是都标记在上面了？"

他们走到墙壁前面，督察用一支铅笔把诺维治市的几个主要地点指给他们看：火车站、威维尔河、警察局。

"皇家剧场大概在这个地方吧？"麦瑟尔问。

"对了。"

"他为什么要到诺维治来呢？"警察局长问。

"这我们也弄不清楚，长官。旅馆是不是都在警察局附近的这几条街道上？"

"还有几家寄宿公寓。糟糕的是，"督察说，心不在焉地转过身去，背对着局长，"很多这种寄宿公寓都接待临时投宿的人。"

"那最好把钞票号码也都叫他们知道。"

"有些地方根本不注意警察局的通知。那种所谓的幽会所,你知道。十分钟的客人他们也接待,什么时候去都成。"

"胡说,"警察局长说,"咱们诺维治可没有这种地方。"

"我提个建议不知道合适不合适,长官。凡是有这种公寓的地方,巡查时最好加派人员,把你们这里最精明的小伙子派到这些路线上去。我想你们这里的人都知道晚报上对这个人相貌的描写了吧?这家伙开保险柜似乎非常内行。"

"看样子今天夜里咱们没有什么事好干了,"督察说,"这家伙夜里找不到个睡觉的地方我可真有点儿可怜他。"

"你这里有没有一瓶威士忌,督察?"警察局长问,"咱们大家都得喝一杯。啤酒喝得太多了,有点儿反胃。威士忌好多了,可是我老婆讨厌那个味儿。"他把身体往椅背上一靠,脚搭上两条胖腿,像个孩子似的,高高兴兴地看着督察。他好像在说:又同伙计们一块儿开怀喝两杯,真是一件开心的事儿。只有督察心里明白:在同一个好欺侮的人在一块儿的时候,局长就要露出魔鬼的本色来了。"就喝一小口,督察。"他一边喝酒一边说,"你那次抓住了那个老坏蛋拜恩斯,干得可真漂亮。"接着他又给麦瑟尔解释:"在街上兜售赛马赌票。很久以来一直是我们这里的一个祸害。"

"这个人倒不捣鬼。我认为他并不坑害人。这回犯事只不过是因为他把麦克费尔森的买卖抢了。"

"啊,"警察局长说,"麦克费尔森卖赛马票是合法的。他有事务所,也有电话,要花不少开销。干杯,孩子们。祝诸位的

一个被出卖的杀手 101

太太们身体健康。"他一口气把杯子里的酒喝干。"再来两支吧,督察。"他又打了一个大嗝,"炉子里再加上几块煤,怎么样?让咱们大家舒服一会儿。今天夜里没有事情好干了。"

麦瑟尔感到有些不安。尽管确实没有什么事好干,但是他还是不喜欢这样闲着。他一直站在地图旁边。诺维治是个小城市。他们要把莱文捉住是不用很长时间的,但他自己对这个地方也很生疏。他不知道该去搜查哪些赌场、哪些俱乐部和舞厅。他开口说:"我们猜他是跟踪一个什么人到这地方来的。我提议明天早晨咱们先去找那个收票员谈谈,长官。看看他记得不记得坐那趟车来的有多少本地人。说不定咱们运气好能找到个线索。"

"你们知不知道那个约克郡大主教的故事?"警察局长说,"好的,好的。咱们明天去找找那个收票员。但是用不着着急。在这里就跟在家里一样,年轻人,再喝一点儿苏格兰酒。你现在是在英国中部地区,慢慢腾腾的中部地区(对不对,督察?)。我们这里做什么事都慢条斯理的,但是我们到达终点站一点儿也不晚。"

他说得当然有道理。用不着慌,在这样的深夜里什么事也做不了,但是站在地图旁边,麦瑟尔却总觉得有个人对他喊:"快点儿,快点儿,快点儿。不然就太晚了。"他用手指头划着诺维治的几条主要街道,想尽量对这个地方熟悉起来,像他对伦敦市区一样熟悉。这里是邮政总局,这里是市场,这里是大都会饭店和商业街。这是什么地方?制革街。"制革街上这座大楼是什么地方,长官?"他问。

"那是中部钢铁公司。"督察说。他转过身来,耐心地对局长说:"我没听说过那个故事。一定挺有意思,长官。"

"是市长告诉我的。"警察局长说,"市长老派克尔真有意思。你们知道在我们预防毒气空袭委员会上他说什么?他说:'太好了,咱们可以趁这个机会钻到别人床上去。'他的意思是说,戴上防毒面具,女人们就分辨不出谁是谁来了。懂得他的意思了吗?"

"派克尔先生可真爱说笑话,长官。"

"是的,督察,可是我说的话比他还俏皮。那天开会我也去了。你知道我说什么?"

"不知道,长官。"

"我说:'你不会找到一张空床的,派克尔。'明白我的意思吗?真爱说笑,这个老派克尔。"

"你们在预防毒气空袭的会上做了什么安排了,长官?"麦瑟尔问,一根手指依然指在市政厅上。

"你不能指望人人都花二十五先令买一个防毒面具,但是我们已经安排好在后天举行一次空袭演习。飞机从汉洛飞机场起飞,在市内投掷烟幕弹。街上的行人如果被发现没有戴面具,就要被强行送上救护车,运到市立医院去。这样的话,谁要是有事非上街不可,就必须买一个防毒面具。中部钢铁公司免费分发给它的全部雇员每人一个,所以他们那里在那天仍然像平常一样办公。"

"这有点儿像敲竹杠,"督察说,"要么就待在家里,要么就得买一个防毒面具。几家运输公司为买面具都花了一大笔钱

一个被出卖的杀手 103

啦。"

"什么时间进行演习，长官？"

"这我们不预先通知，到时候防空汽笛就会响起来。你知道怎样举行演习，童子军都骑着自行车巡逻，他们每人都会借到一个面具。当然了，我们心里有数，中午以前演习就结束了。"

麦瑟尔又回过头来研究地图。"火车站附近有不少储煤栈，"他说，"这些地方你们都派人守着了吗？"

"我们注意到了，"督察说，"伦敦警察局一打电话来，我们就留神这些储煤栈了。"

"干得真漂亮，伙计们，真漂亮。"警察局长咽下最后一口威士忌，夸奖说，"我要回家去了。明天可够咱们忙活的。我想明天早上咱们得开个会研究一下吧，督察？"

"啊，我想我们就不用在一大清早麻烦您了，长官。"

"那好吧，假如你们有什么事要同我商量，可以随时给我打电话。晚安，伙计们。"

"晚安，长官。晚安。"

"有一件事这老家伙还是说对了，"督察一边把威士忌摆进柜子里一边说，"今天夜里咱们是没有事情可干了。"

"我不想再多耽误您的时间，长官，"麦瑟尔说，"请您不要想我这人太啰唆，桑德斯会向你们证明，我这人干什么也不拖泥带水。可是这个案件却有点儿特别……我好像怎么也放不下手。一个很奇怪的案件。刚才我在看地图，长官，我在设想，如果我是犯人，该藏在什么地方。东边这些虚线代表什么？"

"这是个新住宅区。"

"还没有完工的房子？"

"我派了两个人专门在这一带巡查。"

"你们办事真是仔细，长官。我看我们来真是多余了。"

"你不应该根据他这个人来判断我们。"

"我对这个案子始终放不下心来。他是追踪一个人到这里来的。这人很有头脑。以前我们对他一点儿消息都没有，但是在过去二十四小时内他却接二连三地犯错误。我们的头儿说他正开辟一条道路，这话说得有道理。我也觉得他是在不顾一切地想找到一个什么人。"

督察看了看钟。

"我走了，长官，"麦瑟尔说，"明天早上见。晚安，桑德斯。我到街上去兜个圈子再回旅馆。我要把这里的地形弄清楚。"

麦瑟尔走到大马路上。雨已经停了。水沟里结了一层薄冰。他在人行道上滑了一下，幸亏扶住路灯柱子才没有跌倒。一过十一点，诺维治街头的灯光就调得非常暗。他朝着市场走了大约五十码，便是皇家剧场的门廊，剧场里里外外的灯光都已关掉了。他发现自己嘴里正在哼着一个曲调："但对我说来这是天堂。"他想：恋爱真是一件奇妙的事，好像心里有了依靠，有了把握，并不是那种漂浮不定的感情。麦瑟尔要让自己的爱情也尽快组织得井井有条：他想要爱情打上戳记、贴上封条、签上名字，他要付款取到证明。他心中充满了一种无法诉说的柔情，除了结婚，他是永远也表达不出来的。麦瑟尔不是一个情人，他早已像一个结过婚的人，一个结婚多年，对幸福和信任心存感激的人。

他做了一件自从认识她以来最疯狂的事：他到她寄宿的地方去看了一下她的住所。他知道安的地址，她在电话里告诉过他。他寻找这条名叫万圣路的道路并未逾越他现在的工作范围，一路上他了解到许多事情，他的眼睛什么也没有放过，这绝不是浪费时间。比如说，他了解到当地两家报社的名字和地址，一家叫《诺维治日报》，一家叫《诺维治卫报》，两家报纸都在柴顿街上，隔街相对，其中一家旁边是一家华丽的大电影院。从两家报纸的新闻招贴上看得出来，《日报》是一家通俗的报纸，而《卫报》则是供有文化教养的人阅读的。麦瑟尔还了解到最好的炸鱼薯条店在哪里，煤矿工人都到哪家酒馆去。此外，他还发现了一个公园，枯萎的树木、尖头木栅栏、推婴儿车的沙石小路，一片暗淡的景象。他了解到的这些事实中的任何一件将来都可能对他有用处，而且这也给予了诺维治地图一些生活气息。再想到这个地方时，他就可以同活人联系到一起，正像他在伦敦办案的时候，每想到一个地区，脑子里总是出现那里的这个、那个居民们一样。

万圣路两旁都是新哥特式的小房子，排列得整整齐齐，就像某一家公司在展览货品似的。他在十四号门前站住，想知道这会儿她上床没有。明天早上她会大吃一惊的：他在尤斯顿车站给她寄了一张明信片，告诉她，他到诺维治以后将住在王冠旅舍。从地下室透出一点儿光线，女房东还没有睡觉。他真希望在明信片没寄到以前就让她知道自己已经到了。他知道住在这种寄宿舍里生活多么单调：早晨起来一杯不加奶的清茶，一张张毫无笑容的脸。他觉得生活太亏待她了。

冷风快要把他的身体冻僵了。他在对面人行道上徘徊着,想知道她床上的毯子够不够,有没有零钱支付暖气费。地下室的灯光诱惑着他,他差一点儿就要去按门铃,问一问房东太太安还需要不需要什么东西。但最后他还是走上通到王冠旅舍的路上。他不愿意让人知道自己那么多情,甚至对安本人,他也决不会提自己到她住处来看过的事。

二

一阵敲门声使他从梦中惊醒。刚刚七点。一个女人的声音说:"你的电话。"麦瑟尔听见说话的人趿拉着鞋走下楼去,还碰倒了一把扫帚,扫帚柄砰的一声撞在楼梯栏杆上。这将是晴朗的一天。

麦瑟尔到楼下去接电话。电话机在酒吧间后面空无一人的餐厅里。"我是麦瑟尔。你是哪位?"他对着话筒说。他听到的是警察局警官的声音:"我们给你弄到了一点儿新情报。那个人昨天夜里是在圣马克教堂过夜的,那是一座天主教教堂。有人报告说,天刚亮他就到河边去了。"

当麦瑟尔穿好衣服来到警察局的时候,又有了更多的消息。一家房产公司的代理人从当地报纸上读到盗窃钞票案,给警察局拿来了两张五镑票子。这是一个准备购买住房的年轻女人给他的。他觉得这件事很奇怪,那个女人交了钱以后,就没有到公司去签署购房合同。

"这肯定是替他交火车票的那个女人,"督察说,"这个案子是他们俩一起做的。"

"教堂是怎么回事?"麦瑟尔问。

"一个女人说她大清早看见那个人从里面走出来。后来她回到家里(她早晨是到教堂去),看到报纸,就把这件事报告给了值勤的警察。以后这些教堂夜里都得锁上。"

"不要锁,要派人守着。"麦瑟尔说。他在铁炉子上烤着手,"让我同那个房产公司代理人谈谈吧。"

一个穿着尺寸加长的灯笼裤的人得意扬扬地从外面屋子走进来。"我叫格林。"这个人说。

"你能不能告诉我,格林先生,那个女孩子长得什么样子?"

"挺漂亮的一个小东西。"格林先生说。

"个子不高?还不到五英尺四英寸?"

"不是的,我不是这个意思。"

"你刚才说小东西?"

"啊,"格林先生说,"那是一句称赞话。她说话挺随和。"

"浅颜色头发,还是深颜色?"

"啊,我可说不上来。我不注意女人的头发,两条腿挺漂亮。"

"举止有些奇怪吗?"

"不知道,我说不上。说话特别和气。同她开个玩笑她也不在乎。"

"那么你也没有注意她眼睛的颜色?"

一个被出卖的杀手 109

"怎么说呢？眼睛我注意了。我看一个女孩子总是要看她眼睛的。她们爱让人瞧自己的眼睛。'你用秋波向我敬酒'，你知道，有这么一句诗。这是我的第一步棋。从精神开始，你知道。"

"眼睛到底是什么颜色的？"

"绿色的，闪着金星。"

"她穿的是什么衣服？你注意了吗？"

"当然注意了。"格林先生的手在空中摆动了一下说，"一件黑衣服，料子很柔软。你知道我说的是什么意思。"

"帽子呢？草帽？"

"不是草帽。"

"毛毡的？"

"可能是某种毛毡。也是黑颜色的。我注意了。"

"要是再看见她，你认得出来吗？"

"当然认识，"格林先生说，"我看过的面孔从来不忘记。"

"好了，"麦瑟尔说，"你可以走了。以后我们也许还要你来认一认这个人。这两张钞票留在这儿吧。"

"但是，"格林说，"票子是真的。这是公司的。"

"你可以当作房子还没有出手。"

"我把车站的收票员也找来了，"督察说，"当然了，对咱们有帮助的事他一件也记不起来了。在小说里，人们总是记得一件什么事，但是在现实生活里，他们只能告诉你她穿的是一件深颜色的衣服或者浅颜色的衣服。"

"你派没派人去看看那幢房子？刚才那个人就是那么说的？

真奇怪。她一定一下火车就奔那幢房子去了。为什么呀？为什么要假装买那幢房子，把偷来的钞票付给他？"

"看样子她千方百计不想叫另外那个人把房买到手。倒仿佛她有什么东西藏在里面似的。"

"你们的人得好好把那地方搜查一遍，连针尖大的地方也别放过。当然了，什么也不会找到的。如果还有东西在里面，她会再次露面签订购房契约的。"

"不，她害怕了，"督察说，"怕他们发现票子是偷来的。"

"你知道，"麦瑟尔说，"我对这个案子不怎么感兴趣。不是什么大事情。因为欧洲的那些笨蛋把一个凶手放走，全世界要打起一场大仗来，咱们却在这儿追捕一个小蟊贼！但是现在我却放不下了。这件案子有些离奇。我告诉过你，我们的头儿怎么说莱文来着吗？他说他在开辟一条途径。直到现在为止，他一直走在咱们前头。我看看收票员都说了些什么？"

"什么要紧的都没有。"

"我不同意，长官。"麦瑟尔说，这时候督察把收票员的证词从档案里翻出来，放在办公桌上，"书上说的还是对的，一般说来，人们总还记得一件什么事。要是什么都不记得，那反倒奇怪了。只有幽灵才任何痕迹都不留。就连那个房地产代理人也还记得那女人眼睛的颜色。"

"但也可能记得不对，"督察说，"给你，这是证词。他就记得她拿着两个手提包。当然了，这也是一件事，但这是无关紧要的事。"

"啊，从这件事上也还可以推测到些什么。"麦瑟尔说，

"你说对不对？"在这位外地警官面前，他不愿意显露得过分聪明。他需要当地警察局同他配合。"她到这里来要待很长一段时间（女人们在一只手提箱里可以装不少东西），要不然她提的手提箱也许有一只是他的，那就是说，她要听那个人的吆喝。收票员说他对她挺不客气，叫她一个人拿重东西。这倒和莱文的性格相符。至于那个女的……"

"在黑帮小说里，"督察插嘴说，"这种女人叫伴当。"

"就这么叫吧，"麦瑟尔说，"这个伴当可能是个喜欢被人呼来喝去的。我猜想她一定摽着他不放，还挺贪心。要是她有点儿骨气的话，他就得替她拎着一个提包，不然她就把他的底给泄了。"

"我想，这个莱文一定是个心狠手辣的家伙，像所有那些黑帮一样。"

"一点儿不错，"麦瑟尔说，"也许这个女人就喜欢这种心狠手辣的人。也许这叫她感到紧张、兴奋。"

督察笑了笑："你从那两只手提箱推断出不少事来，再念念这份证词就等于给我一张她的照片了。给你。可是那个收票员却什么也不记得了，连她穿着什么衣服也想不起来了。"

麦瑟尔开始看证词。他看得很慢，什么话也没有说，但是督察却注意到他的脸上流露出震骇和不能置信的神情。他说："有什么不对头的吗？那里面没有什么特别的，是不是？"

"你刚才说我可以给你一张她的照片，"麦瑟尔说，他真的从自己的怀表壳子里取出一张照片来，"这就是，长官。你最好把它散发给所有警察所和报社。"

"可是那份证词里没有什么啊！"督察说。

"每个人都记得一点儿东西。这不是你能够发现的。这件案子我好像掌握了一点儿特别的情况,但是直到刚才我才知道。"

督察说:"那个收票员什么都不记得了,就想起来她拿着两只手提箱。"

"感谢上帝,他还记得两只手提箱。"麦瑟尔说,"也许这意味着……你看,他在这里说,他所以记住了她——他用的是记住这个词儿——一个原因是她是在诺维治唯一下车的妇女。我凑巧知道一个女人乘这次列车来。她是到这里的剧场来参加演出的。"

督察毫不留情地说——他还没有理解麦瑟尔震骇的程度:"她是你刚才说的那种类型的女人吗?喜欢那些心狠手辣的人?"

"我想她喜欢的是平凡朴素的人。"麦瑟尔说,凝视着窗外冒着清晨的严寒去上班的人。

"喜欢摽着人,很贪心?"

"不是的,真见鬼。"

"但是如果她更有骨气的话——"督察有意模仿麦瑟尔的话,猜想麦瑟尔刚才完全估计错了,现在一定很不好意思。

"她确实很有骨气。"麦瑟尔说。他把头从窗户上转回来。他已经忘记督察是他的上级,忘记对这些外地的警官讲话该小心谨慎了。他说:"该死的,你难道想象不出来吗?他自己不提行李是为了腾出手来拿枪指着她?他逼着她走到郊外的那个住宅区。"他接着说,"我得到那儿去一趟。他是准备谋杀她。"

"不会的,"督察说,"你忘了?她给了格林钱,同他一起走出了那幢房子。他看着她离开了新住宅区。"

"我敢发誓,"麦瑟尔说,"她同这件案子无关。这太荒谬

一个被出卖的杀手 113

了。真不知道是怎么回事。"他又说,"我同她订婚了,准备很快就结婚。"

"那你可算遇上麻烦事了。"督察说。他犹豫了一会儿,拾起了一根用过的火柴棍,开始剔指甲。过了一会儿,他把麦瑟尔给他的照片一推,说道:"收起来吧,这件事咱们另外想个处理办法吧。"

"不,"麦瑟尔的眼睛没有看照片,说道,"我现在正在处理这个案件。要把这张照片复制下来,虽然这张照片已经挺脏了。和她本人不太像。我给家里打个电话,叫他们寄一张更像的来。我家里有一卷底片,是从各个角度照的她的面部,登在报上寻人再合适不过了。"

"对不起,麦瑟尔,"督察说,"我是不是最好同伦敦警察局谈一谈,叫他们另外派个人来?"

"不要,这个案子谁也不会比我更合适,"麦瑟尔说,"我了解她。如果要找到她,我一定能办到。我现在就到那幢房子去。说不定你们的人漏掉些什么。我了解她。"

"她那样做可能有什么道理在内。"督察说。

"你还看不出来?"麦瑟尔说,"如果说能找出个理由来,那就是——她遇到了危险,说不定已经——"

"那我们应该会发现她的尸体。"

"我们连个大活人都找不到,"麦瑟尔说,"你介不介意叫桑德斯同我一起去一趟?那幢房子在什么地方?"他把地址仔细写下来。凡是事实他都要记在笔记本里,除了理论、推测之外,他是不信任自己的脑子的。

汽车走了很长时间才到达新住宅区。一路上他考虑着好几种可能性。她可能在火车上睡着了,一直被拉到约克郡去。她也可能根本没乘这趟车来……在那所丑陋的小房子里他没有发现可以推翻他设想的任何线索。在将来有一天会成为最漂亮的前厅的房间里,他看到一个便衣警察。华而不实的壁炉、深棕色的挂镜线、用廉价橡木制作的护壁板……麦瑟尔仿佛已经看到这间屋子摆上了沉重的新家具,挂上了深色窗帷,陈列着戈斯瓷器。"什么也没有,"侦探说,"什么也没有找到。当然了,看得出来有人到这里来过。从地面的尘土看,有人走过。但是尘土不够厚,没有留下脚印来。这里是搜寻不到什么的。"

"总能找到点儿什么的,"麦瑟尔说,"你们在什么地方发现痕迹的?哪间屋子都有?"

"不是每间屋子。但这算不上证据。这间屋子就看不出什么痕迹来。当然了,这里的地板土没那么厚。没准建筑工人把这间扫得更干净一些。所以也不能说就绝对没有人进来过。"

"她是怎样进的这幢房子?"

"后门的锁撞坏了。"

"女人撞得动吗?"

"连一只猫也撞得开,只要这只猫决心要进来的话。"

"格林说他是从正门进来的。他把这间屋子的门打开了一下,马上就带着那个房客上楼去了——到楼上那间最好的卧室里去。他正要带着那个人去看别的房间,那个女孩子就走进卧室去了。然后他们一起下了楼,走出这幢房子。那个女孩子只离开了他们一会儿,到厨房里去取自己的手提箱。代理人进来的时候前门没有关,他以为那女孩子是跟在他后面进来的。"

"她到厨房去过,这是事实。还去过浴室。"

"浴室在哪儿?"

"在楼上。上楼往左拐。"

麦瑟尔和那个便衣警察身体都非常高大,把一间狭窄的浴室塞得满满的。"看来她在这里听到他们上来了,"便衣侦探说,"她本来是在这里藏着的。"

"她为什么要上楼来?如果她在厨房,只要一走出后门就溜掉了。"麦瑟尔站在这间小屋子里的浴盆和抽水马桶中间思索着:昨天她到这里来了。简直不能想象。这同他所了解的她怎么也合不到一起。他俩已经订婚六个月了。她不可能一直对他演戏,把真实面目完完全全掩盖起来。他想起许多事来:那晚上他们从植物园一起坐公共汽车回家,她哼着一支歌——歌词是什么来着?——关于雪莲的歌。那天晚上他俩连着看了两场电影。因为他已经把一周的工资花光了,没法请她去吃晚饭。银幕上那机械的声音又开始重复起来,她一点儿也没有抱怨。"你真聪明,是不是?""宝贝,你太了不起了。""坐下,好不好?""多谢了。"……这些陈词滥调一直在他们意识的边缘上浮荡着。她很坦率、很忠实,这一点他可以担保。但是另一种可能危险得令他不敢想象。他听见自己用刺耳的声音说:"莱文来过这里。他用手枪逼着她上了楼。他打算把她关在这里——也许打算杀死她。后来他听见有人进来了。他给她两张钞票,叫她把来人打发走。如果她不按他的话办,他就用枪打死她。他妈的,这不是一清二楚的事吗?"但是便衣警察却只是重复督察已经同他讲过的那番话:"就她一个人和格林从这所房子走出去了。她要是想去警察局是不会有人阻拦她的。"

"也许那个人在后面跟着她呢。"

"我觉得,"便衣警察说,"你这种推测太不着边际了。"从这个警察讲话的口气,麦瑟尔看得出来他对伦敦来的人感到莫名其妙:这些伦敦人太自作聪明了,他可不这样,英国中部地区的人是实事求是的。麦瑟尔感到自己的职业自豪感被别人轻视,非常生气。他甚至有些恨安,他这种尴尬的处境,正确判断力受到感情的干扰,都是安一手造成的。他开口说:"我们无法证明她不想报告警察局。"他觉得自己内心很矛盾:我是希望她没有犯罪,却死了呢;还是希望她活着,成为一个罪犯呢?他非常细致地检查了一下这间浴室。甚至几个水龙头也用手指探了探,万一她……他有一种极其古怪的想法:如果安真的在这里待过,她一定想方设法留下一个信息来。他气恼地挺直了身体。"这间屋子什么也没有。"他记起来,安到这里来要参加一次排练。"我要打个电话。"他说。

"房产公司的事务所有电话,离这儿只有几步路。"

麦瑟尔给剧场打了一个电话。除了一个看管用品的女人以外,剧团的人一个也不在。但是这个女人话说得很明确,头一天下午排练,所有人都出席。如果有谁缺席,舞台监督考里尔先生就会把写着这人名字的小牌儿挂在舞台门里边的一块木板上。考里尔先生纪律非常严明。是的,她记得昨天有一个女演员是新来的。她凑巧看见这个孩子排练完后同一个男人走出了剧场,那是快吃晚饭的时候,她正回到剧场,准备清理一下服装道具。她还想过:"这是一张新面孔。"她不知道那个男人是谁。可能是一位支持演出的人。"请你等一会儿,先别挂。"麦瑟尔说,他得想一想下一步怎么办。她是一个把偷来的票子付给房地产代理人的女孩子。他必须把一系列熟悉的事情忘掉:她是那个热切盼望圣诞节前就同他结婚的安,安不喜欢干自己这一行,不喜欢同形形色色的人混在一起。那天晚上从植物园回来安在汽车上答应他决不和那些有钱的赞助人胡混,决不理睬那些等在舞台门口准备和女演员搭讪的观众。麦瑟尔对着话筒说:"考里尔先生吗?我怎样可以找到考里尔先生?"

"他今天晚上到剧场来。晚上八点钟有一次排练。"

"我要马上见到他。"

"那没办法。他同布利克先生到约克去了。"

"我怎样才能找到一个昨天参加排练的姑娘,随便哪个都成。"

"我不知道。我没有她们的地址。他们在城里住得到处都是。"

"总能找到一个昨天晚上也在剧场里的人……"

"你可以找到梅迪欧小姐,当然了。"

"在什么地方?"

"我不知道她的住处。但是你只要看看义卖会的招贴就成了。"

"义卖会?你是什么意思?"

"她今天下午两点钟给圣路克教堂组织的义卖会主持开幕仪式。"

从房地产事务所的窗户里麦瑟尔看见桑德斯穿过两幢楼房中间已经结冰的泥泞小道走了过来。他把电话挂上，迎着他走去："有什么新的情况吗？"

"有。"桑德斯说。督察把什么都告诉他了，他非常难过。他是非常喜欢麦瑟尔的。他之所以有今天，都仗着麦瑟尔一手提携。警察局里每一次提级，麦瑟尔都替他说了好话。麦瑟尔劝服领导说，即使一个人有口吃的毛病，也能和警察局主办的音乐会上那个冠军朗诵者一样，成为一流的警察。但是即使没有这些事，他对麦瑟尔的理想抱负，对麦瑟尔办事一丝不苟的精神也是非常敬佩的。

"说吧，你听到了些什么？"

"是关于你女朋友的事。她失踪了。"这个消息是他匆忙赶来时听到的，现在他一口气地告诉了麦瑟尔，'女房东给警察局打来一个电话，说她出去了一夜，一直没回来。"

"跑了。"麦瑟尔说。

桑德斯说："你——你别信这个。你——你叫她乘这趟车。她原打算第——第——第二天早上走的。"

"你说得对，"麦瑟尔说，"我忘记这一点了。她是偶然碰到他。真太倒霉了，桑德斯。说不定现在她已经死了。"

"为什么他要杀人呢？他不过是犯了盗窃罪。你下一步预备怎么办？"

"回警察局去。等到下午两点钟我到义卖会去一次。"他苦笑了一下。

一个被出卖的杀手 119

三

牧师心绪烦乱,他只顾想自己的心事,根本听不进麦瑟尔对他讲的话。建议梅迪欧小姐为义卖会主持开幕仪式是从伦敦东区调来的一位副牧师的主意,他是个思想开朗的新派人物,头脑非常敏捷,认为请一位出名的演员来能吸引人。但是牧师却向麦瑟尔解释,义卖本身一向就很吸引人。牧师陪着麦瑟尔坐在圣路克教堂镶着松木护墙板的接待室里,一个劲儿发牢骚,叫他无法脱身。教堂外面,提着篮子的妇女已经排了五十码的长队,等着义卖开始。这些人不是来看梅迪欧小姐的,她们是来买旧货的。圣路克教堂主办的旧货义卖会在整个诺维治市都很出名。

一个戴着宝石胸针、又干又瘦的女人一脸傲气地从门外探进头来说:"亨利,主持义卖的那些人又在摊子上搜刮东西了。你不能管管吗?等真正卖东西的时候,什么东西也剩不下了。"

"曼戴尔到哪儿去了?这是他的事儿。"牧师说。

"曼戴尔先生不是接梅迪欧小姐去了吗?"那个一脸傲气的女人擤了一下鼻子,一边大声叫着"康斯坦斯,康斯坦斯!",

一边消失在大厅里。

"一点儿办法也没有,"牧师说,"每年都是这样。这些好心肠的女人自愿来帮忙,如果没有她们,圣坛会还真是忙不过来。她们自然希望有权利先挑一两件各处捐赠来的东西。当然了,价格是她们自己定的,问题也就出在这里。"

"亨利,"那个一脸傲气的女人又在门口出现,对牧师喊道,"你真得管一管了。潘尼太太给毘迪佛太太送的那顶好帽子只标了十八便士,自己就买走了。"

"亲爱的太太,我能说什么呢?要是一拦她们,下次这些人就不来帮忙了。你得知道,她们为这件事还是不辞辛苦,在百忙中……"但是牧师的话还没说完,门早已关上了。"我担心的是,"牧师转过头来对麦瑟尔说,"那位年轻女士到这里来要发表一通开幕词。她不会了解,这里的人对谁主持开幕并不感兴趣。这里同伦敦可不一样。"

"她迟到了。"麦瑟尔说。

"这些人很可能把门撞开,闯进来。"牧师一边说一边忧心忡忡地看了一眼窗外越来越长的队伍,"我得承认,我施展了一点儿小小策略。不管怎么说,她是我们请来的客人。人家不辞辛苦,在百忙中来给我们帮忙。"不管什么人对义卖不辞辛苦、花费时间,牧师一向看得很清楚。比起现钱来,人们更愿意捐助的是精力同时间。他又接着说:"你在教堂外边看没看见一些男孩子?"

"没有,就是一些妇女。"麦瑟尔说。

"哎呀,哎呀。我同他们的队长兰斯讲好了的呀。你知道,

一个被出卖的杀手 121

我认为如果能找几个童子军,当然了,别穿制服,带着签名本儿来,会叫梅迪欧小姐高兴的。这表示我们对她非常感谢,人家不辞辛苦,在百忙中……"他非常痛苦地说,"圣路克的这支童子军太不可靠了。"

一个灰头发的男人提着一个旅行包探进头来说:"哈里斯太太说厕所出毛病了。"

"啊,培根先生,"牧师说,"谢谢你了。你到大厅去吧,哈里斯太太大概在那儿呢。我想,可能是管子堵住了。"

麦瑟尔看了看表说:"梅迪欧小姐一来,我就得先同她谈谈……"一个年轻人一下子闯进屋子里来,对牧师说:"对不起,哈里斯先生,梅迪欧小姐要不要讲话?"

"我希望她不要讲什么话了。最好别讲了,"牧师说,"我还得先读一段祈祷词,就这样已经让那些急着买东西的人等得够受了。唉,我的祈祷书哪儿去了?谁看见我的祈祷书了?"

"我是给《日报》采访的,如果她不讲话,我就不等了。"

麦瑟尔想要说:你们听我说说吧。你们的这个该死的义卖会有什么要紧?我的女朋友正在危难里,没准儿已经遇害了。麦瑟尔很想对这些人大声吆喝几句,可是他只是心情沉重地站在那里,一动也不动,表现出极大的耐心。由于长期职业的训练,甚至个人的感情和恐惧他也能够隐忍不发,无论多么生气,他从来不露声色。他只是沉静地一步步地向前迈,把他发现的事实一件一件地加起来。即使他的女友被谋害了,知道自己是在按照世界上最优秀的警察的准则办事,他还是心安的。但是在他看着牧师翻寻祈祷书的时候,却非常痛苦地向自己说:难道他真的能够这样自我安慰吗？

　　培根先生又走进屋子里说："她就要揭幕了。"接着，不知什么金属器皿叮当地响了一下，这人又不见了。外边，一个人吵吵嚷嚷地喊："往台后边走两步，梅迪欧小姐，往后边走两步。"这时，副牧师走了进来。他穿着一双小山羊皮皮鞋，红光满面，头发油光水滑地紧贴在头皮上，胳膊底下夹着一把伞，像是一根板球棍。看样子，他倒像刚比赛完一局板球回到休息棚里，虽然得了个鸭蛋，但还是兴致勃勃。他完全像个风格高尚的运动员。"这位是我的反对派，梅迪欧小姐，她是多明我教会的。"他对牧师说，"我已经向梅迪欧小姐介绍了咱们要上演的这出戏了。"

　　麦瑟尔说："我能不能单独同您谈几句，梅迪欧小姐？"

　　但是牧师一下子就把她拉走了："一会儿再谈，一会儿再谈，先举行开幕式。康斯坦斯！康斯坦斯！"转眼间，接待室里的人已经走得一干二净，只剩下麦瑟尔和日报记者两人了。记者坐在桌沿上，一边晃动着两条腿，一边嗑指甲。从隔壁屋子里传来一阵奇怪的声响，好像一大群动物奔跑着，跑到一道栅栏前面，一下子又寂然无声了。就在这突如其来的寂静中，牧师匆忙读完天主祈祷文，接着就传来了梅迪欧小姐的清脆嗓音，好像一个没成年的男演员。"我宣布这次义卖会真实、牢固地——"踏脚的声音又响起来。梅迪欧小姐把台词弄错了——她母亲总是被邀请去参加奠基仪式，但是没有谁注意梅迪欧小姐在讲些什么。幸好，她并没有发表长篇大套的演说，每个人都长舒了一口气。麦瑟尔走到门口。五六个男孩子正排着队拿着签名本请梅迪欧小姐签

一个被出卖的杀手　123

名,圣路克的童子军还是准时来了。一个戴着无边女帽、样子精明能干的女人对麦瑟尔说:"您会对我们这个摊子感兴趣的,这里都是男人的用品。"麦瑟尔低下头,看见摆在摊子上的破旧货,肮脏的擦拭钢笔用具、烟斗通条、手工织花的烟袋……不知是谁还捐献了一堆旧烟斗。他赶快撒了个谎:"我不吸烟。"

那个精明的女人说:"您到这儿来总要破费点儿,是不是?这是您应尽的义务。我看您还不如买一两件用得着的东西呢。这里的东西您在别的摊子上是找不到的。"他从几个女人的肩膀后面看着梅迪欧小姐和圣路克的童子军,瞥眼看到几个难看的旧花瓶、边上有缺口的水果盆、一堆颜色已经发黄的小孩围嘴。"我们这里有一些裤子吊带。我看您买一副背带吧。"女人又说。

麦瑟尔突然说了一句:"她可能已经死了。"他自己非常奇怪,同时也非常难过,怎么会把心里的话说出来了。

那个女人说:"谁死了?"同时立起一副淡紫色的吊带。

"对不起,"麦瑟尔说,"我没有多想。"他吓坏了,怎么会控制不住自己。他想:我应该叫他们另派一个人来,我怕这样下去我真的受不了。他看见最后一个童子军合上了签名本,连忙对义卖的女人道了一句"对不起"。

他把梅迪欧小姐带到接待室去。记者已经走了。他说:"我正在寻找你们剧团里一个名叫安·克劳戴尔的女孩子。"

"我不认识。"梅迪欧小姐说。

"她昨天才参加你们剧团。"

"那些女孩子长得都差不多,"梅迪欧小姐说,"像中国人一样。我从来记不住她们的名字。"

"我找的这个人是金黄头发,绿眼睛,嗓子非常好。"

"不在我们剧团里,"梅迪欧小姐说,"不在我们剧团里。我听不得她们唱歌,一听就让我起鸡皮疙瘩。"

"你不记得她昨天晚上同一个男人出去了,排演完了以后?"

"我怎么记得住?别为难我了。"

"那个男的也请你来着。"

"那个傻胖子。"梅迪欧小姐说。

"那个人是谁?"

"我不认识。我听考里尔说叫戴维南特,也许他说的是戴维斯。我过去从来没有见过这个人。我想他就是那个同寇恩吵过架的人。虽然也有人说是同卡里特罗普。"

"这件事很重要,梅迪欧小姐。那个女孩子失踪了。"

"这在巡回演出的时候是常有的事。你要是到她们的更衣室去就会听到,除了男朋友,她们不谈别的。怎么能指望她们演得出好戏。太庸俗了。"

"这么说您一点儿也帮不了我的忙吗?您不知道我在什么地方能够找到这个叫戴维南特的人?"

"考里尔可能知道。他今天晚上就回来。不过也许他也不知道。我猜想他也不认识这个人。啊,我想起来了。考里尔管他叫戴维斯,还说……不,他叫戴维南特。他买下了戴维斯的全部股份。"

麦瑟尔情绪低沉地离开了这间屋子。他的某种本能总是叫他向人多的地方走,因为如果能找到什么线索的话,总是在一群生人中间,而绝不会在空屋子里或是没有行人的街道上。麦瑟尔就这样穿过大厅,走到义卖的摊子前面。置身于这些一心要买便宜货的贪婪女人中间,你是很难相信英国已经处在战争的边缘了。"我对豪甫金逊太太说过,要是你邀请了我该多好,我说。""朵拉穿上这个可太漂亮了。"一个非常老的女人看着一堆人造丝的女灯笼裤说。"他蜷着腿躺了五个钟头。"一个女孩子咯咯地笑着,哑着嗓子小声说,"太可怕了,我说。他把手指头一直伸到下边去。"这些人为什么会担心战争呢?她们从一个摊子走到另外一个摊子,活动在另一种氛围里,那里面充满了她们自己的死亡、疾病和爱情。一个满脸苦相的女人碰了一下麦瑟尔的胳膊。这个女人多半已经六十开外了,说起话来总是把头一低一低的,似乎怕别人打她似的。但是马上她又把头仰起来,好像怀着一肚子怨气,故意同别人赌气似的。麦瑟尔沿着摊子往前走,自己也没有觉察地注视着她。她扯了麦瑟尔一下,手指上带着一股鱼腥味儿。"替我把那个取下来,亲爱的,"她说,"你的胳膊长。不,不是那个。那个粉红色的。"接着她开始往外掏钱——从安的钱包里。

四

麦瑟尔的哥哥是自杀的。他比麦瑟尔更需要成为某种组织的成员,更需要受训练、守纪律、要人对他发号施令,但是与麦瑟尔不同,他并未能找到自己的组织。当事情出了岔子以后,他就自杀了。麦瑟尔被叫到殡仪馆去认尸,在他们让他看到那张溺水而死、带着迷茫神情的惨白面孔以前,他一直希望他看到的是个陌生人。这一整天他一直在找自己的哥哥,从一个地址到另外一个地址。当他最初在殡仪馆看到他的时候,并没有悲哀之感。他开始想:我不用忙着找他了,我可以坐一会儿了。他走到外面一家茶室里,要了一壶茶。直到喝完第二杯以后,才感到悲伤。

现在同那次的情况一样。他想:我本来用不着这样奔波的,在那个卖吊裤带的女人面前我本来可以不出丑的。她一定早就死了。我不该这样失魂落魄的。

那个老妇人说:"谢谢你,亲爱的。"说着,她把那小块粉红布料揣了起来。麦瑟尔对那个提包一点儿怀疑也没有。这是他送给她的,是一个价钱很贵的提包,在若维治是买不到的。最确凿的证据是皮包的一边有一个拧成螺旋形的玻璃圈，那里面本来有两个字母，现在却已经被撬掉了。一切都完了，永远完了。他不用再忙了。一阵比在茶室更无法忍受的痛苦正逐渐袭上他的心头。（那次旁边桌上正坐着一个吃煎比目鱼的男人。不知为什么，他现在一闻到鱼腥味心头总感到一阵疼痛。）但是他首先感到的是一种残忍无情的快慰：他已经把魔鬼抓到手里了。有一个人一定要为这件事送掉性命。老妇人这时又拿起一副乳罩来，她正在试上面的橡皮筋，脸上浮现着恶毒的笑容，因为这种乳罩是给年轻、漂亮、胸部丰满的女人用的。"她们戴着这种傻玩意儿。"她唠叨道。

他不能立即逮捕她，但是他马上就想到，即使能够逮捕，他也不该马上就下手，这件事牵涉到的绝不止这一个老女人。他一定要把这些人一网打尽，线放得越长，钓的鱼越大。在把这件事办完以前，他先不用考虑将来的事。他现在很感谢莱文带着武器，因为这使他也不得不带着一支手枪，谁能说得准，到了必要的时候他会不会用枪呢？

他抬头看了一下。在摊子的另一边也有一个人的眼睛在盯着安的手提包。那正是他在追捕的那个皮肤黧黑、心怀仇恨的人，虽然几天没刮胡子，但仍然不能完全盖住他的兔唇。

第四章

一

　　一上午，莱文一直不停地走着。他不得不保持移动，口袋里虽然还有一点儿零钱，他却不敢用来吃东西，因为在任何一个地方他也不敢待得太长，使人有时间端详他的脸。他在邮局外面买了一份报纸，看到上面登着通缉自己的通报，用黑体字印着，还加上了一个醒目的框子。那上面有他面目特征的描写。他有些生气，因为这个通报没有登在重要的版面上：头两版登的都是欧洲形势的新闻。他一直东奔西走，搜寻查姆里先生，到了正午，已经累得挪不动两条腿了。他在一家理发店前面站了一会儿，在理发店的窗玻璃上打量着自己的脸。自从离开伦敦那家咖啡馆以后，他还一直没有刮过胡子。如果长出胡须来，是会把他畸形的嘴唇盖上的，但是莱文知道自己的胡须是长不匀称的：下巴上长得很密，嘴唇上非常稀疏，而在那块红色的疤痕两边，则连一根汗毛也没有。现在他下巴上的胡子已经蓬松一团，这就使他更加显眼了，可是他却不敢到理发店去刮一下。他走过一台自动出售巧克力糖的机器。这台机器收的是六便士或者一先令的硬币，而莱文的口袋里却只有半克朗和两先令的铜子儿了。如果他心头不爽，燃烧着复仇的怒火，他也可能到警察局去投案，最多不过是五年有期徒刑。但在他目前这种饥饿劳累、遭受冤屈诬陷的情况下，他杀死的那个老部长的阴魂却紧追着他不放，一定要他偿还自己的罪责不可。很难理解，只是因为偷了一笔钱他们就这样兴师动众，到处追捕他。

他害怕到小巷里去，或者在死胡同口徘徊。在这些地方他形影孤单，招人注目，如果有个警察走过来，难免要多看他两眼。因此他宁愿冒着有人认出他的危险，在人群拥挤的大街上闲踱。这一天天气阴湿、寒冷，幸好还没有下雨。商店里摆满了圣诞节礼品，一些陈年累月摆在货架上无人问津的破烂货都陈列到橱窗里：狐狸头的胸针、纪念碑形的书挡、装熟鸡蛋用的保暖套、骰子和筹码等各式各样的赌博游戏用品、各式各样的飞镖和玻璃球，"墙上的猫"——一种老式射击游戏、"钓金鱼"……都是一些毫无用处的离奇古怪的小玩意儿。在靠近天主教堂的一家出售圣书和圣物的店铺里，他又看见苏豪区咖啡馆里那种令他非常生气的小石膏人儿：圣母、圣婴、几名先知和牧羊人。在一叠圣书和圣女德兰画片中间，这些小人儿摆在棕色纸板做的一个窑洞里。这是"圣人家族"。莱文把脸贴在窗玻璃上，想到这个传说仍然在人们中流传，感到又害怕又生气。"因为客店里没有地方。"他记起了小时候他们坐在一排排的凳子上等着吃圣诞节晚餐，一个尖细、清晰的声音给他们读罗马皇帝奥古斯都的故事，每个人都要到他的城里去缴税。在圣诞节这一天没有一个人挨打，所有的体罚都推迟到节礼日。爱、慈善、忍耐、谦卑——他是受过教育的，这些美德他都知道，也看到了它们的价值。他们把一切都歪曲了，甚至橱窗里的故事。这是一段历史，确实发生过，但是他们也为了自己的目的把它歪曲了。他们把他捧成了神，因为这样他们就心安了，用不着为他们对待他极不公正而负任何责任。他同意了，不是吗？这一点值得争议，因为如果他不愿被处死的话，本来是可以召唤下"一营天使"的。他完全可以这样做，正像莱文的父亲在旺兹沃思监狱被处死，在绞索套张开的时候也还可以逃命那么容易。莱文面对着橱窗玻璃站在商店前面，等着谁来推翻他这个理论，他怀着一种又恐惧又怜悯的感情凝视着窗户里襁褓中的婴儿，"那个小私生子"，因为他是受过教育的，他知道这个孩子到世界上来要遭遇到什么，他知道出卖他的是犹大，也知道在罗马士兵到院子里来捉他的时候，只有一个人拔刀站在他这一边。

  一个警察从街道一边走过来。因为莱文正在看橱窗，警察连看也没看就过去了。他突然想：这些人究竟知道了多少底细？那个女孩子是不是把她听到的报告给他们了？他猜想这时候她一定已经报告了。报纸上会登出来。他看了一眼报纸。但是报上一句话也没有提到她的事。他感到悚然一惊。他差点儿把她杀死，而她却没去警察局，这就是说，她相信了他对她讲的那件事。一瞬间他又回到了威维尔河畔的那间车库里，阴雨、黑暗、可怕的凄凉，他好像丢失了一点儿什么，一件非常宝贵的东西，好像犯了一个无法挽回的错误，但是他却不能用那句老话来安慰自己："只要给她时间……娘

---

1 出自《新约·马太福音》第二十六章。耶稣被抓时，门徒想救他，耶稣说："收刀入鞘吧！凡动刀的，必死在刀下。你想，我不能求我父现在为我差遣十二营多天使来吗？"——编者注

儿们都是一个样子。"他想要找到她，但是他想：这根本不可能，我连查姆里也还没有找到呢。他一肚子怨气地对摇篮里的那一小块石膏说："如果你是上帝，你会知道我不会伤害她的，你要给我一个自新的机会，要让我转回头去，看见她在人行道上。"他怀着一线希望转回头去，但是当然了，他没有看见她。

他继续往前走，看见水沟里扔了一个六便士的硬币。他把硬币拾起来，顺着原路走回到他刚才走过的卖巧克力糖的机器那里。这台机器设在一家糖果店前面，隔壁是一个教堂的大厅，一队妇女正站在人行道上等着大厅开门卖东西。这些人已经等得不耐烦了，开始吵吵嚷嚷。按规定的时间，早就该开门了。莱文想，如果来了个高明的扒手，这些人可都是最理想的对象。这些老娘儿们站在那儿互相推搡，要是有人把她们的皮包拧开，她们是绝对不会注意的。莱文想这个问题并不是自己想偷点儿什么东西，他相信自己还从来没有堕落到偷女人的钱包的地步，但是在他沿着这一排人走过去的时候，眼睛却不由自主地一只只地打量起这些女人手里的提包来。一只手提包特别显眼，特别新、很值钱、式样讲究，他不久以前曾经看到过。拿着这只提包的是个邋里邋遢的老太婆。莱文马上记起了他是在什么场合下看见过这个提包的：一间小浴室、举着的手枪，她从手提包里拿出一只脂粉盒子来。

教堂的大厅打开了门，女人们拥拥挤挤地走进去。很快街上就剩下他一个人了，陪着他的只有那台自动售货机和一张义卖会的招贴："入门费六便士。"不可能是她的那只提包，他对自己说，这种式样的成千上万。虽然如此，他还是从大厅的松木门走了进去。"引导我们不要陷入诱惑。"牧师正站在大厅一端的讲坛上，越过一堆旧帽子、磕破了边儿的花瓶和几摞妇女内衣给大家读祈祷词。祈祷词读完以后，莱文被人群挤到一个卖装饰品的摊子前边：镶在镜框里的业余画家画的湖边风景水彩画，到意大利度假带回国的花里胡哨的烟盒，黄铜制的烟灰缸和一摞人们扔掉的故事书。没过一会儿，人群又簇拥着他，把他推到另一个摆着艺术品的摊子前边。莱文身不由己地被推来搡去，根本不可能在人群里寻找任何一个人。但是这倒也没有关系了，因为他被挤到了一个摊子前面，而摊子的另一头正好站着那个老太婆。他探过身去，凝视着老太婆的手提包。

他的脑子里又想起那个女孩子说的话："我的名字叫安。"提包上影影绰绰地还看得见"安"的头一个字母印，但是电镀的字母却已经被拆掉了。他抬起头来，他没有注意摊子旁边还有另外一个人，那人的眼睛只看到一张阴险、肮脏的脸。

正像那次他发现查姆里暗中出卖他似的，这件事又使他非常震惊。他谋杀那个老部长时并没有感到内疚，因为那是世界上一个大人物，一个"坐在国际会议最高席"的人（莱文受过教育，他是知道怎样正确表达的）。如果说部长女秘书隔着没有关紧的门发出的呻吟声有时候叫他感到某些不安，他总可以宽解说，为了自卫，他不得不打死她。但是现在这件事却太可恶了，同一阶级的人只应该互相祈祷，不该互相坑害。莱文从摊子前边挤过去，一直挤到老妇人旁边。他俯下身，低声说："你这个提包是从哪儿弄来的？"话刚说完，几个好像来抢东西的女人已经挤到他和那个老妇人中间。老妇人甚至没有看到刚才是谁对她低声讲了一句话。很可能她会认为那个人错认为她这个提包是这里哪个摊子上买的。但是尽管如此,她还是被这个问题吓坏了。莱文看见她急急忙忙向出口挤去。莱文自己也连忙拼命往外挤。

他挤出大厅的时候,刚好还能看见一眼她的背影。老妇人拖着老式的长裙子正拐进一条巷子里,莱文迈开两腿在后面紧紧跟着。匆忙中他根本没发现另外还有一个人尾随在他后面。那人戴着软帽、穿着像是制服的大衣,他只要看一眼就会知道那人的身份。没有走多久,他就记起他们走的路了。这条路他昨天跟那个女孩子走过。这就像追溯过去一段什么经历似的。再走两步就可以看到一家卖报纸的铺子,那前面曾经站着一个警察。他本来准备把她打死的,他打算把她带到一个没有人的地方,在背后打一枪,让她一点儿也不感到痛苦地死去。他在摊子另一头看见的那张布满皱纹的恶毒的脸好像对他点着头说:"不用你操心了,我们已经替你把事情办了。"

老妇人脚不离地,走得飞快,简直叫人无法相信。她一手拿着手提包,一手提着怪里怪气的长裙子,活像是一个女瑞普·凡·温克尔[1],一觉长眠,醒来后穿着五十年以前的服装又回到尘世。莱文想:他们指不定把那女孩子怎么样了呢,但是"他们"到底是谁?她没有到警察局去,她相信他说的是真话,如果她失踪了,那一定是对查姆里有利的事。自从母亲死了以后,这是莱文第一次为另外一个人的生死担忧:查姆里是个心狠手辣的人。

过了车站以后,老妇人向左一拐,沿着吉贝尔路走去。这条街两旁都是寒酸的公寓式住宅,灰色粗纱窗帘把一间间小房间完

---

[1] 美国作家华盛顿·欧文(Washington Irving, 1783—1859)所作的同名短篇小说中的主人公。

全遮掩起来，但偶然也看得到一两个花盆，绿色发亮的大叶子在纱帘中间贴到窗玻璃上。这一带看不到亮晶晶的天竺葵在紧闭的窗户后面摆动，那些鲜红的小花是属于另一阶级的，是属于比吉贝尔路住户更贫穷的被剥削者的。这里的人已经爬到养蜘蛛抱蛋属植物的小剥削者地位。他们一家家都是规模稍小一些的查姆里。老妇人走到六十一号门牌前边站了一会儿，在身上摸钥匙。莱文赶上了她。他伸出一只脚把正要关上的房门抵住。"我要问你两个问题。"他说。

"出去。"老妇人喊道，"我们跟你这类人不打交道。"

莱文一点点儿地用腿把门顶开。"你最好听我把话说完，"他说，"这对你有好处。"老妇人踉踉跄跄地退到摆满旧家具、又小又暗的客厅里。莱文满心嫌恶地扫了一眼屋中的陈设：玻璃罩扣着的锦鸡标本、明显是从乡下拍卖会买来的当帽架用的虫蛀的鹿头、涂着金星的黑色铁伞架、盖在煤气喷头上的小红玻璃罩。莱文说："你那个手提包是从什么地方弄来的？"他问，"啊，要我把你的老脖子拧下来可真费不了什么事。"

"阿基！"老妇人尖声喊起来，"阿基！"

"你们是干什么的，啊？"他把客厅里的两扇门信手打开一扇，看到里面摆着一张廉价的长沙发，衬垫已经从套子下面露出来，一面镀金框的镜子，一幅画着一个裸体女人站在海滨，膝盖以下没在海水里的画。整个这所房子散发着香水和煤气的臭味。

"阿基！"老妇人又尖声喊起来，"阿基！"

莱文说："啊，原来是这么回事！你这老鸨子！"他转身回到客厅里。但是老妇人现在已经有了靠山了，阿基已经被她喊出来了。阿基穿着一双橡皮底鞋,一声不响地从屋子后边走到莱文身边。这人生得身材高大,秃顶,脸相又虔诚又狡诈。他迎着莱文说:"你要干什么,朋友?"这个人完全是另一个阶级的,口音听起来受过良好教育,还上过神学院。至于他的鼻梁被打断过,那完全是另一回事。

"他真会骂人!"老妇人受到阿基的保护,从他胳膊下面喊道。

莱文说:"我还有别的事。我不想把你们这个地方给拆了。我只要你们告诉我一件事:提包是从哪儿来的?"

"如果你指的是我妻子的提包,"秃顶男人说,"那是一个房客给她的——不是吗,泰妮?"

"什么时候给的?"

"几天以前。"

"这个房客现在在哪儿?"

"她就在这儿住了一夜。"

"她是在哪儿把提包给你的?"

"'这条路我们只走一次,'"阿基说,"'因此——'听说过这句话吗?"

"她是一个人来的吗?"

"当然不是一个人。"老妇人说。阿基咳嗽了一下,用一只手捂着她的脸,轻轻地把她推在自己身后面。"她的未婚夫同她一起来的。"他说,向莱文跟前走了一步。"这张脸,"他说,"我看着面熟。泰妮,亲爱的,拿一张《日报》来。"

"用不着。"莱文说,"就是我。关于那只提包你们对我扯了谎。要是那女孩子真来过这里,就是昨天晚上。我要搜一搜你们这个妓院。"

"泰妮,"她丈夫说,"到后边去给警察局打个电话。"莱文的手搁在自己的枪上,但是身体并没有动。他并没有把枪掏出来,只是用眼睛盯着那个老妇人拖着裙子犹犹豫豫地走进厨房去。"快一点儿,泰妮,亲爱的。"

莱文说:"如果我相信她真的打电话去了,我早就一枪把她打死了。但是她并没有去找警察。你们比我更怕警察。她现在正在厨房的旮旯里藏着呢。"

阿基说:"你说错了,我告诉你,她找警察去了。我听见门响了。你不信自己去看看。"当莱文从他身旁走过的时候,他举起手来照着莱文耳朵后面打下来,手指上戴着专门为打人用的铜套。

但是莱文早已料到了这一点。他把头一低,躲过那人的拳头,一步蹿进厨房里,手枪已经握在手里。"不许动,"他大声喝道,"我这支手枪是没有声音的。我要在你身上打一枪,叫你一动就痛得要命。"老妇人果然在他预料的地方:她正趴在食具柜和门后边的旮旯里。她哼哼唧唧地说:"哦,阿基,你应该打中他的。"

阿基破口大骂。脏话像口水似的毫不费力地从他嘴里流出来,但是他的音调却一点儿也没有改变,仍然是受过良好教育、在神学院训练出来的。他说了不少拉丁字,莱文一点儿也听不懂。他气冲冲地说:"那个女孩子在哪儿?"但是阿基根本不听他的话,他站在那里,好像犯了神经病,眼球在眼皮下面向上翻着。看样子他倒像在做祈祷,有几个字莱文听着很像是祈祷词:

一个被出卖的杀手 139

"粪兜子"[1]"嗓子眼"[2]。莱文又问了一句:"那个女孩子在哪儿?"

"别和他讲话了,"老妇人说,"他听不见。阿基,"她从食具柜旁边的角落里喊道,"没什么,亲爱的,你这是在家里。"她又气狠狠地对莱文说,"这都是他们把他整的。"

突然间,他不再骂了。他走了两步,堵住了厨房的门。他用一只戴着铜指套的手抓住上衣的领子,用温柔的语调说:"不管怎么说,主教大人,我相信……在那些年代里……在干草堆里……"他哧哧地笑起来。

莱文说:"叫他让开路。我要搜查一下这所房子。"他的眼睛盯着这两个人。这间透不过气来的小房子叫他神经非常焦躁,厨房里好像荡漾着疯狂和恶毒的幽灵。老妇人从墙角里恶狠狠地看着他。莱文说:"我的上帝,你要是真把她害死了……你知道,肚子挨枪子儿是什么滋味吗?躺在那儿,不断地流血……"他觉得要打死她就像打死一只蜘蛛一样。他突然对她丈夫大喊一声:"滚开,别挡着我的路。"

阿基说:"甚至圣奥古斯丁……"他仍然挡着门,目光呆滞地望着莱文。莱文在他脸上打了一拳,身体马上往后一缩,躲开他挥舞的胳膊。莱文把枪举了起来,那个老妇人急忙喊叫:"别开枪,我把他弄走。"接着她又喊,"不许你碰阿基。他们过去已经把他整得够惨的了。"她拉着她丈夫的一只胳膊,满身灰尘、痛苦又多情地紧紧贴着他,还够不着他的肩膀。"阿基,亲爱

1、2 原文均为拉丁文。

的,"她说,"咱们到客厅去吧。"她把自己的一张又衰老又丑恶、满是皱纹的脸在她丈夫的袖子上蹭来蹭去。"阿基,主教给你来信了。"

阿基的眼珠子像洋娃娃似的翻了下来。他的神志逐渐清醒过来,开口说:"哦,我大概又犯小毛病了。"他好像似曾相识地看着莱文,"这个人还没走啊,泰妮?"

"到客厅里去吧,阿基,亲爱的。我有点儿话对你讲。"他任她领着,走进前面的客厅里。莱文跟在后面,从客厅里向楼上走去。走在楼梯上的时候,他一直听到那两个人咕咕哝哝地商量事。他们一定正在定计策,很可能他刚一转身走开,他们就会偷偷溜出去报警。如果那女孩子真不在这里,或者他们已经把她处置掉了,这两人是不怕警察来的。一层楼的楼梯口挂着一面破裂的大镜子,莱文走上楼梯,一眼看到镜子里的反影,下巴上胡须蓬乱,生着兔唇,丑陋不堪。他的心在胸膛里怦怦地跳着。如果这时为了自卫需要他很快地掏出手枪来的话,不论他的手或他的眼睛都不会听他使唤的。我算完了,他心情沉重地想,我失去了自制力,叫一个娘儿们把我毁了。他把第一扇门打开,走进显然是这幢房子里最好的一间卧室里。一张宽大的双人床铺着大花的鸭绒被,薄板镶面的胡桃木家具,一只装梳洗用具的绣花小口袋,盥洗盆架上摆着一瓶洗漱假牙的消毒水。他打开了立柜的门,一股发霉的旧衣服和樟脑球的气味扑鼻而来。他走到关着的窗户前面,看了看楼下的吉贝尔路。在他向室外观望的时候,楼上客厅里的叽叽喳喳的话语声不断传到他的耳朵里来,阿基和泰妮仍然在商量计策。一瞬间他的眼睛看到一个戴着软帽、样子有

一个被出卖的杀手 141

些笨拙的高大汉子正在街对面同一个女人说话，另一个人从街道一头走过来，这两人会合到一起，一起走远了。他立刻就看出来这两个人是警察。当然了，他们可能并没有看到他，他们经过这里只不过是例行巡查。莱文很快地走到外面楼梯口，竖起耳朵听了听：阿基和泰妮已经不再说话了。最初他还以为这两人离开这所房子了，但是他又仔细地听了听：从楼梯底下传来了老妇人的喘气声，他们并没有走。

楼梯口还有另一扇门。他拧了拧门把手，门是锁着的。他不想再和楼下的那对老夫妇浪费时间，干脆对着锁孔开了一枪，把锁打开。屋子是空的，一个人也没有。这间卧室不大，一张双人床就几乎把整个屋子填满了。壁炉没有生火，前面拦着一张烟火熏黑的黄铜网子。他向窗外望了一眼，楼下是一个石块铺地的小院子，一只簸箕，一道挂满烟灰的高墙同邻居的院子隔开，以及逐渐消失的暗淡日光。盥洗盆上放着一台收音机，衣柜里空无一物。他一眼就看出这间屋子是做什么用的。

但是屋子里还有一点儿什么，叫他迟迟不能离开：这间一度充满恐怖的房间还滞留着某种令人惊悸不安的感觉。他不能离开这里，必须弄清楚门为什么要锁上。如果屋子里没有见不得人的东西，没有危及他们安全的线索，为什么他们要把一间空屋子锁起来呢？他把床上的枕头翻开，自己也很奇怪，自己怎么会因为别人正在受苦而惹得这样心烦意乱，使自己握枪的手如此松懈？啊，他要弄清楚这是怎么回事，一定要弄清楚。他一向是靠着手中的枪解决一切问题，现在却要运用脑子，这不能不使他感到自己软弱无能，非常痛苦。我是受过教育的，不是吗？这句话带着某种嘲讽的意味在他脑子里萦绕着，但是他知道，要是外面的那两个警察到了这里，一定会发现他所看不到的东西。他跪在地上，朝床下面看了看，什么东西也没有。这间屋子这么整齐干净，显得很不自然，倒好像为了消灭犯罪痕迹而精心整理过的。连床上的垫子也重新拍打过。

他问自己说，是不是他太多疑了。也许那个手提包真是女孩子给他们的？但是他提醒自己，他们向他扯了谎，隐瞒了她在这里寄宿的日期，他们把手提包上的缩写姓名抠掉了，还把门锁上了。但是话又说回来——锁门不是很正常的事吗？怕小偷进来。可是钥匙应该留在外面呀！他知道得很清楚，每一件事都可以找到个解释：干吗皮包上还留着别人姓名呢？如果房客多了，自然记不清哪个人是哪夜来的了……都可以找到一个解释，但是不管怎么说，他还是觉得这里肯定发生过一件什么事，有些痕迹肯定被清除掉了……他产生了一种凄凉无依的感觉，他不能叫警察来帮助他寻找那个女孩子。难道因为他是个逃亡犯，那个女孩子也就被剥夺了受法律保护的权利吗？"啊，基督，我多么希望。"雨点落到威维尔河面上，石膏做的圣婴，黄昏的光线逐渐从小石头院里消失，镜子里他的丑陋的倒影越来越暗淡，楼梯下面泰妮老太太仍然在呼呼喘气。"哪怕只一瞬息……"

他又走到楼梯口，但是有一种什么力量一直在往回拉他，倒好像他离开了一个非常亲密的地方似的。他走上三楼，在每间屋子里转了一下，但是那个力量始终在拉着他。在所有这些屋子里，都只有床、衣柜和一股郁积多日的化妆品和香水的气味。除了在一间屋子的柜橱里发现了一根断了的手杖外，他什么东西也没有发现。比起二楼的房间来，这些屋子更肮脏、更不整洁，但是使用的次数却比较多。他站在空屋子中间倾听着。楼下一点儿声音也没有了，泰妮和她的阿基正一声不响地在楼下等着他下来。莱文又一次问自己：他做的是不是一件蠢事，是不是下的赌注太大了。但如果他们没有什么好隐瞒的，为什么不去叫警察呢？他并没有拦着他们，他上楼以后他们爱做什么就可以做什么，但是不知为什么原因，这两人却不肯走出去，正像一件什么东西总是牢牢地把他牵系在二楼的房间一样。

那种力量到底又把他拉回到二层去了。当他把房门关好，又一次站在大床和墙壁之间的一条窄窄的通道上的时候，他的心情显然比刚才好多了。牵挂着他的力量停止了。他又可以思考问题了。他开始一寸一寸地检查这个房间，甚至连盥洗盆上的收音机也搬开来看了看。这时候他听见楼梯上咯吱咯吱地有人走动，他把头靠在门上仔细倾听着，他想他听到了阿基正小心而笨拙地一步一步地往上走。很难相信这两个老家伙没有怀着鬼胎。莱文顺着床沿挤着，沿着四面墙走了一周，一边走一边用手指按着带花图案的闪亮的糊墙纸。他过去听人说有人把墙上的窟窿用纸糊起来，从外表上什么也看不出来。最后，他走到壁炉前面，把护炉的铜网子摘掉。

一个女人的身体在壁炉里支着，两脚在炉膛里，脑袋在上面烟囱里，从外面无法看到。莱文的第一个思想是复仇；如果这是他认识的那个女孩子，如果女孩子已经死了，我就要把他们打死，我要把子弹打进叫他们疼痛不堪的地方，叫他们一点儿一点儿地断气。他跪在地上，慢慢把烟囱里的身体拽出来。

她手和脚都被缚住,一件旧布汗衫绑在头上,堵着嘴,眼睛是闭着的。他不知道她活着还是死了。他首先把堵嘴的汗衫割开,生气地骂她说:"醒醒,你这坏女人,快醒醒。"他又俯在她身上央求,"你醒醒好吗?"他不敢离开她,而屋子里没有水壶,他一点儿办法也没有。当他把她身上的绳子切开以后,就坐在她身旁的地板上,眼睛望着门,一只手摸着枪,一只手放在她胸脯上。当摸到她还在呼吸的时候,他的感觉好像是自己重新恢复了生命似的。

她不知道自己在什么地方,只是说:"请你。那太阳。太强了。"屋子里并没有阳光,不久就黑得连看书也看不成了。莱文想:他们把她在这里活埋了多久啊。他用手遮住她的眼睛,不叫隆冬薄暮的暗淡光线照着她。她疲劳不堪地说:"我可以睡觉了。现在我能呼吸了。"

"不要睡,不要睡,"莱文说,"咱们得离开这个地方。"他没有想到,她竟毫不迟疑地表示同意说:"好吧,到哪儿去?"

莱文说:"你不记得我是谁了。我没有什么地方可去。但是我要把你送到一个安全的地方去。"

她说:"我发现了一些事儿。"他以为她指的是恐怖和死亡这类的事,但是在她声音大了一点儿以后,很清楚地解释说:"是你说的那个人。查姆里。"

"这么说你还认识我是谁。"莱文说。但是她并不理会他的话。好像在她被塞在烟囱里的时候,她一直反复叨念着她准备要说的话。一有人发现她,她就要马上把她准备的话说出来,没有时间可以浪费。

"我猜到他在什么地方工作了，在一个什么公司。我告诉了他，他吓坏了。他一定就在那里工作。我不记得那公司的名字了。我得想一想。"

"别着急，"莱文说，"你会想起来的。可是你怎么会居然没有发疯啊……耶稣基督，你可真有胆量。"

她说："不久以前我还什么都记得。我听见你在屋子里找我，后来你走了，我就什么都不记得了。"

"你想你现在能走路吗？"

"当然能。咱们得快一点儿。"

"到哪儿去？"

"我都计算好了。我会记起那名字的。我有好多时间想事情。"

"听你说话，倒好像你一点儿也没吓着似的。"

"我一直认为我会被发现的。我急着想把我知道的告诉人。咱们的时间不多了。我一直在想战争。"

他又非常佩服地说："你真有胆量。"

她开始上上下下地活动手脚，动得很有规律，好像是按照自己制定的一套节目顺序。"我想了许多关于战争的事。我在什么地方读过——我忘了是在什么地方读的了——婴儿不能戴防毒面具，因为他们呼吸不到足够的空气。"她扶着他的肩膀站起来。"里面的空气不够。这样一来，事情就更清楚了。我想，我们一定不要叫战争打起来。这有点儿可笑，是不是？就咱们两人。但是没有别人能帮助咱们啊。"她接着又说，"我的两只脚麻得厉害。这就好了，说明血液已经开始流动了。"她试着想站起来，但是并不成功。

莱文看着她。他说:"你还想什么来着?"

她说:"我还想到了你。我真希望我那次没有那样把你丢开。"

"我本来以为你去报警了。"

"我不会去的。"这次她扶着他的肩膀勉强地站了起来,"我是站在你一边的。"

莱文说:"咱们得离开这个地方。你能走路吗?"

"能。"

"那你别扶着我。外面有人。"他站在门后边,拿着枪听了一会儿。那两个人有足够的时间想出个办法来,他们的时间比他多。莱文把门打开。天已经差不多完全黑了。他看不见楼梯口有什么人。他想:那个老家伙一定是站在门旁边拿着通条等着打我呢。我要一下子冲出去。但是他没有想到他们在门口拴了一条绳子,一下子把他绊倒了。他跪倒在地上,手枪脱了手,掉到地板上。他还没有来得及站起来,阿基手里的火钳已经打在他的左肩上。他被打得晕头转向,动弹不得。他只能想:下一次就要打在我头上了,我变得软弱了,我本该想到绊脚索的。就在这个时候他听到安的声音:"把火钳放下。"莱文非常痛苦地站起来,原来那女孩子已经把落在地上的手枪抢到手,正用它对着阿基。莱文有些吃惊地说:"你真了不起。"老妇人在楼梯下面喊:"阿基,你在哪儿呢?"

"把枪给我,"莱文说,"下楼去,你不用怕那只老母狗。"他倒退着跟在她身后,手枪对着阿基,但是那两个老家伙

一个被出卖的杀手 147

的招数已经使完了。"要是他刚才再乱动一下,我就开枪了。"

"我不会感到吃惊的,"安说,"要是我也饶不了他。"

他又说了一遍:"你真了不起。"他几乎已经把他刚才在街上看见的侦探给忘了,直到他的手放到门把手上,才又想起来。"要是外面有警察,我也许得扔下你,自己先跑掉。"他什么话都可以对她讲,一点儿也不犹豫,"我找到一个过夜的地方。在火车停车场里。一间废弃不用的木棚。我今天晚上在离车站五十码的墙边等着你。"莱文打开房门,街上看不见有人。他俩一起走出去,走到暮色沉沉的空旷街头。安说:"你看见对面门道里有一个人吗?"

"看见了,"莱文说,"那里是有一个人。"

"我觉得那人像——但这是不可能的。"

"街口还有一个人。一点儿不错,他们是警察,但是他们不知道我是谁。要是知道,一定会动手捉我的。"

"那你就要开枪了。"

"当然要开枪,但是他们不知道我是谁。"他笑了笑,夜空的潮气好像浸湿了他的喉咙,"我把他们骗得够呛。"火车站大桥那边,城市的灯火已经亮起来,可是他们这里仍然笼罩在昏黑的暮色里。一辆机车在岔道上隆隆地驶过去。

"我走不了长路,"安说,"很对不起。我想我身体还不太好。"

"不远,"莱文说,"有一块木板是活的。今天早上我什么都安排好了。那里面还有麻袋,很多麻袋。简直像咱们家似的。"

"像家似的？"莱文没有回答。他摸着停车场涂着沥青的木板墙，回忆起一间地下室的厨房和差不多是他能够记忆起的第一件事：他的母亲趴在桌子上，身上流着血。她连厨房的门也没有关，她就是这样一点儿也不把他放在心上。他后来做了不少令人心寒的事，他想，但是他做的任何一件事也不能同这件相比。迟早有一天他会做出来的。那就像重新开始有生命似的：当人们谈起死亡、流血、伤口和家的时候，就有一件事可以回忆了。

"要是个家可太寒碜一点了。"安说。

"你不用怕我，"莱文说，"我不会强留你的。你可以坐一会儿，跟我说说他们是怎样对你的，查姆里做什么了，以后你愿意到什么地方去就到什么地方去。"

"就是你给我钱我也走不动了。"莱文只好叫她一面扶着墙，一面用手臂架着她。他把自己似乎永远也不枯竭的精力贯注到她的意志里去。他说："坚持一下。我们这就到了。"在寒冷中，他瑟瑟发抖，用尽一切力气搀着她，想在昏暗中看一看她的脸。他说："到棚子里你就可以休息了。那里面有许多麻袋。"他好像一个向别人夸耀自己住所的人，怀着很大的骄傲。好像那住所是他用自己的钱购置的，要么就是用自己的劳动一砖一瓦建造起来的。

一个被出卖的杀手

二

麦瑟尔站在门道的暗影里。这比他预先想象的任何事都更可怕。他把手放在手枪上。只要走出去就可以把莱文逮捕——如果对方拒捕他可以开枪。他是警察,无权先开枪。桑德斯站在街口等待他行动。他背后还有一名穿制服的警察准备好同他俩配合。但是麦瑟尔并没有行动。他看着他们从街上走下去,叫他们相信没有人跟着他们。他在很远的地方尾随着他们,在街口和桑德斯会合在一起。桑德斯说:"那个魔——魔鬼。"

"啊不,"麦瑟尔说,"那是莱文——和安。"他划了根火柴,把衔在嘴上足有二十分钟的纸烟点着。前面的一男一女从车场旁边漆黑的街道走下去,他俩几乎已经看不见了,但是远处又有人划了一根火柴。"他们被盯着呢,"麦瑟尔说,"不会叫他们溜掉的。"

"你——你是要把他们俩一起逮——逮住吗?"

"他和一个女人在一起,咱们不能开枪。"麦瑟尔说,"要是误伤了一个女人,你看看报纸上会怎么登吧。他并不是因为谋杀罪在受缉捕。"

"咱们得小心别伤害了你的女朋友。"桑德斯一口气说出来。

"走吧,"麦瑟尔说,"别跟掉了。我不再想她了。我郑重宣布,我同她的事算过去了。她真把我骗得够呛。我现在想的是该怎样对付莱文——莱文和他在诺维治的同谋犯,如果他这里有同谋犯的话。如果需要开枪,咱们不能手软。"

桑德斯说:"他们站住了。"桑德斯的目力比麦瑟尔好。麦瑟尔说:"要是我现在下手,你在这儿能不能截住他?"

"不成。"桑德斯一边说,一边很快地往前走,"他把墙上的一块木板弄松了。他们钻过去了。"

"别着急,"麦瑟尔说,"我跟着他们。你去再找三个人来,叫一个站在板墙缺口附近我能找得到的地方。这个停车场的几个入口都已经派人守住了。你把剩下的两个人带进去,可别把他惊动了。"他隐隐听到前面两个人走在煤渣上的脚步声,因为他自己脚下也同样发出声音来,所以追踪并不很容易。那两人绕到一辆停着的车皮后面,那一带光线非常暗,他只瞥见了一眼两个移动的影子,接着一辆机车呜地叫了一声,喷出一大团灰色蒸汽,把他整个罩住了。有一两分钟,麦瑟尔好像走在迷蒙的山雾里。他感到自己的脸上落了许多潮乎乎的肮脏的水珠。等雾气散开以后,麦瑟尔已经看不见两人的踪迹了。他开始认识到黑夜里在停车场里追寻人的难处。到处是停在铁轨上的空车皮,他们随便溜到哪个车厢里,就可以潜伏起来。他一不小心把胫骨撞了一下,痛得低声骂了几句,就在这个时候,他清清楚楚地听见安小声说:"不成,我走不动了。"那声音隔着他只有几个车厢。接

一个被出卖的杀手 151

着那两人又移动起来，步履沉重，好像一个人扛着重东西似的。麦瑟尔爬到一辆车皮上，看着前面一片荒凉的煤渣地面。纵横交错的铁轨、道岔、小木棚和堆积成山的煤块、焦炭。展现在他面前的好像是一片无主之地，一个士兵搀扶着一个受伤的战友，脚步蹒跚地从废铜烂铁中走过。麦瑟尔觉得自己是个间谍，怀着一种奇怪的羞惭心情监视着这两个人。那瘦瘦的、一步一跛的身影成为一个有血有肉的人，这人认识他爱着的那个女孩子。他同这个女孩子之间存在着某一种关系。麦瑟尔想：他犯的那桩偷窃案会判多少年徒刑呢？他不想开枪了。他想：这个可怜虫，他一定被逼得走投无路了，可能正在找个地方想歇一歇脚。他找到了地方，两条铁路之间铁路工人用的一间小小的木头房子。

麦瑟尔又划了一根火柴，没过一会儿桑德斯已经出现在他脚下，等待他发布命令。"他们进那间木房子去了。"麦瑟尔说，"看住他们。要是他们想逃走，就把他们逮住。不然的话，等到天亮了再动手。要避免死伤事故。"

"你要走——走？"

"我不在这儿，你办事会更方便一些。"麦瑟尔说，"今天夜里我在警察局过夜。"他又语气缓和地说，"别让我妨碍了你。该怎么办就怎么办。你自己要保重一点儿。带枪了吗？"

"当然了。"

"我让弟兄们过来。我怕你们得在寒夜里守着。别往里冲，那样不好，他为了逃命会胡乱开枪的。"

"这件事真让——让你够受的。"桑德斯说。天已经完全黑下来，眼前的荒凉景象被遮掩住了。小木房里一点也不像有人的样子,一丝亮光也没有。桑德斯背靠着车皮坐在避风的地方,听着离他最近的一名警察的呼吸声,简直不能相信那边有一间小木房子。为了消磨这漫漫长夜,他默诵着一行诗(背诵的时候他一点儿也不口吃),这是一首写一座漆黑的塔楼的诗,是他在夜校学的。"他一定非常恶毒,才要受这样的痛苦。[1]"这行诗给人以些许安慰,他想。干他这一行的人学会这首诗再好不过了。正是因为这个他才记住了。

---

1 出自英国诗人、剧作家罗伯特·勃朗宁(Robert Browning, 1812—1889)诗歌《罗兰骑士来到黑暗塔》(Childe Roland to the Dark Tower Came)。——编者注

三

"请谁来吃晚饭,亲爱的?"警察局长把头探进卧室里问。

"你别管了。"卡尔金太太说,"去换衣服吧。"

警察局长说:"我刚才在想,亲爱的,咋样——"

"怎样。"卡尔金太太一点儿不客气地纠正他的口音说。

"咱们新来的女仆。你不妨教会她称呼我卡尔金少校。"

卡尔金太太说:"你还是快点儿吧。"

"是不是又请市长夫人来了?"他懒洋洋地走出屋子,向浴室走去,但是中途又转了念,蹑手蹑脚地下了楼,走进餐厅去。他得先看看准备没准备酒。如果请的客人是市长夫人,就不会准备酒了。派克尔市长是不会来的,这倒也无可责怪。既然下了楼,他何妨偷偷喝两口酒?他三口两口地把酒吞下肚去,之后用苏打水把杯子涮了涮,又用手帕擦干。最后他把酒杯放在市长夫人将要坐的座位上,给警察局打了一个电话。

"有什么消息吗?"他不抱任何希望地问。他知道他们绝不会找他去商量什么问题的。

电话里传来探长的声音："我们发现他在什么地方了。现在已经把他包围起来了。我们正在等着天亮再动手。"

"需要我去一下吗？要不要我到局里去商量商量？"

"完全不需要，长官。"

他很不痛快地把电话听筒放下，闻了闻市长夫人的酒杯（她绝不会发现有人用过这个酒杯的），走上楼去。卡尔金少校，他满心愁闷地想着，卡尔金少校。叫人苦恼的是，我是军人的性格。他从梳洗间望着窗外星星点点的灯火，不知为什么想起上次大战和军事法庭，想起在审讯那些拒服兵役的人时自己的威风气派。他的军服还挂在那里，就在他参加抆轮国际社举办的宴会时穿的燕尾服旁边。只有在每年参加一次的这个宴会上，他才能够同过去的战士们混在一起。他鼻子里闻到一股淡淡的卫生球味儿，情绪突然高涨起来。我的上帝，他想，说不定一个星期以后又要打起仗来了。到那时，我们就会叫那些坏蛋尝尝我们的厉害，不知道我的军服还合不合身了。他禁不住自己试起军服上衣来。他不能不承认，衣服稍微紧了一点儿，但是从镜子里看，还是很有气派的，只不过有点儿绷得慌。得让裁缝放放大。既然他在地方上有一定的声势，不出两个星期就能重新回到军队里去。只要运气好，在这次战争中他一定会有不少事干。

"约瑟夫，"他的妻子喊道，"你在干什么呢？"他从镜子里看到她像尊雕像似的站在门口，穿着一件新做的、缀着许多金属片的黑色晚礼服，活像摆在橱窗里的特大号的模特。卡尔金太太说："赶快脱掉。吃饭的时候净叫人闻见你身上的卫生球味。市长夫人已经在脱外衣，马尔库斯爵士随时就——"

一个被出卖的杀手 155

"你怎么不早告诉我一声，"警察局长说，"要是我知道马尔库斯爵士也来的话……你是怎么把这个老家伙给网罗来的？"

"他自己要来的，"卡尔金太太带着几分骄傲说，"所以我才打电话请市长夫人。"

"老派克尔来不来？"

"他一天都没在家。"

警察局长脱下军服上衣，把它小心挂好。上次大战如果再延长一年，他就会晋升到上校了。他同驻扎在这里的团部关系处得非常好，供应军营食堂各种食品，价格仅比成本略高一点儿。下一次战争他一定能升级的。马尔库斯爵士的小轿车在房子外面响起来，卡尔金急忙走下楼去。市长夫人正在沙发底下找她带来的小狮子狗，小狗怕见生人，一进屋就不知道藏到什么地方去了。市长夫人跪在地上，脑袋趴在沙发坐套的穗子底下，召唤道："秦基，秦基。"秦基叫唤了一声，还是不肯露面。"哎呀，哎呀，"警察局长尽量装作热情的样子，"阿尔弗雷德好吗？"

"阿尔弗雷德？"市长夫人从沙发底下爬出来说，"不是阿尔弗雷德，是秦基。啊，"她说话非常快，她的习惯是一边讲话一边弄清楚对方的意思，"你是问我他身体怎么样？阿尔弗雷德？他又跑了。"

"秦基？"

"不是，我是说阿尔弗雷德。"和市长夫人谈话简直像捉迷藏。

卡尔金太太走进来说："找着他了吗，亲爱的？"

"没有，他又跑了，"警察局长说，"如果你问的是阿尔弗雷德的话。"

"他在沙发底下呢,"市长夫人说,"说什么也不肯出来。"

卡尔金太太说:"我早就应该提醒你一下,亲爱的。我想,你早就听说了,马尔库斯爵士最讨厌狗了。当然了,如果你的狗老老实实待在那儿……"

"可怜的小宝贝儿。"派克尔太太说,"非常敏感,他知道有的地方不欢迎他。"

警察局长突然觉得自己再也无法忍受了,他说:"阿尔弗雷德·派克尔是我最好的朋友,我不能听你说什么他不受人欢迎这类的话。"但是没有人理会他,侍女通报马尔库斯爵士已经来了。

马尔库斯爵士蹑着脚尖走了进来。他是个病恹恹的、非常衰老的人,下巴颏上留着一小撮白胡子,活像小鸡身上的绒毛。马尔库斯爵士给人的印象是,衣服下面的身体已经枯干了,就像一层硬皮包着一个干果仁似的。他说话带着点儿外国腔,但无法凭此确定他是犹太人还是出身于古老的英国家族。看起来他好像到过不少大城市,已经把他的特点磨平了。他既像在耶路撒冷定居过,又像在圣詹姆斯市落过户;既带着某个中欧大都会的特点,又有戛纳某些高级俱乐部的习气。

"太感谢了,卡尔金太太,"他说,"给我这样一个机会……"他的声音非常低,听不清他都说了些什么。他的一对好像有鳞片遮住似的眼睛把屋里的人一一审视了一遍。"我早就希望找个机会认识一下……"

"请允许我给您介绍一下,马尔库斯爵士,这就是市长夫

一个被出卖的杀手

人。"

他躬身向市长夫人行了个礼,样子既文雅又有些过于谦卑,倒好像一个当铺掌柜在向蓬帕杜侯爵夫人行礼似的。"咱们诺维治市鼎鼎大名的人物。"他说这话倒既无讥讽又无施恩于人的意味。他只不过是已经老迈了。对他来说,任何人都一样,他不屑于去辨识别人。

"我以为您还在里维耶拉海滨呢,马尔库斯爵士。"警察局长一团和气地说,"喝一杯雪利酒吧。我想女士们是不喝的。"

"我不喝,谢谢了。"马尔库斯爵士声音很轻地说。警察局长的脸耷拉下来了。"我两天以前刚回来。"马尔库斯爵士说。

"关于战争有不少谣言,是不是?狗总是听见点儿动静就狂吠起来……"

"约瑟夫。"卡尔金太太厉声呵斥了他一句,意味深长地向沙发底下投了个目光。

老人的眼睛好像比刚才清亮了一点儿。"是的,是的,"马尔库斯爵士连连答应了两声,"不少谣言。"

"我看到你们中部钢铁公司雇用的人比从前多了,马尔库斯爵士。"

"他们是这样告诉我的。"马尔库斯爵士低声说。

女仆请大家入席就餐,这声音把秦基惊动了,从沙发底下传出"汪汪"的一阵叫声。所有人的眼睛都盯住了马尔库斯爵士,一个令人尴尬不堪的场面。但是马尔库斯爵士似乎没有听见狗叫,也许狗叫声只是模模糊糊地使他想到了一件心事,因为在架着卡尔金太太的胳膊向餐厅走的时候,他语气狠毒地低声说:"那些狗把我赶走了。"

"给派克尔夫人倒一杯柠檬水,约瑟夫。"卡尔金太太说。警察局长有些紧张地看着市长夫人喝柠檬水。她似乎觉得那味道有些奇怪,她一小口一小口地品尝着。"真的,"她说,"这柠檬水太香了。有一种特别的香味。"

汤上来的时候,马尔库斯爵士没有喝,鱼上来的时候他还是一点儿也不吃。等到主菜端上来时,他从那刻花的大银盘子(盘子上还刻着"卡尔金·卡尔金商店全体雇员献给约瑟夫·卡尔金,纪念……"这些字是环绕着盘子刻的,后面几个字看不到了)探过身去,低声说:"能不能给我一块饼干、一点儿热水?"他又解释说,"医生不许我晚上吃别的东西。"

"啊,太遗憾了,"警察局长说,"人老了以后,吃的、喝的……"他瞪着眼睛看着自己面前的空酒杯。过的是什么日子啊!如果他能有机会逃开这里,再到士兵中间去,摆一摆威风,像个人似的活着,该多么好啊!

市长夫人突然说:"秦基最喜欢啃这样的骨头了。"话说到这里,她一下子噎住了。

"秦基是谁?"马尔库斯爵士哑着嗓子问。

卡尔金太太赶快插嘴说:"派克尔太太养了一只非常可爱的小猫。"

"我真高兴,不是一条狗,"马尔库斯爵士说,"狗有一种毛病,"老头儿拿着一块干酪饼干指手画脚地说,"特别是狮子狗。"他说这句话的时候简直带着不共戴天的仇恨,"汪,汪,汪。"他呷了一口热水。这个老头儿生活中一点儿乐趣也没有,

一个被出卖的杀手 159

最明显的感情就是仇恨，自卫是他生活的主要目的：保卫自己的财富，保卫他每年在里维耶拉太阳底下保养来的一点儿精力，保卫自己的生命。只要吃饼干能叫他多活几天，一直吃到寿终正寝的那一天他也心甘情愿。

老家伙寿命不长了，警察局长思忖着。他看着马尔库斯爵士用水冲下最后一点儿饼干渣，接着就从背心口袋里取出一个扁平的小金盒子来，吞下一粒药片。他是个有心计的人，这从他说的话就可以看出来，从他坐火车外出时有自己的专用列车，从他在公司里坐在柔软的轮椅，被人推着在长长的通道里走动，也能推断出来。警察局长有好几次在招待会上见过他。总罢工以后，马尔库斯爵士为了感谢警察局对他的帮助，赠送了一座设备齐全的健身房，但是这还是马尔库斯爵士第一次到警察局长家里来做客。

关于这位爵士，谁都知道一大堆事。麻烦的是，他们所了解的都是互相矛盾的。有一些人因为他的教名相信他是希腊人，另一些人则斩钉截铁地说他出生在犹太居民区。从他的鼻子也无法判断到底谁说得对。因为这种鼻子在康沃尔郡和英国西南部诸郡都可以看到。他的名字没有列入《名人录》里面。有一次一个很有事业心的新闻记者打算给他写个小传，结果发现与他有关的各种记录簿和档案都有很多空白。传闻虽然很多，但都找不到事实根据。甚至，马赛法院的档案里记载他的犯罪事迹也是一片空白，传说马尔库斯爵士年轻的时候犯了盗窃罪，被一个到妓院去的嫖客告发了。就是这么一个人，现在成了欧洲最有钱的富翁之一了。他现在正坐在这间摆满了爱德华时代家具的大餐厅里，从西服背心上往下掸饼干渣儿。

甚至连他的年纪也没有人说得清。或许给他看牙的医生是个例外，因为警察局长总认为根据牙齿是能知道一个人的年龄的。但是到了他这个岁数，牙一定不是真的了。这又是档案中的一个空白。

"咱们得看着他们一点儿，不能叫他们喝酒，对不对？"卡尔金太太笑着说，但还是站起身来，狠狠地盯了她丈夫一眼。"但是我想他们俩有许多话要谈，咱们还是走吧。"

门关上以后，马尔库斯爵士说："我在什么地方看见过那个女人，总是牵着一条狗。我不会记错的。"

"我喝一点儿葡萄酒，您不介意吧？"警察局长说，"我不愿意一个人喝，但如果您真的不想——要抽一支雪茄吗？"

"不要。"马尔库斯爵士哑着嗓子说，"我不吸烟。"接着他又说，"我来找你——这件事不要外传——是为了那个叫莱文的家伙的事，戴维斯有些担心。倒霉的是他看了这个家伙一眼。纯粹是偶然的。抢案发生的时候他在维多利亚街一个朋友的事务所里。那个家伙找了个借口进来了一下。戴维斯担心这个疯子想要把他干掉，怕他出庭作证。"

"告诉他，"警察局长一边又给自己斟了一杯葡萄酒，一边骄傲地说，"用不着担心。那个家伙已经在我们掌心里了。我们知道他现在在什么地方。他被包围了。我们等天一亮就动手，等他一露面……"

"干吗要等啊？"马尔库斯爵士柔声细气地说，"把这个亡命徒马上抓起来不是更好吗？"

"他带着枪呢，你知道。在黑夜里容易出事故。说不定他要开枪，杀出一条血路来。还有一点。他还带着一个女朋友。要是

一个被出卖的杀手

他逃跑了,他的女朋友被打死,可不是好事。"

马尔库斯爵士把头俯在两只手上。他的手现在闲着没事干,桌子上没有饼干,也没有热水或者白药片,没有任何东西可以叫他摆弄的。他轻声说:"你应该了解,从某一方面讲,这是我们的责任。为了戴维斯。如果出了乱子,如果那女孩子死了,我们会支持警察局,需要多少钱我们花多少钱。如果进行调查,我们找最优秀的律师……你当然知道,我也有朋友……"

"还是等天亮吧,马尔库斯爵士。请您相信我。干这种事我懂行。我过去当过兵,您知道。"

"这我知道。"马尔库斯爵士说。

"看样子那条恶狗又要咬咱们了,是不是?感谢上帝,咱们的政府是有胆量的。"

"是的,是的。"马尔库斯爵士说,"我敢说,战争肯定无疑要爆发的。"他的鱼鳞眼睛转到酒瓶上,"你要喝酒,请尽管喝吧,少校。"

"既然您这么说,马尔库斯爵士,我就再喝一杯,上床前最后一杯。"

马尔库斯爵士说:"我很高兴,你告诉我这么一个好消息。让一个带枪的匪徒在咱们诺维治市到处游荡可不太好。千万不要让你手下哪个人冒险,少校。与其叫你的一名优秀的警察牺牲,不如叫这个——蠹贼——死掉。"说到这里,他突然往椅背上一仰,像搁在岸上的鱼似的大口喘着气。他说:"药片。给我。快。"

警察局长从他衣袋里掏出金盒子来,但是马尔库斯爵士已经缓过气来。他自己吃了一片药。警察局长说:"我把您的车叫来,好不好,马尔库斯爵士?"

"不用,不用。"马尔库斯爵士低声说,"没有危险了。只不过疼了一下。"他的一双昏花的眼睛盯着裤子上的饼干屑。"刚才咱们谈到哪儿了?啊,那些优秀的小伙子,你千万别叫他们做无谓的牺牲。国家需要他们。"

"您说得太对了。"

马尔库斯爵士咬牙切齿地说:"对我说来这个——恶棍——就是个叛徒。在当前这样时期,国家需要每一个人。我要把他当个叛徒对待。"

"这是一种看待问题的方法。"

"再喝杯葡萄酒吧,少校。"

"好,我就再喝一杯。"

"想一想,就算他不打死人,这家伙也要耗费咱们国家这么多人员,叫这些年轻力壮的人不能为国家出力。监狱、警卫人员……还要叫国家出钱给他吃、给他住,当其他的人……"

"都在为国家效力、牺牲。您说得对,马尔库斯爵士。"马尔库斯爵士的一番慷慨陈词深深打动了警察局长,叫他想起了自己挂在柜子里的军服上衣。那上面的铜扣子该擦一擦了,那是英王颁发的扣子。他身上还散发着卫生球味。他开口说:"在外国某处土地上,永远是……莎士比亚很了解这种事。老冈特[1]说过——"

---

1 即冈特的约翰(John of Gaunt,1340—1399),英王爱德华三世的儿子,查理二世的叔叔,1372—1374年曾率领英军抗击法国。莎士比亚历史剧《查理二世》中的人物。

"你的人员最好不要做无谓的牺牲，卡尔金少校。最好等他一露面就先开枪。斩草必须除根。"

"最好是这样。"

"你是你手下人的头头。"

"老派克尔有一回也是这么对我说的。上帝宽恕他，他说这句话的意思同您不一样。我真希望您能跟我一起喝一杯，马尔库斯爵士。您是个明白人。您知道当一位公务员的感受。我曾经当过兵。"

"也许一周内你又会当兵了。"

"你很了解他人的感受。我不希望我们之间有什么隔阂，马尔库斯爵士。有一件事我还是告诉您吧，否则我的良心有愧。沙发底下真有一条狗。"

"一条狗？"

"一条小狮子狗，名字叫秦基。我不知道该咋样……"

"她告诉我是只猫。"

"她想瞒着您。"

马尔库斯爵士说："我可不愿意受人欺骗。选举的时候我得扶持派克尔一把。"他疲倦地叹了一口气，好像需要他照管，需要他安排，需要他打击报复的事太多了，一件件地一直排到遥远的未来，而且从很久以前就已经花费了他无数时间——从他生活在犹太居民区的时候起，从马赛的那家妓院起，假如那些传闻不是无中生有的话。突然，他又低声说道："这么一说，你愿意给警察局打个电话。通知他们一见到那家伙就先开枪啰？告诉他们一切责任都由你负。我会帮你把这件事办妥的。"

"我不知道该咋样,该怎么样……'

老头儿的手不安地移动着:要安排的事太多了。"你听我说。要是我做不到的事,我是不会轻易答应的。离这里十英里的地方有个训练营。只要一宣战,我马上就能安排你挂个名,领导那里的工作,给你晋级到上校。"他说道。

"那班克斯上校呢?"

"把他调到别的地方去。"

"您是说只要我打个电话?"

"不。我是说要是你把这件事办好了。"

"把那家伙打死?"

"那人死不死跟一只蚂蚁一样。一个小流氓。你没有任何理由踌躇不敢动手。再喝一杯葡萄酒。"

警察局长伸出手去拿酒瓶。他脑子里正在想"卡尔金上校",不知怎的兴趣却不那么大了,但他还是不禁想到与此有关的种种事情。他是个多愁善感的人,想起了自己被委任警察局长的事。当然了,那是靠有人帮忙得到的,正像如果他被委任管理训练营,也得靠人情不可。但尽管如此,身为中部地区一支最精锐的警察部队的头子,威风凛凛,他还是非常自豪的。"我还是别喝了,"他犹豫地说,"对我睡眠、对我妻子都不好……"

马尔库斯爵士说:"好吧,上校,"他眨了眨眼睛,"无论什么事我都全力支持你。"

"我愿意为您办这件事,"警察局长用恳求的语气说,"我愿意叫您高兴,马尔库斯爵士。但是我不知道该怎样……警察不能这样做。"

一个被出卖的杀手

"不会有人知道的。"

"他们不会听我命令的。像这样的事他们是不会服从的。"

马尔库斯爵士又柔声细气地说："你是说，以你这样的地位——还抓不住他们？"他说这话时流露出惊诧的神情，因为他自己总是费尽心机，就连公司里最低级的下属也牢牢抓在手里的。

"我愿意叫您高兴。"

"电话就在那边，"马尔库斯爵士说，"不管怎么说，你可以运用一下你的职权。我从不叫人做他力所不及的事。"

警察局长说："我手下有不少人。有时候我吃过晚饭会到局子去转一圈，同他们一起喝两杯。这些年轻人都非常能干。找不到比他们更能干的了。他们一定能把那个人抓到的。您用不着害怕，马尔库斯爵士。"

"你是说抓死的？"

"活也好，死也好，他们是不会叫他溜掉的。他们都很尽职。"

"但是我是要你抓个死的。"马尔库斯爵士说。他打了个喷嚏。因为打喷嚏大出了一口气，又弄得他精疲力竭。他靠在椅背上，轻轻喘着气。

"我不能叫他们这么做，马尔库斯爵士，不能下这个命令。这不是有点儿像谋杀吗？"

"胡说八道。"

"晚上跟那些年轻人在一起，对我是件很重要的事。要是做了这件事，我就不能再到他们那里去了。我还是做好我的本分吧。也许他们会叫我去军法审判厅任职。只要打仗，就总有拒服兵役的人。"

"什么委员会也轮不上你了。"马尔库斯爵士说,"我会办到这一点的。"卡尔金衬衫上的卫生球味一阵阵地钻进他鼻孔里来,好像在讥嘲他似的。"我还可以安排一下,不让你继续担任警察局长了。你同派克尔都被免职了。"他的鼻子里轻轻地发出一声奇怪的哨音。他年纪太老,已经不愿意笑了,不愿意多浪费自己肺里的空气了:"来吧,再喝一杯。"

"不喝了。我想还是不要再喝了。您听我说,马尔库斯爵士,我可以在您的办公处安上便衣警察。我叫人保卫着戴维斯。"

"戴维斯爱怎样就怎样,我管不着。"马尔库斯爵士说,"请你把我的司机找来吧。"

"我很愿意为您效劳,马尔库斯爵士。您要不要去看看女士们?"

"不要,不要。"马尔库斯爵士轻声说,"有那条狗在里面,我不去。"他需要警察局长搀扶着才能从椅子上站起来。警察局长把手杖递到他手里,他的胡子上还粘着一点饼干屑。他说:"如果今天晚上你改变了主意,可以给我打个电话。我不会睡觉的。"警察局长心里有些怜悯地想:像他这样年纪的人,对死的看法显然与别人不同。死亡无时无刻不在威胁着他,在人行道上滑倒,踩到浴盆下的一块肥皂……随时会夺去他的性命。对他说来,他提出的要求是件极其自然的事。年纪老了,精神也就不正常了,对他这种人是不该太计较的。但是在看着马尔库斯爵士被搀扶着走到汽车道上,坐进他那辆又宽大又舒适的汽车里,他却自己念叨着:"卡尔金上校。卡尔金上校。"过了一会儿,他又

一个被出卖的杀手 167

加了一句，"巴斯勋章。"

狮子狗正在客厅里汪汪地叫，她们一定已经把它诱出来了。这条狗养得非常娇，非常怕生。如果有生人猛地朝它吆喝或者口气严厉，它就飞快地转圈子，口里吐着白沫，像人似的叫唤着，肚子底下的长毛像真空吸尘器似的扫着地毯。我不如偷偷地溜到警察局去，卡尔金思忖道，和伙计们喝一杯。但是这个想法一点儿也没有使他灰暗的心情好转，他仍然犹豫不决。难道马尔库斯爵士真的能有权力把他这个乐趣也剥夺掉吗？但是实际上他已经把它剥夺了。有了那样一件心事，他就不能再心境坦然地同警察局督察在一起了。他走进书房里，在电话机旁边坐下。再过五分钟马尔库斯爵士就到家了。既然已经从他这里偷去了那么多东西，他就是依从了他的建议也没有什么可丢失的了。但是他还是犹豫不决地坐在那里，一个矮小、肥胖、惯会作威作福而又怕老婆的暴发户。

他的老婆把头探进来。"你在干什么呢，约瑟夫？"她问，"出来陪陪派克尔太太。"

四

马尔库斯爵士同他的贴身男仆住在制革街那幢大楼的最上层,他的仆人也是个受过训练的护士。他只有这样一个家,到伦敦去的时候,他住在克拉瑞芝酒店;在戛纳,他住在卡尔顿饭店。他的仆人推着轮椅在大楼门口迎接他,把他推进电梯,到楼上以后,又推着他走过长长的过道进了他的办公室。室内的暖气已经开到最适当的温度,写字台旁的自动收报机发出轻轻的嘀嗒声。窗帘没有拉上,透过宽大的双层玻璃窗可以看到笼罩诺维治市的夜空,汉洛机场的探照灯在空中划出一条条的亮光。

"你可以睡觉去了,莫里森。我先不睡。"

这些天马尔库斯爵士睡得很少。在他已屈指可数的寿命中,只睡几个小时就留下了很深的印象,再说他也不怎么需要睡眠。因为不做体力活动,就不需要卧床休息。他坐在一伸手就可以拿到电话机话筒的地方,先读了读桌子上的备忘录,接着又看了一遍电报机收到的消息。他了解了一下明天预防毒气演习的安排情况。楼下所有可能需要外出办事的职员都已经发了一个防毒面具。根据计划,上班时间一过,只要办公室工作一开始,立即就会发出防空警报。进行运输工作的人员、卡车司机和通信员一上班就要戴上面具,这样他们就不会把面具拉下,不至于在演习开始后因为不戴面具而被集中到医院去,白白浪费中部钢铁公司的宝贵时间。

自从一九一八年十一月以来,这些工作人员从来也没有像今天这样宝贵过。马尔库斯爵士读了读电报机接收的股票行情。军火股票继续看涨,钢铁也随之上涨。英国政府虽然已经停发一切出口许可证,但仍不能刹住这股涨风。自黑格对兴登堡防线[1]进行攻击时发生过一次钢铁需求高峰的年代起,英国本国市场还从来没有需求过这样大量的军火。马尔库斯爵士有许许多多朋友,每一个国家都有。冬天,他经常和这些人一起在戛纳或者在爱琴海罗德岛外索佩尔萨的豪华游艇上避寒。他是克兰贝姆太太的密友。尽管现在不能出口军火,但是还可以出口其他国家制造武器所必需的镍和别的一些金属。记得克兰贝姆太太曾经说过——那一天正好赶上风浪,游艇有一点儿摇晃,罗森喝多了,吐了齐弗太太的黑缎子衣服一身,尴尬不堪——即使打起仗,只要英国需要从国外进口物资,就不能禁止向瑞士等中立国家出口镍。前途真是无限光明,因为克兰贝姆太太的话是绝对靠得住的。她说的话大有来头,因为咱们国家那位政界元老无论什么事从不瞒着她。

---

[1] 即道格拉斯·黑格(Douglas Haig, 1861—1928),第一次世界大战时曾任英国作战部队总司令。兴登堡防线是由"一战"时德国陆军元帅保罗·冯·兴登堡(Paul Von Hindenburg, 1847—1934)在法国东北部修建的防御系统。

看起来已经没有什么可怀疑的了，马尔库斯爵士从电报收来的消息看到，两个直接牵涉到战争的政府都既不肯接受也不愿修改最后通牒。也许五天之内，至少有五个国家就要相互开战，军火的消耗已经上升到每天数百万英镑。

虽然如此，马尔库斯爵士还是有些郁郁不乐。戴维斯把事情弄得一塌糊涂。在他告诉戴维斯不该叫刺客从这件谋杀案中得到什么好处时，他根本没想到戴维斯会制造这么一桩盗窃钞票案。弄得他不得不整夜等着电话铃响。他把自己瘦骨嶙峋的衰老身体更舒适地安置在软和的气垫上，他是不能叫自己的老骨头架子受委屈的。正像人死了一样，骨骼虽然迟早要腐烂，还要保存在铅皮镶里的棺木里。午夜的钟声响了，他又活过了一整天。

第五章

一

莱文在漆黑的小木房里摸索了一会儿,终于找到了麻袋。他像拍打枕头似的把麻袋一个个拍打了一阵,在地上铺好,带着些焦灼不安低声说:"你能在这儿歇一会儿吧?"他用手把安引导到铺好麻袋的角落。安说:"太冷了。"

"你先躺下,我再去找几个袋子来。"他划了一根火柴,小火光在冰冷、幽暗的屋子里游荡着。他又拿来几个麻袋,盖在她身上,然后把火柴扔在地上。

"不能点个亮吗?"安问。

"太危险了,"他说,"再说,黑暗对我是个解脱。你在暗处看不到我的面目。看不见这个。"他偷偷摸了摸自己的嘴唇。他在听着外边的声响:他听见有人在横七竖八的铁轨和煤渣上跌了一下,过了一会儿又有人低声说了一句什么。他说:"我得好好想一想。他们已经知道我在这儿了。也许你还是离开这儿的好。你没有做什么。他们要是过来,免不了要开枪的。"

"你想他们知道我跟你在一起吗?"

一个被出卖的杀手 175

"他们一定一直在跟踪我们。"

"那我也不走，"安说，"我在这里，他们是不会开枪的。他们要等到天亮再动手，等你出去的时候。"

"你很愿意帮我的忙。"莱文说。他感到这件事简直叫他无法相信，不由得又猜疑起来。过去的经验告诉他，友好是不能轻信的。

"我跟你说过，我站在你这一边。"

"我得想个办法，怎样才能逃掉。"莱文说。

"你还是歇一会儿吧。离天亮还早呢，你有整夜的时间去想。"

"在这里待着倒是挺好的，"他说，"离开他们远远的，那一群浑蛋。就待在这黑暗里。"他不想离她太近，在对面一个角落里坐下来，自动手枪放在膝头上。他又带着些怀疑地问："你在想什么呢？"安扑哧笑了一声，把他吓了一跳。"倒像个家似的。"安说。

"我对家可一点儿也没有好感，"莱文说，"过去我是有过家的。"

"给我讲讲。你叫什么名字？"

"你知道我的名字。你在报上一定看过。"

"我是说你的教名。"

"教名？基督教！真让人笑掉大牙。你认为今天别人打了你左脸，还会有人把右脸递过去？"他坐在煤渣地上气狠狠地敲打了两下枪柄，"没有这样的傻瓜了。"他听见安在对面的呼吸声，他看不见她，也摸不着她，一种很奇怪的感觉在折磨着他，仿佛他失掉了一件什么东西。他说:"我不是说你不好。我敢说你是很有基督教精神的。"

"我可不知道。"安说。

"我把你带到那幢房子去,本来是想杀你的……"

"杀我?"

"你以为我带你去那地方做什么?我又不是同你谈情说爱。难道我是那种让女孩子一见就钟情的人?英俊、漂亮?"

"你为什么没杀我?"

"后来有人来了。就是这么回事。我对你没有意思。我不和女孩子纠缠。我天生没这个缘分。你绝不会发现我对哪个女人自作多情。"莱文力竭声嘶地说下去,"你为什么不到警察局去告发我?你现在就可以喊,你为什么不喊?"

"喏,"安说,"你手里有一把枪,不是吗?"

"我不会对你开枪的。"

"为什么不?"

"我还没有疯狂到那种程度,"他说,"如果别人不暗算我,我也不会伤害别人。你就喊吧。我决不拦着你。"

"喏,"安说,"我想对你表示感谢用不着先请求你批准吧?你今天晚上救了我一条命。"

"那帮人不会害死你的。他们没有那个胆量。杀人也是要勇气的。"

"可是你那位好朋友查姆里就差点儿把我弄死。他猜到了我有心帮你,差点儿把我掐死。"

"帮我?"

"帮你找你要找的那个人。"

"那个阴险毒辣的杂种。"他俯身在枪上，沉思着。但他的思想总是定不下来，总是从仇恨溜到对面黑暗的角落里。他对这种心境很不习惯。"你挺有脑子，"他说，"我喜欢你。"

"谢谢你对我的恭维。"

"这不是恭维。你用不着这么说。我有点儿事想跟你说，可是我不好意思开口。"

"你有什么隐私不敢吐露？"

"不是隐私。是他们把我赶走以后，我留在伦敦住处的一只小猫。我希望你会替我照管一下。"

"你真叫我失望，莱文先生。我还以为起码是几桩血淋淋的谋杀案呢。"突然间，她神情严肃地喊起来，"我想起来了。戴维斯工作的地方。"

"戴维斯？"

"就是你叫他查姆里的那个人。我绝对不会弄错的。英国中部钢铁公司。靠近大都会饭店。像宫殿似的一座大楼。"

"我得离开这儿。"莱文一边说，一边用枪把敲打着冰冷的泥地。

"你不能把事情告诉警察局吗？"

"警察局？"莱文说，"我告诉警察局？"他笑起来，"那很好，是不是？自己伸出手去，叫他们铐起来……"

"让我来想个办法。"安说。当她的语声停住以后，好像连人也不在这个地方了。莱文提高了嗓音问道："你还在这儿吗？"

"当然在这儿。"她说，"你怎么了？"

"和别人在一起有一种奇怪的感觉。"他心头又涌上了一阵令他气恼的怀疑感。他划着了两根火柴,举到自己脸前面,紧挨着他畸形的嘴唇。"看吧,"他说,"好好地看看。"火柴一点点烧下去。"你不想再帮助我了吧,对不对?帮助我?"他说。

"你有什么不好的地方?"她说。火焰烧到他的皮肤上,但他仍然纹丝不动举着这两根火柴,直到火柴在他的指头上熄灭。他觉得那疼痛是一种幸福。但是他不要幸福;幸福来得太晚了一些。他坐在黑暗里,感到眼泪沉重地要夺眶而出,但是他不能哭。他从来没学会那小小的技巧:该在什么时候打开泪水的闸门。他从自己的角落朝她爬了两步,用自动手枪在地面上探着路。"你冷吗?"他问。

"我待过比这儿暖和的地方。"安说。

只剩下他自己的几个麻袋了。他把麻袋推到她身边。"裹在你身上。"他说。

"你还有吗?"

"当然有。我不会叫自己冻着的。"他厉声说,好像非常恨她似的。他的手冻得可能连枪都瞄不准了。"我得离开这儿。"

"咱们得想个办法。最好先打个盹儿。"

"我睡不着,"他说,"最近我老做噩梦。"

"那咱们就讲故事,好不好?大概到了儿童节目的时间了。"

"我不会说故事。"

"那我给你说一个吧。你爱听什么故事?滑稽的?"

"什么故事我也不觉得可笑。"

一个被出卖的杀手 179

"也许现在讲三只熊的故事倒挺合适。"

"我不要听跟金钱有关系的事。我不想听到钱。"

他现在离她近一些了,她模模糊糊地看到他的轮廓,一个弯着腰的黑影,无法理解她说的任何话。她要同他开个小玩笑,知道他绝听不出来她是在打趣他。她说:"我给你说个狐狸和猫的故事。是这样的,猫在树林里遇见了一只狐狸,她听说狐狸总是吹牛,说自己最聪明,于是她客客气气向狐狸打招呼,问他最近情况怎么样。狐狸一脸傲气地说:'你怎么敢问我过得怎么样,你这个只会逮耗子的小饿猫。你在这个世界上懂得什么?''我多少还知道一件事。'猫说。'知道什么事?'狐狸问。'怎么样不让狗抓住,'猫说,'狗一追我,我就爬到树上去。'狐狸神气活现地说:'你就会爬树一个招儿,我可会一百个呢。我有一口袋招数呢。跟我来,我叫你开开眼。'就在这个时候,一个猎人带着四只猎犬悄无声息地走过来。猫噌的一下爬上了树,开口说:'快打开你的口袋吧,狐狸先生,赶快使出你的招数来。'但是说时迟,那时快,几只猎狗早已把狐狸咬住了。猫在树上笑着说:'万能的先生,要是你口袋只有这一个招数,现在也跟我一样平安地爬到树上来了。'"安说到这里结束了她的故事。她低声对身旁的黑影说:"你睡着了吗?"

"没有。"莱文说,"我没有睡。"

"现在该你给我讲了。"

"我什么故事也不会讲。"莱文懊丧、阴沉地说。

"不会讲这样的故事吗?你肯定没有好好上学吧?"

"我受过教育,"莱文为自己辩护道,"但是我心里有事。

我在想很多事。"

"别那么愁眉苦脸的。有一个人比你心事还多呢。"

"谁?"

"挑起这场乱子的人,谋杀了那个老人的人。你知道我说的是谁。戴维斯的朋友。"

"你说什么?"莱文气冲冲地说,"戴维斯的朋友?"他努力控制着自己的怒火,"谋杀不谋杀人我不在乎,主要是他出卖了我。"

"当然了,"安盖着一摞麻袋,高高兴兴地同莱文聊起天来,"我也是的,要是叫我杀个人,我也不在乎。"

他抬起头来,想在暗中看到她的面孔,想寻找到一线希望。"你不在乎什么?"

"但是杀人与杀人也有不同,"安说,"如果叫我遇见那个杀死的——那个老人叫什么名字?"

"我不记得了。"

"我也不记得了。反正我们也发不好那个音。"

"你往下说吧。如果那个人在这里……"

"我会让你打死他,决不会伸手拦你的。事后我还会说:'干得好啊!'"她越说越来劲儿,"你还记得我跟你说的,他们没有发明出为婴儿戴的面具?他心头撂不开的该是这类事。戴着防毒面具的母亲们眼睁睁地看着自己的孩子吸进毒气,把五脏六腑都咳了出来。"

他执拗地说:"穷人倒不如死了的好。至于富人怎么样,我才不管它呢。这样一个世界我是不会叫自己的孩子出生的。"安模

一个被出卖的杀手 181

模模糊糊地看到他蜷缩在地上的紧绷的身影。"这完全是他们的自私，"他继续说道，"他们只顾自己寻快乐，生下一个丑孩子又干他们什么事？他们在床上，或者靠在墙上取乐三分钟，生下的孩子却要受一辈子罪。母爱，哼！"他开始笑起来，脑子清清楚楚地浮现出一幅图景：厨房的桌子、扔在亚麻油毡上的菜刀、母亲衣服上的鲜血。他解释道："我受过教育，你知道。在英王陛下拥有的一个家里面。他们管那种地方叫'家'。你以为家意味着什么？"他不容她回答就抢先解释说，"你弄错了。你以为家意味着一个上班工作的丈夫、一个漂亮的煤气灶、一张双人床、毡子拖鞋、摇篮什么的。不是的。家是禁闭孩子的单间屋子，只要你在教堂里说话，或者不管做了什么事，就都要挨一顿棍子，关在'家'里。只给面包和白水。要是你不老老实实的，马上就有个中士过来把你打个鼻青脸肿。这就是'家'！"

"那个人不就是想改变这种情况吗？他同我们一样也是穷人。"

"你说谁？"

"那个老人，咱们记不起名字的。你没有读过报纸上关于他的报道吗？为了改建贫民窟，他把军费都削减了。报上还登着他为新居民大楼剪彩、和孩子谈话的照片。他不是阔佬。他不想打仗。所以他们才把他打死。我敢打赌，现在有人正利用他死的事发大财。讣闻说，他自己要干这些事是很容易做到的。他父亲做过贼，母亲自——"

"自杀了？"莱文低声说，"你知道她是怎样……"

"她是投河死的。"

"你在报上读到的这些事,"莱文说,"可真值得好好想一想。"

"哼,我看那个谋害了这个老人的人是得好好想一想的。"

"也有可能,"莱文说,"他不知道报纸登的那些事。付钱给他的那些人,他们是知道的。也许咱们把什么都弄清楚以后,知道这个人到底都干了些什么事以后,就能了解他安的是什么心了。"

"那可不容易,一时是谈不清的。我想咱们还是打个盹吧。"

"我得想一想。"莱文说。

"睡一会儿以后再想事,你的脑子就清楚了。"

但是屋子太冷,莱文根本睡不着觉。他没有麻袋可以盖,身上的黑大衣早已磨得像布片一样薄了。从门底下吹来一阵刺骨的寒风,没准是沿着铁轨从苏格兰刮过来的,一股带着海中的浓雾和寒冰的东北风。莱文想:我不想伤害那老人,我和他既无冤,又无仇……"我会叫你把他打死的,事后我还会说'干得好!'"有那么一刻,他非常冲动,几乎想把什么都豁出去,拿着枪走到外面去,叫他们对自己开枪。"万能的先生,"她那时就要说,"要是你口袋里就只有这一个招数,猎狗就不会……"但是他这时又觉得,了解了那个老人的事又增加了一笔要跟查姆里算的账。这些事查姆里早就都知道了。这件事只会叫他肚子里多吃一颗子弹,叫他主子也多吃一颗子弹。但是怎样才能找到查姆里的主子呢?唯一能指引他的只是瞥了一眼的那张照片,老部长叫他看的一张照片。那人同他带去的介绍信有一定的关系,那

一个被出卖的杀手 183

是一张脸上有疤痕的年轻的面孔,现在没准已经是一个老人了。

安说:"你睡着了吗?"

"没有。"莱文说,"你怎么了?"

"我觉得听见了脚步声。"

莱文仔细听了听。那是风吹动室外一块活动木板的声音。他说:"你尽管睡吧。不用害怕。在天亮以前他们看不清东西,是不会进来的。"他想:那两人在年轻的时候是在什么地方认识的呢?肯定不是在他经历过的那种"家"里面:冰冷的石头楼梯、喑哑的钟声、狭窄的禁闭室……他一下子睡着了,老部长在他睡梦中走过来,说:"打我吧。照两只眼睛这儿打。"莱文发现自己还是个孩子,手里拿的是弹弓。他哭起来,不肯打。老部长说:"打吧,亲爱的孩子。咱们一起回家去。打吧。"

他一下子惊醒过来。梦中,他的手紧紧握着枪。枪口正对着安睡觉的角落。他万分恐惧地盯着那块黑暗的地方,他听见一声喃喃的低语,正像门外边那个女秘书的痛苦呻吟一样。他问:"你睡着了吗?你在说什么?"

安说:"我没有睡。"接着她解释说,"我刚才在祷告来着。"

"你相信上帝吗?"

"我不知道,"安说,"也许有的时候信。祷告是一种习惯,反正也没有什么坏处。就像一个人走过梯子底下习惯把手指头交叉起来一样。我们都不希望遇见倒霉的事。"

莱文说:"我们在'家'的时候整天祷告。一天两次,吃饭前也得祈祷。"

"这一点儿也改变不了你的生活。"

"对,一点儿也没有改变我的生活。只不过现在叫我想到我那白白糟蹋掉的生活,真是气得要发疯。有的时候我也想从头开始,但是只要一听到别人在祈祷,或者哪怕闻到一种什么气味,在报上看到什么新闻,过去那段日子就都回来了。过去的那些地方、那些人……"他又向前移动了几步,好像在这个冰冷的木棚里想要寻得别人支持似的。想到外面正有人等着要捉你,等天一亮就动手,令你一点儿逃走的希望都没有,也绝不可能让你先开枪,就更使你觉得无比孤独。他非常想天亮以后就先把她打发走,自己留在棚子里同他们干个你死我活,但这就无异于放掉查姆里和查姆里的主子,这正是他们求之不得的事。莱文说:"我有一次看书——我喜欢看书——我受过教育。我有一次看心——心理——"

"别管什么了,"安说,"我知道你说的是什么。"

"根据书上说,做梦似乎也能预示些什么。我不是说做梦像看茶叶棍儿呀、翻纸牌呀这些迷信玩意儿。"

"过去我认识一个女人,"安说,"玩牌玩得精极了,看着简直叫你身上起鸡皮疙瘩。她玩的纸牌上面画着非常奇怪的画儿,倒吊人什么的。"

"我说的不是这个。"莱文说,"我说的是……我不知道该怎么说。没全看懂。我的印象是,要是你能把梦竟说给人听……就像你身上永远背着个重东西,那东西有一部分生来就压在你身上,因为你有那么一个父亲、那么一个母亲,而他们又都有自己那样的父母……好像那重东西可以一直回溯到过去,就像《圣经》里说的，犯了原罪。等你长成一个孩子的时候，那担子也就更大了。你自己想要做的事都做不了，而他们却叫你做那么多你不喜欢做的事。不管怎样，你也逃不出他们的掌心。"他把自己的一张悲哀的、杀手的脸托在手掌里。"就像向牧师忏悔似的。只不过忏悔完了，你还是去做那些事。我的意思是，你把什么都告诉了这些医生，把做过的梦一个不落地告诉他们，以后你就不用再做这种梦了。但首先你得把什么都对他们讲了。"

"连你梦见小猪飞起来的事也得说？"安说。

"什么都不能漏掉。等什么都说出来以后，事情就过去了。"

"你说得太不真实了。"安说。

"我想我没有表达清楚。但这都是我从书上看到的。我想，也许值得试一试。"

"生活充满了奇怪的事。比如说，我和你坐在这儿就非常奇怪。你在想曾经打算杀死我。我在想，咱们俩也许能阻止一场战争。你讲的那种心理学也并不是多么奇怪的事。"

"你知道，这是一种消除那些重担的办法。"莱文说，"并不是医生把它消除掉。至少我有这种感觉。比方说，刚才我同你讲了我待过的那个'家'、面包、白水和祷告，讲过以后我现在就觉得这些事也不那么压得慌了。"他低声骂了一句非常下流的话，又接着说，"我总是说，我决不会为了一个女人而变得软绵绵的。我总是想我的嘴唇在这件事上救了我。心肠一软就危险了。动作就变得迟缓了。我见过不少人这样栽了跟头。结果是落到监狱里，或者是叫人在肚子上戳了一刀。现在我也变软了，像那些人一样,变得软绵绵的了。"

"我喜欢你。"安说,"我是你的朋友……"

"我对你什么也不要求,"莱文说,"我很丑,我知道得很清楚。我只求你一件事。不要像那些女孩子似的,不要去警察局,大多数女人都是动不动就去叫警察。我经历过这种事。但也许你不是那种女人。你是个女孩子。"

"我是别人的女孩子。"

"这我不在乎,"他带着痛苦的骄傲喊道,声音在寒冷、黑暗的屋子回响着,"我不要求你什么事,只有一件,你别出卖我。"

"我不会去警察局的,"安说,"我向你保证我不会去。我喜欢你,你同我认识的所有人没有分别——除了我的男朋友以外。"

"我刚才在想,也许我能够对你说点儿什么——我做过的梦,正像我要同医生讲似的。你知道,我认识几个医生。你不能信任他们。到这里来以前我去看过一个医生。我求他把我的嘴唇整一整形。他想用麻药把我麻醉过去。他要去叫警察。医生是无法信任的。但是我能相信你。"

"你是可以信任我的,"安说,"我不会去警察局的。但你最好还是先睡一会儿,以后再给我说梦,如果你愿意的话。夜长得很呢。"

突然,他控制不住自己,冷得牙齿打起战来。安听见了,伸出一只手摸了摸他的衣服。"你冷了,"她说,"你把麻袋都给我了。"

一个被出卖的杀手 187

"我不需要。我有大衣。"

"咱们是朋友,不是吗?"安说,"咱们在共同做一件事。你拿两条麻袋去吧。"

莱文说:"屋子里还会有的,我去找找。"他划了一根火柴,沿着四壁走了一圈儿。"又找到两条。"他说。他在离她比较远的地方坐下,叫她摸不着:他并没有找到麻袋。他说:"我睡不着,只是打了个盹。我还做了个梦。梦到了那个老人。"

"哪个老人?"

"被谋害的那个。我梦见我是个小孩儿,手里拿着弹弓,他对我说:'从眼睛这里把我射穿吧。'我哭了,他说:'从眼睛这里把我射穿吧,亲爱的孩子。'"

"我可说不出来这梦有什么意思。"安说。

"我只是想告诉你。"

"那老人什么样子?"

"跟他活着的时候样子一样。"他又匆忙地补充说,"就同我在照片上看到的一样。"他陷入沉思里,很想把心里话说出来,但又有些犹豫不决。在这以前,在他的生活中从来没有一个他可以信任的人。他说:"我给你讲一讲,你愿意听吗?"他听到她回答说:"我们不是朋友吗?"心头不由得涌起一阵奇怪的幸福感。他说:"今天是我一生中过得最幸福的一个夜晚了。"但是他还是不能把心里的事全部告诉她。在她了解全部事情以前,在他对她表示出自己的全部信任之前,他的幸福总好像还有些欠缺。他不想叫她害怕,不想叫她痛苦,他需要慢慢地把压在心上的事泄露给她。他说:"在梦到自己是个小孩的时候,还梦见过一些别的事。我梦见我打开一扇门，一扇厨房的门，我看见我母亲——脖子割断了——可怕极了——脑袋就连着一点儿皮——她把脖子切开——用一把菜刀——"

安说："这不是梦。"

"不是梦，"他说，"你说对了，我说的不是梦。"他等着，暂时不往下说。他感觉到她的同情在黑暗中向他游动过来。他又接着说："太可怕了，是不是？你简直想不到世界上有什么比这个更可怕的了，是不是？她心里一点儿都没有想到我，甚至连门都没有关上，好不让我看到。在那以后，就是那个'家'的事了。你已经都知道了。你会说，那也很可怕，可是那怎能比得上刚才那件事呀。在'家'里他们让我受到非常良好的教育，让我连纸上的事也全能看得懂。例如心理学这类事。他们还教我写一手好看的字、说标准的英语。我刚进去的时候常常挨打，被关单人禁闭室，吃面包就白水，什么事我都尝过了。但是在他们教育了我以后，事情就不一样了。我变聪明了，他们再也抓不住我什么了。当然了，他们仍然怀疑我，但是他们什么证据也没有。有一次牧师还布置了个活局子想整治我。他们告诉我们说，我们什么时候出去才能说是生活的开始。他们算说对了。我们是一群老实孩子，吉姆、我，还有一些别的人。"最后他咬牙切齿地说，"这是第一次我什么事都没做，他们却给我加上了一个罪名。"

"你会逃掉的，"安说，"咱俩一起想个办法。"

"你用'一起'这个词让我听着很舒服，但是这回我算栽在他们手里了。要是我能首先找到查姆里和他的主子，我自己爱怎样就怎样，我是不在乎的。"接着他带着某种既紧张，又骄傲的

一个被出卖的杀手　189

语气说，"要是我告诉你我杀过人，你会不会大吃一惊？"这好像是第一道篱笆，如果能够跳过去，以后再讲什么他就有信心了……

"你杀了什么人？"

"你听说过铁拳头凯特吗？"

"没有。"

莱文好像想到一件叫他非常高兴的神秘事，笑了起来。"我现在把我的性命交到你手里了。如果在二十四小时以前你要我把性命交付给你……当然了，我没有给你任何证据。当时我正在干赛马的事。凯特手下的一帮人同我们作对。两帮人斗得非常厉害。凯特想在赛马场上把我们的头儿干掉。我们一半人开着一辆汽车飞快地回到城里。他还以为我们是跟他坐一趟火车回来呢。我们赶到他前头，在站台上等着他。火车进了站，他刚一下车就被我们围住。我割断了他的喉咙，大伙儿架着他走出检票口。后来我们把他扔到一个书亭旁边，一溜烟地逃走了。"最后莱文说，"你知道，不是你死，就是我亡。在赛马场上他们就都把刀子亮出来了。这是战争。"

过了一会儿安说："是的，我知道。他也有机会这么干的。"

"听起来很可怕，"莱文说，"奇怪的是，并不可怕。实际上这是极其自然的。"

"你后来一直干这个吗？"

"没有。没有多大意思。你无法相信别人。有的人胆怯了，有的人变得太鲁莽了，谁都不动脑子。我想告诉你一点儿凯特的事。我干那件事一点儿也不后悔。我不相信宗教。因为你刚才说咱们是朋友,所以我不想让你对这件事有什么误解。我同查姆里打交道就是因为跟凯特打架开始的。我现在懂了,他到赛马场去是为了物色人。我当时认为他是个笨蛋。"

"我们谈的都不是梦了。"

"我这就要给你讲梦了,"莱文说,"我想,我把凯特那样干掉后让自己的神经变得紧张了。"他的声音微微有些发抖,因为他同时带着希望和害怕。希望的是:既然她听了他杀人的事不太在乎,或许不至于把刚才说的话("干得好""我才不拦你呢")收回去;害怕的是:他认为这样完全相信别人很少有不上当受骗的。但是他想,不管怎么说,能够这样把什么事都说出来,能够知道别人听了也一点儿不在乎,还是叫你非常舒服的,就像能够好好睡一大觉似的。他说:"我刚才睡了一小觉,这是两夜——三夜——我不知道多少夜以来第一次睡着。看起来我这人还不够坚强。"

"我觉得你够坚强的了。"安说,"咱们别再谈凯特的事了。"

"谁也不会谈论凯特了。但是如果我告诉你——"他离开想要告诉安的事越来越远了,"最近我老是梦见我打死的是一个老妇人,不是凯特。我听见她在门外边呼叫。我想把门打开,但是她把门把手攥住了。我不得不隔着门对她开了枪。后来我梦见她还活着,我又对着她的脑门开了枪。但就是这件事,也不那么可怕。"

"你就是在梦里手也不软。"安说。

"我在那个梦里还打死一个老人。他坐在办公桌后面。我拿的是一把无声手枪。他在桌子后面倒下了。我不想叫他痛苦。我和他无冤无仇。我一下子把他打死了。后来我在他手里放了个纸片。我不用从他那里拿什么。"

"你是什么意思——不用拿东西？"

莱文说："他们没有给我钱叫我拿东西。查姆里和他的主子。"

"你说的不是梦。"

"对，不是梦。"室内出现了片刻的寂静，莱文害怕起来。他连忙用话语把沉寂填补起来。"我不知道那个老头是咱们的人。要是知道他是这么个人，我就不会碰他了。人人都谈论打仗的事。这可不关我的事。就是打起仗来，跟我有什么关系？对我来说战争从来没有停止过。你光谈孩子，大人你就一点儿也不可怜了？我跟那个人势不两立。当时给了我五十镑，讲好回来以后再付二百镑。钱不算少。我想也不过是重演一遍凯特的事。跟搞掉凯特一样，一点儿也不费事。"他又说，"你现在要离开我了吧？"在寂静中，安听到他粗重的、焦灼不安的喘气声。过了半天她才说："不。我不会离开你。"

莱文说："太好了。啊，太好了。"他伸出一只手，摸到她放在麻袋上的手，冷得像冰块。他握住她的手，在自己几天没刮的面颊上放了一会儿，不叫它挨到自己畸形的嘴唇。他说："能把心里的事都说给一个人听，多舒服啊。"

二

安沉默了好半天才又说话。她极力使自己的声调沉着自然,不想流露出内心的厌恶。她想看看自己是否能骗得过他,但是她唯一想到的话还是那句"我不会离开你"。在黑暗中,她回忆起报上关于这一谋杀案的所有报道:老妇人躺在过道上,两眼中间被子弹打穿,那个老社会主义者脑浆迸裂一地。报纸上称,这是自为了保证战争期间的英雄能够继承王位、塞尔维亚国王和王后叫人从王宫的窗户里扔了出去以来,最丧失人性的政治谋杀案。

莱文又说:"能够这样信任一个人,我觉得很舒服。"安从来也没有觉得他的嘴唇多么丑陋,这时却突然想起来,厌恶得几乎要呕吐。她想,不管怎样,我要把这出戏演完。我一定不能让他知道,一定得让他先找到查姆里和查姆里的主子。我再……在黑暗中,她把身体往回挪了挪。

莱文说:"他们现在在外面守着呢。他们把伦敦的警察也叫来了。"

"伦敦的警察?"

"报上登着呢,"莱文骄傲地说,"伦敦警察局的探长麦

一个被出卖的杀手 193

瑟尔。"

她的心头一沉,不由惊叫了一声:"到这儿来了。"

"可能就在外面呢。"

"为什么他不进来?"

"黑夜里,他们是抓不到我的,而且现在他们也知道你同我在一起了。他们不能开枪了。"

"你——你要开枪吗?"

"打死谁我也不在乎。"莱文说。

"天亮了以后,你打算怎样逃走?"

"我等不到天亮。只要有点儿亮能看到路,能看到射击的目标我就走。他们是不会先开枪的,他们不会开枪打死我。所以我还是有可能逃掉的。我只需要甩掉他们几个小时。只要一逃开,他们就不会知道我到哪儿去了。只有你一个人知道我在英国中部钢铁公司。"

安怀着一肚子厌恶和愤慨说:"你还要连眼睛也不眨地干掉几个人?"

"你说过你站在我这一边,不是吗?"

"是的。"安极其小心地回答道。她一边说这两个字,一边思索。为了要拯救这个世界——和吉米,自己付的代价太大了。如果认真衡量一下,世界在她心里还是要排在吉米后边的。她想知道吉米在想些什么。她了解他那呆板、严肃的性格,就是帮助他把莱文缉捕归案,他也不会理解她在莱文和查姆里这件案子里为什么要这样做。想阻止一次战争的说法就连她自己听着也站不住脚,纯粹是异想天开。

"咱们睡一会儿吧,"她说,"明天可有不少事要干呢。"

"我仿佛可以睡一觉了。"莱文说,"你想象不出我心里多舒服……"现在睡不着觉的该轮到安了,她要思索的事太多了。她忽然想,在莱文睡着的时候,她是不是可以把他的枪偷过来,出去叫警察。这样吉米就没有危险了。但这又有什么用?他们绝不会相信她的故事的,他们无法证明那个老部长是莱文谋杀的。但即使没有枪,他还是有可能逃掉。她需要时间思索,但她没有时间。她隐隐约约地听到从南边传来的一阵嗡嗡声,那边有一个空军机场,一队飞机正在起飞。飞机飞得很高,在进行特殊巡逻,保卫着诺维治的煤矿和英国中部钢铁公司这一重要工业区,像萤火虫的几点儿亮光排成队形高高飞过铁路,飞过停车场,飞过安和莱文潜伏的小木板房。桑德斯正在一辆火车皮后边避风的地方挥动胳膊取暖,阿基梦中看到自己又站在圣路克教堂的布道坛上,马尔库斯爵士守在他的自动收报机旁边。飞机高高飞过这些人的头顶。

近一个星期以来,莱文第一次睡得非常酣沉,手里仍然握着摆在膝头上的自动手枪。他梦见自己在焰火节上点着了一堆篝火。他把所有能找到的东西都扔进火堆里:一把刀刃已经钝了的切菜刀、一大堆赛马赌票、一只桌腿……火光熊熊,美丽又温暖。四周无数焰火腾空而起,五彩缤纷。这时老部长又出现在篝火的另一边。"火太好了。"他说了一声就径直往火堆里走去。莱文赶忙跑过去往外拉他,但是老人却说:"别管我,这里很暖和。"接着他就像盖伊·福克斯[1]的画像一样，在火堆里化成一股青烟了。

远处响起了钟声。安像每次钟响一样数了一下敲的次数。天一定快要亮了，而她却仍然束手无策。她咳嗽起来，觉得嗓子眼里有一股什么味刺激了她。突然，她非常高兴地发现外面起雾了。不是那种悬在半空中的黑雾，而是从河面飘来的、阴冷、潮湿的黄雾。只要再浓一些，要想逃走就不是什么难事。她硬着头皮触了莱文一下，现在她非常厌恶他。莱文一下子惊醒了。她说："起雾了。"

"真是运气，"莱文说，"真是运气。"他低声笑起来，"还是得相信天无绝人之路，你说对不对？"在黎明的最初的光线里，他俩只能依稀辨认彼此的影子。莱文一醒过来，便冷得瑟瑟发抖。他说："我梦见了一堆篝火。"安发现他身上没有盖着麻袋，但她并不可怜他。他只不过是个没有人性的野兽，需要谨慎对待，利用完了就要把它毁掉。"让他挨冻去吧。"她心里想。莱文正在检查自己的手枪，她看见他把保险栓拉起来。他说："你怎么办？你对我很好，我不愿让你遇到麻烦。我不愿让他们想——"他踌躇了一会儿，又说下去，"叫他们知道咱们俩合谋这件事。"他的语气带着像是询问对方的谦卑。

"我会想个借口的。"安说。

"我该把你打晕过去，他们就不会知道了。可是我下不了

1　盖伊·福克斯（Guy Fawkes，1570—1606），1605年策划英国火药阴谋案未遂。每年11月5日，英国会举行篝火节，也被称作盖伊·福克斯之夜，会焚烧象征福克斯的假人。

手，就是有人给我钱我也下不了手。"

安不由自主问了一句："给你二百五十镑也下不了手吗？"

莱文说："那人我不认识。情况不一样。我六以为他是一个高高在上的大人物。你是——"他又踌躇着不知该怎么说，一言不发地盯视手里的枪，"一个朋友。"

"你不用担心，"安说，"我会编造一套话的。"

莱文佩服地说："你真聪明。"他看着雾气从房门的空隙里流进来，带着一股冷气，袅袅地填满了这间小木房。"雾很浓了，现在可以冒险试试了。"他用左手握着枪，活动了一下右手手指。他笑了两声，给自己鼓起一点儿勇气。"他们在雾里是不会抓到我的。"

"你要开枪吗？"

"当然要开。"

"我有一个主意，"安说，"咱们不必冒险。把你的大衣和帽子给我。我穿戴好先溜出去，叫他们在后面追我。雾非常大，在他们捉到我以前不会认出我是谁的。你听见警笛声以后，慢慢数五下，然后再走。我往右，你往左。"

"你真有胆量。"莱文说，但他又摇摇头，"不成，他们会开枪的。"

"你自己说过他们不会先开枪的。"

"对了。但是你会因为这件事蹲几年监牢的。"

"啊，"安说，"我会编造个故事的。我就说我是叫你逼着干的。"她又带着些愤激说，"说不定经过这件事我的身价还会高了。我会跳出合唱队，弄个有台词的角色。"

一个被出卖的杀手　197

莱文不好意思地说:"如果你装作是我的女友,他们就不会给你安什么罪名了。你就这么跟他们说吧。你要是掩护自己的男朋友,就不会被判罪了。"

"你有刀子吗?"

"有。"他在衣服口袋里摸了摸,刀子没有在衣袋里,他一定把刀子落在阿基家最好的一间客房的地板上了。

安说:"我要把裙子割开,跑起来就不绊腿了。"

"我给你撕开吧。"莱文说。他跪在她前面,握紧她的裙子,使劲扯了一下,但是没有扯动。安看到他的手腕非常纤细,十分吃惊。莱文的手同一个瘦弱的小孩儿的一样,皮包着骨,一点儿力气也没有。他的力量全在摆在他脚下的那支手枪上。安的脑子里映现出麦瑟尔魁伟的身影,她对跪在她脚下的这个瘦小、丑陋的身体厌恶和鄙视起来。

"没关系,"她说,"我尽量跑快点儿。把大衣给我。"

莱文把衣服脱下来,浑身瑟瑟发抖。大衣脱下以后,露出的是一件破旧的花格子呢西服,两个胳膊肘上都已经磨破了。没有那件紧紧的、黑筒子似的外衣包着,莱文好像失去了依靠,他不能像过去那样激愤、自信了。他穿着格子呢衣服看起来很不自然,他的身体瘦小、孱弱,谁看了也不会觉得他是个危险的杀人犯。为了掩盖袖子上的破洞,他的两只胳膊紧紧贴着身子。"还有你的帽子。"安说。莱文从麻袋上捡起帽子,递了过去。他觉得自己非常丢人,过去,每逢自己丢人的时候,他总是禁不住火冒三丈。"现在你记住,"安说,"等警笛一响你就数数。"

"我真不愿意这样。"莱文说。他想把同她分别时自己内心的痛苦表达出来,但是却一点儿办法也没有。他觉得这好像是世界的末日了。他说:"我还会见到你的——有一天。"当她用毫无感情的语调表示同意的时候,他痛苦、绝望地笑了笑说:"这是不太可能的,在我杀了那个——"但是他根本不知道他要杀的那个人叫什么名字。

第六章

一

　　桑德斯迷迷糊糊地睡着了；他身旁的一个声音把他从梦中唤醒："雾大起来了，长官。"

　　雾确实已经很浓了，在黎明的光亮中变成一片混浊的黄色。如果不是因为自己口吃不喜欢多说废话，桑德斯肯定会骂这个警察几句，责备他为什么不早些把自己叫醒。他现在只是说："往下传话，缩小包围。"

　　"咱们要冲进去吗，长官？"

　　"不。里面有个女人，不能开——开——开枪。等着他出来。"

　　但是警察还没来得及走开，桑德斯已经发现木板房的门正一点点地开了个缝。他把警笛衔在口里，把手枪的保险栓打开。光线太暗，雾又很浓，叫人看不真切，但他还是看到一个穿黑外衣的人从门里溜出来，拐到右边几辆装煤的车皮后面去。桑德斯吹起警笛，马上跟过去。穿黑外衣的人比他先走了半分钟，很快地走进浓雾里。浓雾使得可见范围只有二十英尺，但是桑德斯并没有被他甩掉。他一边吹着警笛，一边在后面紧紧跟着。正像他希望的那样，前面响起了另一支警笛的声音。逃犯愣了一下，桑德斯趁机又赶近了两步。逃犯已经陷入了包围圈，桑德斯知道这是个危险时刻。他向浓雾里连吹了三声紧急的哨子，叫对面的人围成一个圈凑过来。他的哨音向四面八方传出去，浓浊的黄雾里到处也响起了回应的哨子。

但是他的脚步慢了一点儿，逃犯一阵疾跑，消失不见了。桑德斯又吹了两声长哨："缓慢前进，保持联系。"右面和前面都响起了一声长哨，宣布他们已经发现逃犯的踪迹。所有的警察都朝着哨音兜过去，每人都同左右两边的人关照好，不叫中间留出漏洞。只要保持着这样一个包围圈，犯人就绝不会逃掉。但是随着包围圈越来越小，却仍然没有发现犯人的踪影。只听见警笛发出探询性的、急促的短音。最后桑德斯看见对面雾气中闪现着一个警察的身影，距离他大约有十二码，他立刻吹了一声哨子，叫所有人停在原地不动。逃犯一定隐藏在包围圈中心停在铁轨上的哪辆车皮里面。桑德斯拿着手枪向前走了几步，另一个警察走到他原来的位置，继续封锁着这一地区。

突然间，他看见正在搜寻的那个人了。那人占据了一个非常有利的地形，一边是一个煤堆，身后是一节空车皮，他站在这一楔形空地的尖角上，背后的警察根本看不到他，不会受到突然袭击。他像个决斗者似的侧身站在那里，膝盖下面被一堆枕木遮掩，只有一个肩膀斜对着桑德斯。桑德斯觉得他躲在这里只有一个目的：他想开火。这人一定被逼得走投无路，准备孤注一掷了。他的帽子遮着半边脸，衣服有些奇怪地松松挂在身上，他的两手插在口袋里。透过一绺绺黄色雾气,桑德斯开始对他喊话:"你还是老老实实地出来吧。"他举起手枪,又往前走了两步,手指扣住了扳机。面前的这个人半身被蒙蒙的雾气遮住,模模糊糊。他站在那里一动也不动,桑德斯心里一阵发凉。桑德斯面朝西,背后是黎明的曙光,他把自己完全暴露给敌人。他有一种像等待着被执行枪决的心情,因为他不能第一个开枪。虽然如此,由于他知道麦瑟尔的心情,知道这个人勾搭上麦瑟尔的女朋友,他还是不需要什么充足的理由就可以进行射击的。麦瑟尔决不会责怪他。只要对方胳膊一动,他就可以开枪。他又厉声喊了一句:"举起手来!"他一点儿也没有口吃。那人还是纹丝不动。桑德斯对这个伤害了麦瑟尔的人怀着无比的仇恨,心里想:如果他不服从,我就打死他。所有的人都会支持我的,我再给他一个机会:"举起手来!"当面前那个模模糊糊的影子仍然叉着手动也不动的时候,他对这个威胁着他生命的恶棍开了枪。

但是就在他扣动扳机的时候,远处响起了哨音,一声长长的、急迫的声音,像是橡皮动物玩具似的吱地叫了一声又断了气儿。哨音是从围墙和马路一边传来的。这声哨音意味着什么,他一清二楚的。突然,桑德斯什么都明白了——他开枪打的是麦瑟尔的女友,她用调虎离山计把警察引走了。桑德斯向身后的人高声喊:"快回到大门去!"自己向前跑去。开枪的时候,他看见安身体晃动了一下。"我把你打伤了吗?"他问。为了更清楚地看清她的面孔,他把她的帽子一掌打掉。

"你是第三个想把我干掉的人了。"安浑身瘫软地靠在车皮上,有气无力地说,"这个阳光灿烂的诺维治城!我现在只剩下六条命了。"

桑德斯又口吃起来:"打——打——打——打。"

"你打中的是这里,"安说,"如果你要问我的是这个意思。"她指了指车皮上一个黄白色的长条,"没中靶。连一盒巧克力糖也得不着。"

桑德斯说:"你得——得——得跟我走一趟。"

"非常乐意。我把大衣脱下来你不介意吧?穿着这件衣服真是怪里怪气的。"

在停车场门口,四名警察站了一圈,挡住了地上的一件东西,一个警察说:"我们已经叫救护车了。"

"他死了吗?"

"还活着。打中了肚子。他中枪以后一定还吹了半天哨子……"

桑德斯一阵无名火起。"站开点儿,孩子们。"他说,"让这位女士看一看。"几个警察有些尴尬,不太情愿地往后退了几步,倒好像他们用身体挡住的是用粉笔在墙上画的一幅污秽的涂鸦似的。地上露出一张煞白的脸,仿佛它从来没有过生命,从来没有流过温暖的血液。你不能用平静两个字形容那张脸上的表情,那上面表现出的只是一片空虚。已经松开的裤子上到处是血,流在煤渣路上的已经凝结起来了。桑德斯说:"你们两个人把这位女士带到警察局去。我在这儿等救护车。"

206

二

麦瑟尔说:"你要是准备写一份材料的话,我必须提醒你下笔要慎重些。你写的任何东西将来都可能用来作为罪证的。"

"我没有什么要写的,"安说,"我只想同你说一说,吉米。"

麦瑟尔说:"如果督察在这儿,我就请他来处理你这个案子了。你应该知道,我是不允许我们的私交……我没有对你提起控诉并不意味……"

"你给我一杯咖啡喝,还是允许的吧?"安说,"快到吃早饭的时候了。"

麦瑟尔气冲冲地拍了一下桌子。"他到哪儿去了?"

"你别催我,"安说,"我有好多事要说。但是你不会相信的。"

"你看见他打伤的那个人了?"麦瑟尔说,"那人有妻子,还有两个孩子。他们已经从医院打电话来了,他内出血很厉害。"

一个被出卖的杀手 207

"现在什么时候了？"安问。

"八点。你瞒着不说也不抵事。他是逃不掉的。再过一个钟头，空袭警报就要响了。街上的人都要戴上防毒面具。他立刻就会被认出来。他穿的是什么衣服？"

"如果你给我一点儿吃的。我已经一天一夜没吃东西了。吃了东西我就可以好好想一想了。"

麦瑟尔说："你只有一个办法可以不受控告，不算同谋犯。写一份陈述材料。"

"是三级同谋吗？"安说。

"你为什么要庇护他？为什么不肯揭露他，要知道你——"

"说下去，"安说，"发泄一下你个人的感情。没有人会责怪你的。我就不责怪你。但是我不许你说我不肯揭露他。他杀死了那个老人。他亲口告诉我的。"

"哪个老人？"

"那个国防部长。"

"你得编造出点儿更有意思的事来。"麦瑟尔说。

"我说的是真话。那些钞票不是他偷的。那是他们布置的圈套。那钱是他进行暗杀以后他们付他的酬金。"

"他真会讲故事，"麦瑟尔说，"可是我是知道那些钞票是从哪来的。"

"我也知道，我猜得着。从这个城市的一处地方。"

"他向你撒谎。钱是伦敦维多利亚街联合铁轨制造公司的。"

安摇了摇头。"最初不在那地方，那是中部钢铁公司的钱。"

"这么说他现在是到中部钢铁公司去了——到制革街去了？"

"是的。"安说这两个字时带着一种斩钉截铁的语气，自己听了也有些胆怯。她现在开始恨莱文了，倒在地上满身鲜血的那个警察叫她决定把莱文置于死地，但那间木板小房、寒冷的黑夜、那一堆麻袋和他对她无保留的、绝望的信任仍然萦绕在她的脑子里。在麦瑟尔拿起电话机话筒下命令的时候，她一直低着头坐在那里。"我们在那里等着他。"麦瑟尔说，"他去找什么人？"

"他自己也不知道。"

"这里面可能有点儿什么事。"麦瑟尔说，"他同那个人中间有点儿什么关系。也许他被那里的办事员骗了。"

"给他那么多钱的不可能是个办事员。那个人想害死我，也是因为我知道了——"

麦瑟尔说："你等一会儿再给我讲神话故事。"他按了一下铃，对进来的一个警察说："你看着这个女人，过一会儿我们再审问她。你可以给她一份三明治和一杯咖啡。"

"你到哪儿去？"

"去把你那个男朋友弄来。"麦瑟尔说。

"他会开枪的。他比你手快。你为什么不能叫别人——"她央求他说，"我可以写一份详细陈述。他还杀过一个叫凯特的人。"

"你看着她。"麦瑟尔对那个警察说。他穿上了外衣。"雾快要散了。"他说。

安说："你难道不知道，如果他说的是真话，只要给他点儿时

一个被出卖的杀手 209

间找到那个人，就不会——打仗了。"

"他给你讲了一个神话故事。"

"他告诉我的是真话——但是，当然了，你当时不在场——你没有听见他是怎么说的。我现在说，你听着就不一样了。我认为我是在拯救——拯救所有的人。"

"你不但没有拯救谁，"麦瑟尔狠狠地说，"反而叫他又多杀死了一个。"

"在这里说这件事，听起来就满不是那回事了。有点儿荒诞不经。但他是很认真的。要不然，"她有些绝望地说，"他就是疯了。"

麦瑟尔打开门。她突然对他大喊："吉米，他没有疯。他们想把我杀死。"

麦瑟尔说："我回来读你的陈述。"他随手把身后的门关上了。

第七章

一

医院里人人都忙得团团转。几年以前医院也乱过一阵,那次举行街头募捐,有人趁乱把市长老派克尔拐走,带到威维尔河边上,威胁他说,如果不付赎金就把他捺进河里。自从那次恶作剧以后,这是几年来医院经历的最热闹的一天。一切都是由老费尔格逊、老布迪组织安排的。院子里停着三辆救护车,一辆车插着一面骷髅旗,是专门运送"死人"的。有人尖声喊,麦克正在用洗鼻器吸出汽油,于是大伙儿用面粉和煤灰把麦克涂了个满身。他们准备了好几桶面粉和煤灰,除了插骷髅旗的汽车运送的"死人"外,所有救护车载来的伤号都要涂上白面和煤灰。这并不是官方的规定,而是医学院学生出的主意。他们还准备把"死人"放在地窖里,地窖里有冷冻设备,可以使尸体不腐烂,留备日后解剖用。

一个高级外科医生神情紧张、匆匆忙忙地从院子的一个角落走来。他正要去给一名孕妇行剖腹手术,他非常担心医学院学生要拿他寻开心,给他涂上白粉,或者拿煤灰撒他。五年以前,一个女病人正好死在医学院学生外出募捐、闹了不少恶作剧的一天，结果弄得满城风雨。照看那个病人的医生被学生拐跑，装扮成盖伊·福克斯的样子，让学生拉着在城里各处转了半天。幸而死的女人不是个自费病人，虽然她丈夫在审讯这个案子时大吵大闹，但验尸的法医却替学生说了不少好话。法医也是学生出身，他记得很清楚，当年他们自己也把大学副校长涂了一身煤灰。

和副校长开玩笑的那一天，这个高级外科医生也在场。在他安全地走进玻璃走廊之后，他的紧张劲儿过去了，想起那次的恶作剧，不由得笑了起来。副校长很不得人心，他是个老古板，不适宜在外地大学当校长。他曾用自己创造的非常复杂的格律把罗马诗人鲁肯[1]的《法尔撒里亚》译成英文，外科医生模模糊糊地还记得这位副校长创造的格律。在那次恶作剧中，他的夹鼻眼镜被摔碎了，一张吓坏了的、枯瘦的小脸强作笑容，怕学生讥笑他不风趣。但谁都知道，他是一点儿也不风趣的。正是因为这个，他们才拼命用碎煤扔他。

外科医生站在安全的玻璃走廊里，笑嘻嘻地看着院子里一群瞎胡闹的学生，不无某种怀旧之情。这些人的白袍子都已经被煤灰染黑。一个人抢到了一个洗胃器到处喷射煤灰。再过一会儿他们就要到街上去闹事，到商业街的商店去抢东西，把一只已经被虫子蛀了的老虎标本抢来，当作自己的福神。他想：欢乐的青春时光啊！他看到会计员柯尔逊被追得抱头鼠窜，吓得要命，不禁又低声笑起来。也许他们会逮住他的。啊，不，他们已经把他放

---

[1] 鲁肯（Lucan，公元39—公元65），生于西班牙的罗马诗人。意大利名为马尔库斯·安奈依斯·鲁坎奴斯。

走了。"像飞腾到云雾中""像跳水运动员在高空中翻筋斗",真是开心啊!

布迪这时正忙得不可开交。谁都跑过来请示他该做什么事。他是这群人的首领。该把什么人扔在面粉桶里,该向什么人投碎煤块,都由他决定。他感到自己很有威风,大大挽回了因为考试成绩不好、受外科医生讥嘲而丢失的面子。只要他下命令,就连平时指导学生实习的医生也有挨煤块的危险。面粉和煤灰正是布迪出的主意,如果不是他把这次防空演习变成一场开玩笑的好机会,那就纯粹是一次官方组织的、枯燥乏味的例行公事了。恶作剧这个词本身就给了你无限权力,叫你不再听人辖制,为所欲为。演习之前他召集了几个会动脑筋的学生开了一个会。他在会上对他们解释说:"要是看见有谁在街上不戴防毒面具,这个人就是内奸。有人想破坏这次演习。所以咱们把他弄到医院以后,得叫他吃点儿苦头。"

学生把布迪围在中间,吵吵嚷嚷。"咱们的老布迪,真是好样的!""小心有人在向你喷煤灰呢。'""哪个浑蛋把我的听诊器偷走了?""咱们怎么对付小老虎蒂姆?"他们把布迪·费尔格逊簇拥起来,等着他发号施令。布迪·费尔格逊高高站在救护车踏板上,白大褂敞着襟,两手插在双排扣的背心口袋里,骄傲得不可一世,又短又粗的身子整个鼓胀起来。他手下的喽啰们正齐声喊叫:"小老虎蒂姆!小老虎蒂姆!小老虎蒂姆!"

"朋友们、罗马的公民们、亲爱的同胞!"布迪一张口,大家就笑不可抑。老布迪真有两下子,在什么场合下他知道该讲什么话。有他在场,就玩得有意思了。他的话一句比一句俏皮。

"请你们洗耳恭听,洗一洗耳朵……"下面笑得尖声呼哨起来。老布迪太有意思了。了不起的老布迪。

布迪·费尔格逊是很注意自己的身体的,他觉得自己像是一只大动物,应该吃肉却总是被喂草料,需要好好运动一下。他摸了摸胳膊上的肱二头肌,他的肌肉已经绷起来,就等着行动了。整天考试,整天听课,布迪·费尔格逊需要的是活动活动身体。当他被一群同学簇拥着的时候,他幻想自己是一名领袖。战争爆发以后,他不会去做红十字会的工作:连长布迪·费尔格逊,战斗英雄费尔格逊!他在过去通过的考试中得到的唯一一个优秀成绩就是在军官训练学校里拿到的甲级证明书。

"咱们有几个朋友好像没有来,"布迪·费尔格逊说,"西蒙斯、艾特金、马洛韦斯、瓦特。这些人都是可恶的奸细,他们都是。咱们正在这里为国效劳,这些浑蛋却在家里啃解剖学。咱们得把他们揪出来。我命令机动队到他们住的地方去进行搜查。"

"要是女的怎么办,布迪?"一个人尖声喊道。所有的人都大声笑起来,你打我一拳,我打你一掌,乱成一团。因为布迪同女人厮混是很有点儿名声的。他曾经同他的朋友吹牛,他和大都会旅馆最漂亮的女招待都很有交情。他管她叫多汁的朱丽叶,暗示他同她在自己的寓所里不只是喝茶,还有过无法想象的浪漫行为。

布迪·费尔格逊跨在救护车的脚踏板上,喊道:"把她们都给我弄来。战争期间我们需要更多的母亲。"他觉得自己强壮、粗野、生气勃勃,简直是头公牛,几乎忘记了自己还从来没有同女人发生过关系,只有一回想和一个诺维治市的老妓女搞出点儿什么名堂,却没有成功。但是布迪的名气却很不小,同学们在床上谈情说爱时脑子里常常想到布迪的神奇传说。布迪懂得女人。布迪是个实干家。

"对她们不要客气。"他们尖声向他喊道。布迪神气活现地回答:"那还用说。"他这时尽量不想自己的前途:在外地小镇里开业行医,肮脏的小诊疗室里坐满了靠健康保险金看病的病人,一大堆检查身体的孕妇,薪资低微,工作辛劳,一辈子厮守着一个呆板乏味的老婆。"防毒面具都准备好了吗?"他向周围的一群人吆喝了一声,俨然是一名群众爱戴的领袖,是个天不怕地不怕的好汉子。如果当上一群人的头子,考试好不好又有什么关系?他看到几个女护士正从玻璃窗后面瞟着自己,其中也有那个浅黑皮肤的小护士米丽。星期六她要来找他吃茶。他觉得自己的肌肉都因为骄傲而变得紧绷绷的。他心里想:这回一定要痛痛快快地狂欢一场,叫自己的名气更大一些。他已经忘了那闷在自己心里,只有每次来找他的女孩子才明白的事实。每次都是一样:吃松饼时找不到话说、结结巴巴地说些足球赛的新闻、在门口分别时因为不敢接吻而自怨自艾……

胶水厂的报警器长鸣起来,声音越来越尖,活像一只惊慌嚎叫的叭儿狗。所有的人都静立了一会儿,模糊想起了停战日默哀的情景,然后乱哄哄地分成三个组,争先恐后地爬到救护车顶上,戴上面具,开到诺维治寒冷、空旷的街头上。每过一个街角,救护车就甩下一群人。一个个小组沿着街头走下去,因为抓不到猎物而有些失望。街头上几乎空无一人。只有几个送信的孩子骑着自行车在街上跑,戴着面具,活像马戏团里表演单车的小狗熊。因为不知道在面具里说话声音能不能清晰地传出来,巡查小组的人说话时总是尖声喊叫,仿佛每个人都关在一间隔音的电话间里似的。他们的眼睛在云母镜片里滴溜溜乱转,盯着每一家商店的大门,一心想捉到个牺牲品。几个人围住了布迪·费尔格逊,建议抓一个警察,因为警察值勤是不能戴面具的。这意见被布迪否决了,他解释说,今天不是个寻常开玩笑的日子。他们搜寻的是那些不关心国家大事、连防毒面具也不屑于戴的人。"有的人连划船练习都逃避。"他说,"有一次在地中海,我们狠狠地惩治了一个不参加划船练习的人。"

　　布迪的话使他们想起了所有那些不积极参加演习的人,这些家伙利用别人这样忙碌的时候关在书房里读解剖学。"瓦特住的地方离这里很近,"布迪·费尔格逊说,"让咱们到他家里去把他的裤子扒掉。"他像喝了几品脱苦啤酒似的,精力顿时充沛起来。"到制革街去,"布迪喊道,"先向左拐。再向右拐。再进左边第二条街。12号,二楼。"他说这条路他非常熟悉,因为入学后第一个学期,在他知道瓦特是怎样一个浑蛋以前,他到瓦特家喝了好几次茶。认识到自己错误以后,他总想给瓦特一点儿肉体惩罚,为了表示同他彻底决裂,只说几句冷嘲热讽的话是远远不够的。

　　他们沿着空荡荡的制革街走下去,六七个戴着面具,白衣服上沾满煤灰的怪物,个个一般装束,无法分辨你我。从中部钢铁公司的大玻璃门外,他们看到三个人正站在电梯旁边同守门人谈话。公司附近布了不少穿着制服的警察岗。又走了几步,他们在广场上看到另一组巡查队比他们运气好,正往救护车上拖一个小个子(这人又跳又叫,拼命挣扎)。警察笑着在旁边看热闹。一队飞机隆隆地从头顶上飞过，在市中心俯冲下去，使这次演习增加了真实的气氛。先向左拐，再向右拐。在没到这地方来过的人眼里，诺维治市中心的建筑好像是个大杂烩。只有在市区北部的边缘上，过了一个公园，才能看到一条又一条的整齐街道，两边都是富裕的中产阶级的住宅。在市中心大市场上，转过几座大玻璃钢窗的近代化办公大楼，就是一排湫隘的小肉店，刚把豪华的大都会饭店抛去脑后，扑鼻就闻到一股寒酸的煮青菜味。只要在诺维治市内转一圈，世界上一半的人是没有道理不了解另外一半人是怎样生活的。

左边第二条街。路一边只建了一半楼房，再往下走就是光秃秃的岩石。街道陡然倾斜下去，岩石上过去伫立着一座碉堡。但现在，这座碉堡已经改建成一幢黄砖砌就的市博物馆，博物馆里面陈列着石器箭头和棕色陶片，动物馆里有几个虫蛀的鹿头和一八四三年诺维治伯爵从埃及带来的一具木乃伊。只有这个木乃伊幸免虫蛀之灾，但博物馆的管理人说老鼠已经在里面做了窝。麦克胸袋里装着一个洗鼻器，想爬到岩石上面去。他大声对布迪·费尔格逊说，管理员没戴面具，正站在博物馆外面给敌机发信号。但是布迪和另外几个人却没有理会他，径直向下面12号门牌跑去。

女房东给他们开了门。她讨好地对他们笑了笑，告诉他们瓦特没有出去，大概正在看书。她揪住布迪·费尔格逊的衣服对他说，他们应该把瓦特先生带出去活动半小时，整天看书对他身体太不好了。布迪回答说："我们就是来带他走的。"

"哎呀，这不是费尔格逊先生吗？"女房东说，"您的声音我一听就知道，但要是您不跟我说话我还真认不出来了，戴着这种大罩子。我刚才正要上街，多亏瓦特先生提醒我，正在举行这种毒气演习。"

"啊，他还没忘，是不是？"布迪说。因为房东太太认出他来，布迪的脸在防毒面具后面涨得通红。这就使他比以往任何时候更要摆一摆威风了。

"瓦特先生说，我会被人送进医院去的。"

"来吧，孩子们。"布迪一边说一边把大家领上楼。但是因为人数多了一点儿，这件任务就不知道该怎样执行了。不能所有的人一拥而入，一下子把他从椅子上拉起来。他们只能跟在布迪后边，一个一个地走进去，一言不发地围在瓦特的桌子四周，而且有点儿不好意思。如果是个精明人，这群人是不难对付的，但瓦特却不是这样的人，他知道他同这些人早就结了怨，不想对他们卑躬屈膝、丢失脸面。他学习勤奋是因为他喜欢学习。他并不能以谋求出路作为勤学的借口，因为他家境非常富裕。他不参加体育活动是因为他不喜欢活动，也无法以健康不佳作为借口。他那股精神上的傲气是他事业前途必然获得成功的保证。如果说他现在发愤学习、招同学忌恨，这却是为他的前途所必须付的代价：取得爵士封号，在哈利街[1]开一所高级诊所，为名流贵人行医看病。像瓦特这种人是用不着怜悯的，值得可怜的倒是他的那些敌人，五年大学生活庸庸碌碌地度过，毕业后一辈子埋在外省一个小医院里，终生没有出头之日。

瓦特说："请关上门。你们不觉得穿堂风太冷了吗？"他这句

---

[1] 位于伦敦市中心，自19世纪以来就成为英国最有名的医疗街。——编者注

有些害怕又充满讥嘲的话给了来的人一个机会,他们对他的忌恨猛地涌了上来。

布迪说:"我们来问问,你早上为什么不去医院?"

"这位是费尔格逊,是不是?"瓦特说,'我不知道你们为什么要了解我的行动。"

"你是个奸细,是不是?"

"你用的这个词儿可老掉牙了,"瓦特说,"你说错了。我不是奸细。我只不过在翻看几本老医学书。我料想你们对这些书并不感兴趣,所以我请你们到别的地方转转去。"

"你还在用功?你们这些人就是靠这个往上爬的,别人都在干正经事,你们却躲在家里用功。"

"这只不过是每人的趣味不同,"瓦特说,"我的乐趣是翻这些旧书堆,你们的乐趣是穿戴着这和怪玩意儿在街上大喊大叫。"

这句话把来的人惹恼了,就像他对皇家制服说了什么大不敬的话一样。"我们要扒下你的裤子来。"布迪说。

"请便。我看还是我自己脱吧,"瓦特说,"为了节省时间。"他一边说一边果真自己把裤子脱下来。他说:"你们要干的这桩事具有心理学意义,研究一下倒蛮有意思。这同阉割有相像之处。我的理论是,在内心深处这都是对别人性机能嫉妒的一种表现形式。"

"你这个狗杂种。"布迪说,说着他拿起一个墨水瓶,把墨水往墙上一洒。他不喜欢"性"这个字。他一方面对酒吧女招待、对女护士、对浪荡的女人抱有很大的兴趣,另一方面又相信

一个被出卖的杀手　221

爱情,那仿佛同温暖的乳房、同母爱有一定的关系。"性"这个词却把这两类事物混同起来了,这令他不由得火冒三丈。"捣毁他这间狗窝!"他大喊一声。听到这一声号令,他手下的一帮喽罗马上兴致勃勃地大干起来,简直像一头头的小公牛。但正因为大家兴致高了,倒也没有认真破坏什么。他们只不过把书从书架上拉出来,抛了一地,打碎一个玻璃镜框,因为镜框里面镶的是一幅裸体画的复制品,激起了他们清教徒的义愤。瓦特冷冷地看着他们。他心里有些害怕,但越是害怕,他也就越尖刻。他只穿着一条内裤站在那里,布迪突然看清他了:他看到他生来就比自己优越,将来一定会飞黄腾达,他对这个人恨之入骨。他感到自己虚弱无力,他没有瓦特那样"高贵",他脑子不聪明,再过几年,瓦特就要扶摇直上,成为哈利街一位名医,专给名媛贵妇治病,荣获爵士封号,他无论说什么、做什么也再不能影响瓦特的财产和幸福了。侈谈自由意志有什么用?只有战争和死亡可以挽救自己,不致潦倒终生:外地小医院,永远伴着一个枯燥乏味的老婆,无聊时打打桥牌……他觉得如果自己有勇气干出一件什么事,叫瓦特永远忘不了自己,心情就会好一些。他拿起墨水瓶来,倒在摊开在书桌上的一本古老的手抄本的扉页上。

"走吧,孩子们,"他说,"这屋子臭味太大了。"他领着手下的人走出屋子,下了楼梯。他觉得自己情绪很高,好像证明了自己还是个名副其实的男子汉似的。

刚一出门,他们就抓到了一个老太婆。这个老太婆一点儿也不知道这群人要干什么,还以为他们要向她募捐,掏出一便士铜币来要他们收下。这些人告诉老太婆得把她送到医院去。他们对她非常客气，一个小伙子还主动替她拿着买东西的筐子。刚刚演完了一出武戏，这群人一下子变得非常温文尔雅起来。老太婆还是什么都不懂，笑着对他们说："哎，我可不去，你们这些小伙子真会出主意！"一个人挽着她，扶着她往前走。她又说："你们这里面谁是圣诞老人？"布迪不太高兴：老太婆这么糊涂伤害了他的自尊心。突然，他心里涌现出一片高贵的感情："首先要拯救妇女和儿童。""尽管炸弹像雨点一样落下来，他还是帮助一个老太太平安脱险了……"他没有再往前走，看着别人把这个老太婆送上救护车。老太婆从来没有这么开心过，咯咯地笑个不停，一边还不断用手指头捅别人的肋骨。在寒冷清澈的空气里，她的笑声传得很远。她一直叫他们"脱下那些玩意儿，别再拿老人家寻开心"，就在这些人转过街角的时候，她还叫他们摩门教徒[1]。也许她要说的是穆斯林，因为她的印象中穆斯林都戴着面纱，而且都有好几个老婆。一架飞机隆隆地从头上飞过去，街头上除了炸死炸伤的人以外，只剩下布迪一个。就在这时候，麦克跑了过来，说他有一个好主意。为什么不从博物馆把木乃伊偷出来，送到医院去？木乃伊没戴防毒面具。挂着骷髅旗的救护车已经把小老虎蒂姆捉到，现在正在街上穿梭，准备抓市长老派克尔。

"不，"布迪说，"今天不是普通开玩笑的日子。演习是件正经事。"突然间，他发现一个小路口有个没戴面具的人，这人一看见他便扭头往回跑。"快，把那个人抓住。"布迪喊叫起来，"抓住他！"话没说完，布迪和麦克就追了过去。麦克跑得

---

[1] 1830年创立于美国的一个教派，主张一夫多妻制。

快，布迪身体已经开始发胖，没有多久，麦克已经领先了十码左右。那人比他们起步快，这时已经钻进另一条街，看不见了。

"你先跑，"布迪对麦克喊道，"抓住他，等我赶上来。"转眼间麦克也跑得不见影子了。在布迪经过一幢楼房的时候，门道里一个声音说："咳，说你呢。忙的是什么？"

布迪一下子站住了。说话的人背靠门站在门道里，麦克经过的时候没有发现他。从这人的行径上看，他有意埋伏在这里，肯定安着什么坏心，绝不是想开个玩笑。这条伫立着一座座哥特式小洋房的街道上一个行人也没有。

"你们在找我，是不是？"那个人说。

布迪厉声喝问道："你怎么不戴面具？"

"你们在做游戏吗？"那人气冲冲地问。

"怎么会是做游戏，"布迪说，"不戴面具，你就是伤号了。你得跟我到医院去。"

"我得到医院去，真新鲜。"说着，那人的身体反而更向后缩了缩。他生得又瘦又小，衣服的两个胳膊肘都已磨破了。

"你还是走一趟吧。"布迪说。他深吸了一口气，胳膊上的腱子肉绷了起来。纪律，他想，太缺乏纪律了。这个小浑蛋看见了长官居然还这么蛮横无理。他知道自己力气比这个小个子大得多，暗自扬扬得意。他要是不老老实实跟着走，我就一拳把他的鼻子打扁。

"好吧，"那人说，"我跟你走。"他从黑暗的过道里走出来，狠毒的丑脸、兔唇、粗俗的格子呢衣服，尽管没有反抗，他还是带着一脸杀气，神色狰狞。"不是往那边，"布迪说,"往左。"

"你跟我走。"小个子用口袋里的枪抵住布迪的腰,下命令说。"我是伤号,太可笑了。"他皮笑肉不笑地说,"进那个大门,不然的话你可就成了伤号了……"他俩对面是一间小汽车库,车库里没有车,车主一定开着车上班去了。这间空房子没有关门,伫立在只有几英尺长的一条车道的尽头。

布迪强作镇静地骂了一句:"他妈的。"但是他立刻就认出了本地两份报纸都描写过的这个长相,再说,这家伙那种声色不动的劲儿恰好说明他是个杀人不眨眼的凶手。这是布迪一生中永远不能忘记的时刻,那些对他的行为并未提出指责的朋友也决不叫他把这件事忘记。在他的一生中,这个故事不断在他最意料不到的地方出现,不论是严肃的历史书还是记叙罪案的材料汇编。一句话,此后布迪平凡、庸碌地在各处辗转行医,这个故事一直跟随着他。没有人认为他这时的行径关系如何重大,也没有人对他的表现提出任何怀疑:他乖乖地走进汽车房,服从莱文的命令,锁上了房门。但是他的朋友们却不了解这件事对他是一个如何致命的打击,因为他们都没有冒着冰雹似的炸弹在街上守卫,没有抱着兴奋和喜悦的心情期待着战争,他们都不是布迪,只当了一分钟的战斗英雄就卷入了真正的战争,被一个瘦骨嶙峋的亡命徒手中的自动手枪打破了幻梦。

"脱下来!"莱文说,布迪乖乖地摘掉面具。他不仅被逼着摘下面具,而且也剥掉了白大褂和绿呢子衣服。当全身被剥光以后,他的希望也完全破灭了——想在战争中当群众领袖的希望成为泡影。他只不过是个又羞惭又害怕、一身胖肉的年轻人,穿着内裤，站在汽车房里瑟瑟发抖。他内裤的屁股上还破了一个洞，腿上的汗毛刮得干干净净，两个膝盖泛着红色。他的身体还算是强健，但从他肚子的曲线和脖子上的肥肉判断，他已经开始走下坡路了。他像是一条大狗，需要远比这种城市生活能够提供的更多的运动。虽然他也坚持长跑，一星期总要跑好几次。不管天气多么冷，他都穿着短裤和背心在公园里慢吞吞地跑圈，带着孩子出来散步的保姆看着他窃笑，儿童车里的那些令人无法忍受的小孩对他指指点点，尖声尖气地发表评论。布迪虽然脸有些发红，但从不气馁。他锻炼得不错，但是锻炼了这么久却只落得这么一个下场——穿着带破洞的内裤站在那里发抖，大气也不敢出，眼睁睁地看着一个瘦胳膊瘦腿——那胳膊他一把就能扭断——的小流氓穿上自己的衣服，戴上自己的面具，扬长而去。实在太叫人下不来台了！

"转过去。"莱文说，布迪又老老实实地转过身去。他现在已经成了个可怜虫，既害怕又可怜，即使莱文给他一个机会，他也不知道怎么利用。他从来没有什么幻想，从来没有经历过什么风险，这次在汽车房的电灯泡底下，面对着一只转瞬就会发射出痛苦和死亡的、狰狞可怖的金属长铳，他早已吓得魂不附体了。"把手背过去。"莱文用布迪的领带把他的两只火腿般又红又粗的手腕捆住，那是一所不出名的公学毕业校友会的棕黄两色领带。"躺下。"布迪·费尔格逊服帖地倒在地上，听凭莱文用一条手帕捆住他的脚，又用另一条把他的嘴堵住。莱文捆得不太结实，但也只能这样了，他必须动作敏捷。他走出汽车房，把门轻轻关上。他希望自己能抢在警察前面几小时，但是无法指望警察一定能够给他多少分钟。

莱文在顶上伫立着博物馆的山岩下面小心翼翼地走着，随时注意前面有没有巡逻的学生。但这时医学院学生组织的巡逻队已经转移到别的地方去了。有的在车站外面组织了纠察队，拦阻乘火车来的旅客走出车站，有的到北郊煤矿区去巡查。现在主要的危险是随时可能响起警报解除的笛声。街头上站着很多警察：莱文知道为什么，但他从警察前面坦然走过去，直奔制革街。他只计划到中部钢铁公司的大玻璃门，下一步怎样做，他自己也心中无数。他盲目地相信命运会安排好一切，相信恶有恶报，他必定能够复仇。只要进了那座大厦，他就会找到那个卑鄙地陷害他的人。他平安地走到了制革街，走到窄小的单行道马路另一边，直奔前面那座用钢框和玻璃建成的办公大楼。他带着某种喜悦的、必获成功的感觉摸着后胯上的枪。杀人和复仇使他心里轻飘飘的，这是他过去从来没有过的。一向压在他心头的那种恼恨、痛苦好像一下子都不见了。他似乎不是为了自己，而是为了另外一个什么人在执行复仇的计划。

一个人从中部钢铁公司的大门里探头出来看了看停在外面的汽车和空空荡荡的大街。这人的衣着像个办事员。莱文从人行道上走过去，从面具后面盯了一眼门后的这个人。他踌躇了一下：这人的面孔他似乎在他居住的苏豪咖啡馆外边看过一眼。他突然转过身去，急匆匆地从来路返回，心里有些害怕。警察已经在那里埋伏下了。

等到他走到商业街时，又安慰自己说，这没有什么关系。商业街非常寂静，除了邮局前面一个递送电报的报童正跨上脚踏车,他没有看见别的人。钢铁公司布下的警岗只不过意味着他们也发觉维多利亚街的窃案同中部钢铁公司有一定关系,绝不等于那个女孩子又是一个出卖他的娘儿们。他的老毛病,猜忌、孤独又在暗暗地啮咬他的心灵了。她是正直的,莱文几乎坚信不疑地赌咒说,她不会出卖我,这是我们两人一起干的事。他又想起她曾说过的一句话:"我们是朋友。"但他对自己是否安全终究有些怀疑。

二

　　舞台监督决定这一天清早就进行排练。他可不想再给演员买一批防毒面具，平白无故又增加一笔开支。防空演习开始的时候排演就应该已经开始，演习未结束前，排练一直进行。戴维斯先生说他想看看新排练的这个节目，所以舞台监督也给他送去了一张通知。戴维斯先生把通知书插在镜子下边，紧挨着一张名片。名片上记的是他的一些姑娘的电话号码。

　　在这套单身汉的现代化公寓里，暖气冷得出奇。同过去一样，柴油机又出了毛病，本来是二十四小时都有的热水也只是刚有一点儿温意。刮胡子的时候，戴维斯先生三番五次割破了皮，下巴上粘着好几个小棉花球。戴维斯先生的眼睛瞟到两个号码：梅费尔区632，博物馆路798。这是寇拉尔和露茜两人的住址。寇拉尔和露茜两个一个皮肤黑黑的，一个白白的；一个刚到结婚年龄，一个小巧瘦弱。这是他的白天使和黑天使。窗玻璃上还挂着黄色的晨雾，一辆汽车发出一阵逆火声，又使他想起莱文：莱文正被一队武装警察包围在一个铁路车场里，绝对不会漏网。他知道马尔库斯爵士会把一切都安排妥当的。他很想知道如果一个人早晨醒来,知道自己活不过今天,该是什么滋味。"说不定哪个时辰就大限临头。"戴维斯先生心里乐滋滋地想,一边涂抹他的止血笔,把棉花团贴在较大的伤口上。但是如果一个人像莱文那样知道自己的末日已到,是不是还会因为暖气不够热或者刮脸刀太钝而发脾气呢?戴维斯先生的脑子里充满了伟大的哲学道理,他觉得一个注定走上死路的人计较脸上刮破了几个小口,实在是件荒谬绝伦的事。但是,当然了,莱文在那个小木板房里是不会刮脸的。

戴维斯先生匆匆吃了一顿早餐——两片吐司、两杯咖啡,从食堂里用升降梯送上来的四个腰子和一大片火腿,外加一碟银丝牌果酱。他想到莱文绝不会吃上这样丰盛的早餐,不禁得意非常。被判死刑的犯人在监狱里或许能吃到一顿丰盛早餐,可是莱文绝办不到!戴维斯先生最反对浪费东西。这顿早饭他花了钱,所以在吃第二片面包的时候他把剩下的黄油和果酱全都抹上了。一小滴果酱掉在他的领带上。

除了惹得马尔库斯爵士不愉快外,只有一件事叫戴维斯先生有些放心不下:那个女孩子。他怪自己太头脑发热了:开始想杀死她,后来又不想杀死她。这都要怪马尔库斯爵士。马尔库斯爵士要是知道了这个女孩子的存在,指不定要怎么惩治他呢,他当时简直吓得晕头转向了。但是现在这件事已经没有关系了。大家都知道女孩子是莱文的共犯,法庭不会相信罪犯对马尔库斯爵士的控告的。戴维斯先生在想这些事的时候,把防毒演习的事完全忘记了。他只想到如今万事大吉,他该到剧场去散散心了。在去剧场的路上,他在一台自动售货机上投进两枚六便士硬币,买了一包太妃糖。

他发现考里尔先生非常苦恼。新节目已经非练了一次，穿着皮外衣坐在前排座位上的梅迪欧小姐看过后评论说，这个节目太庸俗。梅迪欧小姐说她不反对戏里有点儿黄色的东西，但是这里表现得太低级。这是音乐喜剧，不是滑稽剧。梅迪欧小姐怎么想，考里尔先生倒不在乎，但是梅迪欧小姐可能代表着寇恩先生……考里尔先生说："如果您能说说哪一点庸俗……我简直看不出来……"

戴维斯先生说："再演一遍。要是有庸俗的地方，我告诉你。"他在梅迪欧小姐后边的位子里舒舒服服地往后一靠，嘬着奶油糖。梅迪欧小姐大衣的温暖的皮毛味和身上高贵的香水味一阵阵飘进他的鼻子来。他觉得这是生活中最大的享受，整个剧团都属于他一个人所有，至少百分之四十属他所有。当舞台上上来一群女孩子，个个穿着蓝色短裤、红色条纹衫，系着乳罩，戴着邮递员的帽子，手里拿着象征丰饶的羊角，戴维斯先生开始挑选起自己的"百分之四十"来：右边那个生着吊眼眉的黑皮肤姑娘，那个腿比较胖的大嘴姑娘（女孩子嘴大是个好门面）。女演员扭着屁股在两个邮筒中间跳着，戴维斯先生津津有味地嘬着太妃糖。

"这个舞剧叫《两个人的圣诞节》。"考里尔先生说。

"为什么？"

"你看，那些羊角是圣诞节礼物，古典式的礼物。'两个人'使人想到一点儿两性关系。凡是标着'两个人'的节目总有点儿那个意思。"

"我们已经有了一个《两个人的房间》了，"梅迪欧小姐说，"还有一个什么《两个人才能做一场梦》。"

"'两个人'是不嫌多的。"考里尔先生说。他又可怜巴巴地央求说："你能不能给我说说，到底什么地方庸俗？"

"比如说，那些羊角。"

"羊角是古典的，"考里尔先生说，"来源于希腊。"

"再比如，那些邮筒。"

"邮筒？"考里尔先生几乎是歇斯底里地喊起来，"邮筒有什么不好？"

"亲爱的，"梅迪欧小姐说，"如果你不知道邮筒为什么不好，我可不告诉你。如果你找些太太来，成立一个委员会，我倒不妨同她们讲讲。如果你坚持要邮筒，你得把它们染成蓝色，变成航空信件邮筒。"

考里尔先生说："这是在做游戏吗？"他又气冲冲地问，"这是什么时候，你还要写信？"在考里尔先生转过身来的时候，演员们随着钢琴的叮咚声继续以极大的耐心跳着。她们把羊角献出来，又对着台下举起羊角，裤子上镶着的玻璃扣子在屁股上闪闪发光。考里尔转过身对台上生气地大喊道："别跳了好不好？让我好好想一想。"

戴维斯先生说："不错嘛，就这么演吧。"他觉得能驳斥梅迪欧小姐一下心里非常舒服。梅迪欧小姐身上的香水味弄得他心旌摇曳，既然他打败不了她，又不能同她睡觉，让她小小地下不来台也多少满足了自己的欲望——征服一个出身高贵的妇女的欲望。他从青年时期起就一直做这种梦，那时他在英国中部一所纪律森严的寄宿学校里，他在课桌和位子上都刻上了自己的名字。

"您真的认为这样演挺好吗，戴维南特先生？"

"我姓戴维斯。"

"对不起，戴维斯先生。"这一下可铸成了大错，考里尔先生想，他把这位新的赞助人得罪了。

"我可觉得太低级了。"梅迪欧小姐说。戴维斯先生又往嘴里放了一块太妃糖。"往下演吧，朋友，"他说，"只管演下去。"戏又接着演下去，轻歌曼舞叫戴维斯先生神驰心荡，那歌声有时充满渴望，有时又甜美又哀愁，有时又勾得人心里发痒。戴维斯先生最喜欢那种甜美的曲调。当台上唱起"你有点儿像我妈妈"时，戴维斯先生真的想起了自己的妈妈。他真是个最理想的观众。一个人从舞台侧翼走出来，对考里尔先生喊了一句什么。考里尔先生尖声大叫："你说什么？"一个身穿浅蓝色短上衣的演员机械地继续唱着：

你美丽的照片

只是那最甜蜜的一半……

"你是说圣诞树？"考里尔先生喊道。

在你的十二月里

我将永远记忆……

考里尔先生尖声喊："把它拿走。"歌声唱到"另一个妈妈"

一个被出卖的杀手 233

时突然中断了,年轻人说:"你弹得太快了。"他同伴奏的人争论起来。

"我不能拿走,"站在舞台侧面的人说,"是订购的。"说话的这个人穿着一条围裙,戴着一顶布帽。他说:"是用一辆两匹马的马车拉来的。你最好来看一看。"考里尔出去了一会儿马上又走回来。"我的天!"他说,"那棵树足有十五英尺高。是谁开的玩笑?"戴维斯先生正在一个幸福的梦境里:一间豪华的大厅,熊熊的炉火,他的拖鞋烤得暖烘烘的,空中飘着一股好像梅迪欧小姐身上的高贵的香水味,他正要同一个非常可人、但出身高贵的女孩子上床睡觉。他们是这天早上在主教主持下正式结婚的。这个女孩子使他想起了自己的母亲。"在你的十二月里……"

他突然听见考里尔先生说:"还有一木箱玻璃球和蜡烛。"

"什么?"戴维斯说,"是我的小礼物来了吗?"

"您的——小——?"

"我想你们要在舞台上举行圣诞节晚会,"戴维斯先生说,"我想和你们全体艺术家认识一下,共度圣诞佳节。跳一会儿舞,唱一两支歌。"看来对方显然并不热情,"多开几瓶香槟酒。"考里尔先生的脸上浮现出苍白的笑容。"啊,"他说,"您太客气了,戴维斯先生。我们非常感谢。"

"我送的圣诞树好不好?"

"很好,戴维——戴维斯先生,太了不起了。"穿浅蓝色运动服的年轻人忍不住要笑出声来,考里尔先生使劲瞪了他一眼。"我们都很感谢您,戴维斯先生。姑娘们,我们都很感谢,是不是?"全体人好像经过排练似的,温文尔雅地说了句:"可不是吗,考里尔先生。"只有两个人例外:梅迪欧小姐闷声不响,那个皮肤黝黑、眼睛乱转的女孩子过了两秒钟才说:"那还用说。"

这个女孩子引起了戴维斯先生的注意。与众不同,他带着赞赏的心情想,不随大流。他说:"我要到后边去看看那棵圣诞树。别让我影响你们排戏,朋友。你们接着排吧。"戴维斯先生走进舞台侧翼,圣诞树摆在化妆室前面,挡住了他的去路。一个电工正在往树上安一些小玩意儿,在电灯泡照耀下的一堆乱糟糟的道具中间,这株圣诞树给人以森冷、威严的感觉。戴维斯先生搓了搓手,心头涌起一股久已埋藏掉的童年的喜悦。他不由得赞叹了一句:"太好看了。"他充满了节日恬静、安详的心情,偶尔闪过的、关于莱文的念头只不过像飘在熠熠生辉的马槽上的几朵乌云而已。

"这棵树是不错。"一个声音说。这是那个皮肤黝黑的女孩子。她跟他走进后台来,下一个排演节目里没有她的角色。她生得比较矮,胖胖的,并不太漂亮,坐在一只箱子上望着戴维斯先生,带着一副既阴沉又友好的神情。

"增加了节日气氛。"戴维斯先生说。

"一瓶香槟酒也会的。"女孩子说。

"你叫什么名字?"

"鲁比。"

"排练完了以后跟我去吃点儿东西怎么样?"

"看来你的女朋友都不见了,是不是?"鲁比说,"我对吃一份洋葱牛排不反感,但是我可不愿意你跟我变魔术。我的男朋友不是侦缉人员。"

"你说什么？"戴维斯先生大声问道。

"你那个姑娘的男朋友是伦敦警察局的人。他昨天到剧团找她来了。"

"没什么。"戴维斯先生不太高兴地说。他在考虑这件事的后果。"你跟我出去是很安全的。"他又说。

"你知道，我这人干什么也不走运。"

尽管戴维斯先生又听见了一桩不愉快的事，兴致还是很高。他可不是莱文，连小命都快保不住了。他的呼吸还带着刚才吃过的腰子和火腿味。他的耳边仍然回响着那句歌词："你美丽的照片只是那最甜蜜的一半……"他舔了舔粘在臼齿上的一点儿糖渣说："你现在走运了。你遇见我算是找到福神了。"

"我看你这人还可以。"女孩子说，出于习惯，阴沉沉地瞪了他一眼。

"大都会饭店，中午一点整，怎么样？"

"我会去的，除非我叫汽车撞了。我就是那么不走运，好容易有人请吃一顿饭，就会叫汽车撞上。"

"那倒也怪好玩儿的。"

"看你管什么叫好玩儿了。"女孩子说，身体在箱子上挪了挪，给戴维斯先生让了个地方。他们俩并排坐下，看着圣诞树。

"在你的十二月里，我将永远记忆。"戴维斯先生把一只手放在她赤裸的膝盖上。这支曲子以及圣诞节气氛使他心情比较严肃。他的手虔诚地平放在那女孩子的膝上，就像主教用手抚摸一个唱诗班孩子的脑袋似的。

"辛巴德[1]。"女孩子说。

"辛巴德?"

"我的意思是说蓝胡子。这些童话剧把我脑子都搞糊涂了。"

"你不怕我吧?"戴维斯先生一边安抚女孩子,一边把头靠在她戴的邮递员帽子上。

"如果再有女孩子失踪,肯定该是我了。"

"她不该离开我的,"戴维斯先生柔声细气地说,"刚吃过饭就跑掉了。让我孤零零地一个人回家去。要是同我在一起,她就不会遇到危险了。"他试探着用一只胳膊搂住她的腰,捏了她一把。正好这时一个电工走过来,他又连忙把手松开。"你是个聪明的姑娘。"戴维斯先生说,"你在戏里应该演主角。我敢说你的嗓子一定很好。"

"我的嗓子好?我的嗓子简直跟雌孔雀的一样。"

"让我吻一下成吗?"

"吻吧。"他俩接了个吻。"我怎么叫你?"鲁比问,"管一个请我吃饭的人叫先生,我觉得有点儿可笑。"

戴维斯先生说:"你可以叫我——威利。"

"好吧,"鲁比说,愁眉苦脸地叹了口气,"希望你准时去,威利。大都会饭店。一点。我一定到。我只希望你别爽约,不然我的洋葱牛排就告吹了。"说完,她又回到舞台去,到她出

---

[1] 辛巴德是《一千零一夜》中《辛巴德水手》里的主人公;下文提及的蓝胡子是法国夏尔·佩罗(Charles Perrault,1628—1703)所作的童话中的人物,杀死了自己的多个妻子,所以戴维斯才问鲁比是否怕他。

一个被出卖的杀手 237

场了。阿拉丁说什么……她对旁边一个女孩子说:"这人真容易上钩。"当他来到北京?"问题是,"鲁比说,"这些人我总是拴不住。都是同你鬼混一阵就跑掉了。但是不管怎么说,看样子我今天中午可以大吃一顿了。"她又说,"我又犯老毛病了,忘了把手指别起来[1]了。"

戴维斯先生已经看够了排练,他到剧场来的目的已经达到了。现在要做的只是对剧团的电工和别的一些人说几句客气话就成了。他穿过化妆室从容地往外走,逢人便寒暄几句,掏出金制烟盒敬人一支香烟。谁知道将来会不会用得上他们?他对后台的情况不太熟悉,以为在服装员中间或许也能发现——怎么说呢,年轻的、有才华的姑娘,值得约到大都会饭店去吃一顿饭,鼓励一番。但他马上就看清了:所有的服装员都是上了年纪的女人,她们搞不清他为什么要溜到后台来,有一个老婆子居然还到处盯着他,生怕他藏在哪个姑娘的更衣室里。戴维斯先生觉得大失脸面,但他还是始终客客气气的。他从剧场后面走到寒冷的街头,对剧场挥了挥手。该去中部钢铁公司转一转,见见马尔库斯爵士了。

商业街空荡荡的,几乎没有行人,只是警察比往日多了许多,叫他感到有些奇怪。他把防空演习的事忘得一干二净了。谁也没有出面阻拦他,虽然没有人说得清戴维斯先生究竟是做什么的,所有的警察却都认识他。人们说这个头发稀疏、大肚皮、两臂浑圆、满是皱褶的人是马尔库斯爵士的一个年轻助手。他们这样说倒也没有什么讥笑的意思。既然马尔库斯爵士已经老得不能

---

[1] 把手指别起来:英国迷信认为把两个手指交叉能带来好运。

再老，相形之下，戴维斯先生自然称得起年轻了。戴维斯先生向马路对面的一个警官快活地挥了挥手，又往口里放了一块太妃糖。把伤员送到医院不是警察的事，因此没有人拦着他不叫他走路。看得出来，他那一团和气的胖脸很容易就会翻脸不认人，对你大发雷霆。警察看着他向制革街走去，脸上虽然没有表情，心里却盼望着他会闹出点儿什么笑话来。他们好像看着一个极有身份的人正走向一道结了冰的滑坡。

从制革街对面走过来一个戴着防毒面具的医学院学生。戴维斯先生并没有马上就看到对面走来的这个人，在他发现后，他似乎被那防毒面具吓了一大跳。他想：这些和平主义者做得也未免太过分了，哗众取宠，无聊至极。医学院学生拦住了戴维斯先生，对他说了一句什么，因为声音被面具遮住，戴维斯先生并没有听清。他把胸脯一挺，盛气凌人地说："你胡说什么？我们早有准备了。"突然间，他想起来了：这是防空演习。他马上变得和气起来。这是爱国主义，不是反战分子的挑衅。"哎呀，哎呀，"他改口说，"我忘了。当然了，是演习。"防毒面具的厚镜片后面，一双眼睛正在盯住他，被面具笼罩住的话语模糊不清，戴维斯先生感到有些局促不安。他用开玩笑的语气说："你不会把我送到医院去吧？我的事挺多。"医学院学生一只手揪住戴维斯先生的胳膊，好像在沉思什么。戴维斯先生看到街对面走过一个警察，脸上带着笑容，不由一阵气血上涌。空中的晨雾还没有完全散尽，一队飞机从雾气里穿过去，向南郊飞机场飞去，街头回荡起一阵低沉的隆隆声。"你看，"戴维斯先生努力不使自己的脾气发作，"演习基本已经结束了。马上解除警报的汽笛就

一个被出卖的杀手　239

要响了。让我在医院里浪费掉大好时光太没有意义了。你是认识我的。我叫戴维斯。诺维治的人谁都认识我。不信你问问对面的警察。谁也不能说我不爱国。"

"你认为演习快过去了？"那人问。

"我很高兴，你们年轻学生都这么热心。"戴维斯先生说，"我希望不久我会在医院看到你。医院每次有什么重要活动我都去。只要我听过你的声音我就决不会忘记你。可不是吗，"戴维斯先生说，"上次医院增设新手术室，我就是捐得最多的那个。"戴维斯先生很想继续赶路，可是那个戴面具的人却始终拦着他。如果绕到马路上走过去，叫人看着未免有失身份。也许那个人会认为他想逃跑，说不定还会扭打起来，白叫警察在街角上当笑话看。他突然对那个警察恨得要命，就像乌贼放了一股墨汁似的，戴维斯先生的心里也泛出一股毒液，把他的思想都染黑了。那个穿着警察制服的大猴子……居然敢笑话我……我要叫警察局把他撤职……我要同卡尔金谈谈这件事。他继续和颜悦色地同面前戴面具的人理论，一个瘦削的小个子，比孩子大不了多少，白袍子穿在身上晃晃荡荡的。"你们年轻人，"他说，"在干一件出色的事。我太佩服了。一旦战争爆发——"

"你是说你叫戴维斯吗？"那闷声闷气的声音说。

戴维斯先生突然冒火了："你在浪费我的时间，我有要紧事。我当然是戴维斯。"他又努力压下自己的怒火说，"你看，我是个讲道理的人。我可以给你们医院捐一点儿钱，只要你说个数目。捐给你们十镑，就算赎金吧。"

"好，"那人说，"钱在哪里？"

"你可以相信我不会骗你的，"戴维斯先生说，"我身上从来不带那么多钱。"他有点儿吃惊，对方好像笑了一下，这人太无礼了。"好吧，"他说，"你跟我到我办公室去一趟吧，我把钱给你。但是我得要你们会计给我一张正式收据。"

"会给你收据的。"那人用平板的语调说，往旁边一站，给戴维斯先生让出路来。戴维斯先生的好性子又完全恢复了，他唠叨地说下去："你戴着那玩意儿，大概吃不了太妃糖。"一个递信的小孩从他身边经过，防毒面具上面歪戴着帽子，他嘲笑地对着戴维斯先生吹了一声口哨。戴维斯先生的脸一阵发红，手指痒起来，很想去扯那孩子头发，揪他耳朵，拧他手腕。"小孩儿这回可有得好玩的了。"他说。他想同这位医学院学生谈谈自己的私事。同医生在一起他总有一种安全感，而且奇怪地感到自己是个要人。他可以把有关自己消化系统的一些最荒唐的事告诉医生，他认为医生会认为这些事极为重要，正像写幽默文章的作家乐于听别人讲滑稽故事似的。他说："我最近老爱打嗝。每次吃饭以后都打嗝。我吃东西并不快……但是，当然了，你现在还在读书期间。但这方面的事你知道得一定比我多。另外我眼睛还老冒金星。也许我该少吃一点儿。可是这一点都不容易做到。因为像我这种地位的人每天都得应酬。比如说……"他攥住对方的胳膊，意在不言中地捏了一下，但是那个医学院学生毫无反应。"如果我答应你今天不吃午饭，那是白说。你们医学生通达世故人情，我告诉你也没关系。我跟一个姑娘有约会。在大都会饭店，中午一点。"由于某种联想，他摸了一下口袋，看看太妃糖是否还在那里。

他们又遇见一个警察，戴维斯先生向他招了招手。同戴维斯先生一起走的人始终一声不响。戴维斯先生想：这个年轻人非常腼腆，不习惯同我这样的大人物一起走路。这个想法使他原谅了年轻人的粗鲁无礼，甚至他对自己的不信任（戴维斯先生对这点本来就非常气愤）多半也出于年轻无知。因为早餐的腰子和火腿烧得都非常好，因为他给了贵族出身的梅迪欧小姐一点儿颜色看，因为他同一个有才华的姑娘定了约会，也因为这时莱文的尸体一定躺在停尸房的冰冷的石板上。因为所有这些事，戴维斯先生情绪非常高，对人也就特别和气。他拼命找一些话和这个年轻人闲扯，想打消他的局促不安。他说："新手术室开幕的那天你们演出的那个节目很精彩。"他看了看那人细瘦的手腕，"你会不会就是那个装扮女孩子的学生，还唱了一支胡闹的歌？"在转进制革街的时候，戴维斯先生想起了那首歌词，不由得哈哈大笑起来。无论是在喝葡萄酒的时候，在俱乐部里，或是同熟人在一起，戴维斯先生只要一想起那些只能跟男性讲的粗俗的笑话，就要大笑一通，连他自己也数不清笑过多少回了。"简直要把我乐死了。"他把一只手搭在同伴的胳膊上，走进钢铁公司的玻璃门。

一个陌生人从墙角后边走出来，问讯处柜台后面一个办事员提高嗓子对他说："没事儿。这是戴维斯先生。"

"怎么回事？"戴维斯先生一本正经地厉声问道。他已经回到了自己的营地，马上就端起架子来了。

便衣侦探说："我们的眼睛得睁着点儿。"

"莱文？"戴维斯先生尖声问道。那人点了点头。戴维斯先生说："你们把他放跑了？真是一群饭桶……"

侦探说:"您用不着害怕。只要他一露面,我们马上就把他抓起来。这回他绝对逃不掉了。"

"但是你干吗要到这儿来?"戴维斯先生说,"你在这儿等着……"

"这是命令。"那人说。

"你告诉马尔库斯爵士了吗?"

"他知道了。"

戴维斯先生一下子感觉自己非常疲倦,好像顿时变得老态龙钟了。他厉声对自己的同伴说:"跟我来,我把钱给你。我没有时间跟你浪费。"他拖着两只脚,有气无力地穿过一条用发亮的黑色合成材料铺面的过道,走向玻璃电梯间。戴着防毒面具的人也跟在他后面,穿过过道,走进电梯。电梯平稳地缓缓上升,这两人关在里面,就像鸟笼里两只亲密相依的小鸟。大厦一层又一层地被甩在下面,一个穿黑衣服的办事员正在办一桩神秘的差事,东奔西走,需要不少主办人签名;一个女职员捧着一叠卷宗,站在一间门还没有打开的办公室外边,嘴里念念叨叨,正在准备如何回答上司;一个送信的小孩脑袋上顶着一捆新铅笔,一边走一边玩儿。最后,电梯在一层空无一人的楼道上停住。

戴维斯先生有一件心事,他走得很慢,轻轻地扭动自己办公室的门把手,倒仿佛害怕屋子里有人等着他似的。但是他的办公室里并没有人。通向套间的门开了,一个有着蓬松的金黄头发、戴着角质镜框眼镜的年轻女人招呼了一声"威利",但是在看到还有一个生人在场时,她马上又改口说:"戴维斯先生,马尔库斯爵士在找你。"

一个被出卖的杀手

"知道了，康奈特小姐，"戴维斯先生说，"你可以给我找一份火车时刻表来吗？"

"你要走——马上就走？"

戴维斯先生犹豫了一会儿。"查一查到伦敦的车次——下午的。"

"好的，戴维斯先生。"康奈特小姐回到自己的办公室去，屋子里又剩下他们两个人了。戴维斯先生打了个寒战，他把电灯打开。戴着防毒面具的人问了一句话，他那闷声闷气的声音似乎叫戴维斯先生想起了一件什么事。"你是不是害怕什么？"那人问道。

"城里有一个疯子。"戴维斯先生说。他的神经非常紧张，倾听着走廊上任何响动：脚步声、电话铃响……刚才他实在是鼓足了勇气才说出"下午"两个字的。按照他的本意，他真希望立刻就离开诺维治市，而且走得越远越好。墙壁后边，一台倒垃圾用的小升降梯咯吱地响了一下，吓得他打了个哆嗦。他走过去把倒垃圾的小门上了锁。只有把每一扇门都锁上，严严实实地关在这间熟悉的办公室里，他才感到安全。这间屋子里的东西是他每日看惯的：写字台、转椅、摆着两只酒杯和一瓶葡萄酒的玻璃柜、书架、书架上放着的几本有关钢铁的科技书、一本《维台克年鉴》、一本《当代名人传》和一本《东方宠姬》。看着这些东西比去想楼下的侦探叫他心情舒服多了。他仔细打量着身边的这些杂物，倒好像第一次才发现它们似的，这是因为他从来没有感到过这间小屋子能够给他这么多平静和舒适。墙后的小升降台绞绳又咯咯吱吱地响了一下，戴维斯先生第二次打了个哆嗦。他把双层玻璃窗关好，气呼呼地叨咕了一句:"叫马尔库斯爵士等会儿吧。"

"谁是马尔库斯爵士?"

"我的老板。"通向他的女秘书的一扇门还开着,戴维斯先生有些不安,会不会有人从那边进来。现在一点儿也不忙了,他没有什么要紧的事要办,需要有个人陪着他。他说:"你没有事吧?把那玩意儿摘掉,戴着它多闷啊。来,咱们喝杯葡萄酒。"在走向玻璃柜的时候,他顺手把女秘书的门关上,上好锁。他长吁了口气,从玻璃柜里取出酒瓶和酒杯。"现在真的没有别人了,我想跟你说说我这打嗝的毛病。"他满满地斟了两杯酒,但是不知怎么回事,手却不住地颤抖,葡萄酒洒了一桌子。他说:"每次都是吃过饭以后……"

那闷声闷气的声音说:"钱……"

"真的,"戴维斯先生说,"你这人太没礼貌了。你怎么能不相信我?我是戴维斯。"他走到写字台前边,打开一只抽屉,拿出两张五镑的钞票递过去。"记着,"他说,"我可要你们的会计开一张正式收据来。"

那人把钱装在口袋里。他的手放在口袋里没有拿出来。他说:"这不会也是偷来的吧?"戴维斯先生的脑子里马上出现了一幅图景:里昂街的角屋冷饮店、阿尔卑斯雪糕、一个杀人犯坐在桌子对面给你讲他如何杀死一个老妇人的事。戴维斯尖叫了一声,没能说出什么话来,只是一声哀求饶命的呼喊,像一个上了麻药的人在手术刀划破肉皮时发出的一声毫无意义的叫声。他惊慌失措地向屋子的另一头跑去,一把攥住套间的门把手,使劲扭动。他像是一个身体被阵地前沿铁丝网钩住的士兵。左冲右突,

一个被出卖的杀手 245

却怎么也挣扎不出来。

"过来吧,"莱文说,"那扇门你已经锁上了。"

戴维斯先生回到自己的写字台前边。他的两腿一软,扑通一声坐在纸篓旁。"我生病了,"他说,"你不会杀死一个病人的。"这个主意好像给了他一线希望。他使劲打着嗝,叫对方知道自己确实病得厉害。

"我先不杀你。"莱文说,"也许我会饶了你的命,只要你老老实实地按照我的话做。这个马尔库斯爵士,他是你的老板?"

"他年纪很老了。"戴维斯先生辩解说。他坐在纸篓旁边哀声痛哭起来。

"他有事找你,"莱文说,"咱们一起去吧。"接着他好像是自言自语地说,"我早就等着这一天呢。把你们两个一起找到。真是太巧了,我简直都不敢相信了。起来,起来!"他气冲冲地命令瘫软在地板上的这一团肥肉。

戴维斯先生在前面带路。康奈特小姐从过道另一端迎面走来,拿着一个纸片。"我查好车次了,戴维斯先生,"她说,"最合适的一趟是三点零五分的。两点零七分的太慢了,比三点零五分的早到不了十分钟。还有一趟是五点十分的,剩下的就都是夜间开的了。"

"放在我桌子上吧。"戴维斯先生说。他站在豪华的近代化的楼道上磨磨蹭蹭,不肯离开康奈特小姐,好像要和一千种东西告别:他的财富、他的权势、他舒适优裕的生活,只要给他机会的话,他都要和它们告别,甚至对那些"姑娘们"他也想说几句温存话，这还是他过去从来没有想到过的呢。"好，你把它放在我桌子上吧。"他拖延着不肯迈腿。莱文一声不吭地站在他后边，手插在衣袋里。康奈特小姐发现他的脸色很不好，问道："您不舒服吗，戴维斯先生？"

"我挺好。"戴维斯先生说。他像是一个深入蛮荒之地的探险家，在离开文明境界之前，觉得有必要留下一个标记。万一以后有人寻找他，那标记就会说："向北"或"向西"可以找到我。戴维斯先生说："我们到马尔库斯爵士那里去，梅。"

"他急着要找你呢。"康奈特小姐说。这时屋子里的电话铃响起来。"说不定又是他打来的。"她的高跟鞋一阵噔噔响，向自己的办公室走去。戴维斯先生感到那只无情的手推了一下自己的胳膊肘，叫他继续往前走，上电梯。他们又升上一层楼，当戴维斯先生打开电梯门的时候，又是一阵恶心。他很想干脆倒在地上，让枪弹从脊背后射进自己身体里。通向马尔库斯爵士房间的那段亮闪闪的楼道对戴维斯先生来说不啻摆在一个气喘吁吁的运动员面前的一英里长的跑道。

马尔库斯爵士正坐在他的轮椅上，膝头上摆着一张类似在床上用餐的餐桌。他的贴身男仆正同他在一起。马尔库斯爵士的脸背着房门，但是他的仆人却一眼就看到戴维斯先生面无人色地走进来，身边还有一个戴着防毒面具的医学院学生。仆人感到非常吃惊。"是戴维斯吗？"马尔库斯爵士哑着嗓子说。他掰了一块饼干，喝了一小口牛奶。马尔库斯爵士正在吃早餐，准备蓄积精力应付一天的事务。

"是的，爵士。"男仆说。他惊诧莫名地看着戴维斯先生病

一个被出卖的杀手　247

怏怏地从一尘不染的橡胶地板上走过来，他看起来需要有人搀扶，随时可能跌倒在地上。

"你出去吧。"马尔库斯爵士小声命令他的仆人说。

"是的，爵士。"但这时那个戴面具的人已经把门锁上了。男仆的脸上露出一丝又惊又喜的神色，一种又渴望又不敢相信的表情。是不是终于要发生点儿什么事了？终于要发生一件有异于推着轮椅在橡胶地板上走来走去，有异于给这个老而不死的人穿衣、脱衣（老人虚弱得连洗澡都不成，身上总带着一股臭味），有异于给他端热水、热牛奶和饼干的事了？

"你不出去还等什么？"马尔库斯爵士又低声说。

"靠墙站着。"莱文突然对仆人吆喝了一声。

戴维斯先生气急败坏地喊："他拿着枪呢。快点儿听他的。"其实他用不着说这话。莱文的枪这时已经亮了出来，把三个人都罩在枪口下：男仆靠着墙，戴维斯先生哆嗦着站在屋子中间，马尔库斯爵士把轮椅转过来看着莱文。

"你要干吗？"马尔库斯爵士说。

"你是老板吗？"

马尔库斯爵士说："警察就在楼底下。你逃不走的，除非我——"电话铃响起来，响了好大一阵才停住。

莱文说："你胡子底下有个疤痕，对不对？我不希望把事情搞错。他有你的照片。你们俩在一个少年管教所待过。"他怀着一肚子怒气环顾了一下这间豪华、宽敞的大办公室，脑子里又出现了喑哑的铃声、石头台阶、木椅和那间狭小的公寓，电炉上正在煮鸡蛋。这个人显然比那个老部长爬得高多了。

"你发疯了。"马尔库斯爵士仍然珍惜着自己的力气,声音低低地说。他年纪太老了,已经不会被什么意外的事吓住了。一支手枪对他说来并不比坐椅子的时候迈错一步、进浴盆的时候滑一跤危险性更大。他似乎只是感到有些气恼,因为早餐被打断而心里不痛快。他把头俯到餐桌上,大声呷了一口热牛奶。

男仆靠着墙突然开口说:"他有一块疤。"但是马尔库斯爵士根本不理会这些人,只顾喝自己的牛奶,牛奶滴落在他稀疏的胡须上。

莱文的枪口对着戴维斯先生转动了一下。"是他吧?"他说,"要是你不想叫你肚子上吃枪子,你就老实告诉我,是这个人吧?"

"是他,是他。"戴维斯先生满脸恐惧、低声下气地说,"他想出了个主意。是他出的主意。公司那时候已经周转不灵了。我们得想办法赚钱。这件事叫他一下子赚了五十多万镑。"

"五十万镑!"莱文说,"可他只给我二百镑,而且还不能用。"

"我跟他说过,应该大方一点儿,可是他叫我闭嘴。"

"要是我当时知道那个老人是那样一个人,"莱文说,"我就不干了。我为你们把一个人的脑袋打碎了。还打死了个老妇人,一颗子弹从两只眼睛中间射进去。"他对马尔库斯爵士大声喊道:"这都是你干的好事。你觉得干得挺漂亮,是不是?"但是马尔库斯爵士坐在那里一点儿表情也没有,他老得连想象力也丧失了。他亲手制造的死亡同他在报纸上读到的凶杀案没有什么两样。他有的只是一小点儿馋嘴(贪喝一杯牛奶),一小点儿不道

一个被出卖的杀手 249

德行为（偶尔把他的老爪子放到女孩子衬衫上面摸到一点儿生命的热气），一小点儿贪心和计算（一条命换来五十万英镑），外加一小点儿固执的、几乎可以说是习惯性的自卫本能。这就是马尔库斯爵士的全部感情了。正是由于求生的本能，他才不叫对方发觉，一点点儿把轮椅向桌边的电铃移过去。他柔声细气地说："我否认这些。你发疯了。"

莱文说："我现在已经找到你们了，而且这个地方也再合适没有了。即使警察把我打死，"他拍了拍手中的枪，"这也是个见证。这就是我那次使用的枪。根据这支枪，他们会知道那次是谁作的案。你们叫我把枪丢下，我没听你们的话。即使我不打死你们，那件事也够关你们几年监牢的。"

马尔库斯爵士一面偷偷地转动轮椅，一面继续柔声细气地说："一支七号柯尔特。这个牌子的枪，兵工厂制造了成千上万支。"

莱文生气地说："现在警察局对枪支有很深的研究，没有他们调查不出来的。他们有专家——"他想在打死马尔库斯爵士以前先好好地吓唬吓唬他。叫马尔库斯爵士比被他打死的那个老妇人少受罪，似乎太不公平了。他说："你要不要祈祷？你是犹太人，是不是？比你好的人也相信上帝的。"他说这话时，心里想的是那个叫安的女孩子，他想到她在那间黑暗的小木板房里祈祷的事。马尔库斯爵士的轮椅碰到了写字台，启动了电铃，一阵铃声从电梯井下面隐隐传上来。铃声很久也没有停息，但是莱文似乎根本没有注意到，直到那个男仆压制不住多年的积恨，警告说："这个老浑蛋，他在按警铃了。"莱文还没有想到该怎么办，已经有人来到门外，晃动起门把手来。

莱文对马尔库斯爵士说:"叫他们别碰这扇门,不然我就开枪了。"

"你这傻瓜,"马尔库斯爵士哑着嗓子说,"他们抓住你,只不过拿你当小偷办。要是你杀死人,就要处绞刑了。"但是戴维斯先生却不这样,只要能够保住性命,连一根稻草他也抓住不放。他尖声对门外喊:"离门远一些。看在上帝的面上,不要靠近房门。"

马尔库斯爵士咬牙切齿地说:"你是个傻瓜,戴维斯。他要是想打死咱们,反正——"在莱文拿着枪比着他们的时候,这两人狗咬狗地争吵起来。"他没有理由要打死我,"戴维斯先生尖声喊道,"这件事是你闹出来的。我只不过是代表你。"

仆人哈哈笑起来。"二对一,好滑稽。"他说。

"闭嘴。"马尔库斯爵士恶狠狠地对戴维斯先生说,"我可以随时把你弄走。"

"你试试看。"戴维斯先生像只公孔雀似的嘎嘎叫着。

门外传来用身体撞门的声音。

"西兰德金矿我已经备了案。"马尔库斯爵士说,"东非石油公司我也备了案。"

莱文一阵气往上蹿。在叫马尔库斯爵士祈祷的时候,他本来有一种即将获得安详宁静的感觉,但这两人却搅得他心烦意乱起来。他举起枪来,对着马尔库斯的胸口开了火。这是唯一使他闭嘴的方法。马尔库斯爵士一下子趴在餐桌上,牛奶杯打翻了,写字台上的文件被打湿了一片。他口中吐出鲜血。

戴维斯先生不停嘴地为自己申辩。"都是他,这个老魔

一个被出卖的杀手 251

鬼，"他说，"你听见刚才他说的话了。我有什么办法？我被他握在掌心里。你不应该跟我过不去。"他对门外尖声叫道："离开门。你们要是不走开，他就要打死我了。"牛奶一滴滴地落在写字台上，戴维斯先生向门外喊过话后，马上又对莱文说起来："要是没有他，我是不会做什么的。你知道他想怎么惩治你？他到警察局长那里去，让局长给警察下命令，一发现你就开枪。"戴维斯先生的眼睛躲着对着他胸口的手枪。仆人靠着墙，面色苍白，一言不发，好奇地望着马尔库斯爵士往外淌血，气息越来越弱，似乎被这个景象迷住了。事情原来这么简单啊，他好像正在想，如果我也有勇气……这么多年来……随便哪个时候……

门外一个声音喊道："你还是马上开门吧，不然我们就用枪把门锁打穿了。"

"看在上帝的面上，"戴维斯先生气急败坏地尖叫着，"你们别管我了。他会打死我的。"防毒面具后面的一对眼睛心满意足地紧紧盯着他。"我没有做任何对不起你的事。"他哀求道。他从莱文的头上面看到墙上的挂钟：从吃过早餐到现在还不到三个小时，他的嘴里还挂着腰子和火腿味儿，他不能相信这就是他生命的尽头了，一点钟他跟一个女孩子还有个约会，哪有赴约之前被人打死的道理？"没有做过对不起你的事，"他嘟囔说，"真的没做过。"

莱文说："是你，想杀死……"

"谁也没有，我没想杀过谁。"戴维斯先生呜咽着说。

莱文踌躇了一会儿，他还不习惯说这个字。"我的朋友。"

"我不知道。我不懂你在说什么。"

"往后站，"莱文对门外喊道，"你们要是开枪我就打死他。"他又转过来对戴维斯先生说，"那个女孩子。"

戴维斯先生抖成一团，好像害了圣维特斯舞蹈症。他说："她不是你的朋友。她要是不说，这些警察怎么会到这儿来……除了她谁还知道……"

莱文说："我就为了那件事要把你打死，不为别的。她是正直的。"

"别，"戴维斯先生尖声喊，"她是一个警察的女朋友。他是伦敦警察局警察的女朋友。她是麦瑟尔的女友。"

莱文的枪响了。出于绝望，他有意打碎了自己最后一个逃生的机会。本来一枪就可以解决问题，他却打了两枪，好像他打的不是这个号叫着淌着血的胖子戴维斯先生，而是整个世界。他开枪射击的确实是这个世界。因为一个人的世界就是他的生命，而莱文开枪打碎的就是他一生的生活：他母亲的自寻短见、少儿管教所里的长年幽禁、赛马场的流氓集匪、凯特之死、老部长和老妇之死……他没有别的任何出路。他试图向一个人忏悔，但结果仍然像过去一样碰了壁。除了你自己脑子里想象的人以外，谁也无法信任：没有一个医生、一个牧师或一个女人可以信任。城市上空响起了汽笛的长鸣声：防空演习结束了。教堂马上敲起了庆祝圣诞的钟声。狐狸还有自己的洞窟，可是人之子却……一颗子弹把门锁射穿了。莱文齐腰举着枪，对门外喊："你们里面有没有一个叫麦瑟尔的狗崽子？要是有，最好叫他靠后一点儿。"

在他等着房门最后被打开的短短一刹，许许多多的事一下子都涌到他的脑子里来。他记不清细节，只是模模糊糊的一团迷

一个被出卖的杀手 253

雾，在他等着最后一场复仇的机会到来时，他的心就被这团雾气笼罩着。在落着雪子的一条黑暗的街道上，飘着一个人的歌声："他们说有这是一个男人从格陵兰带来的雪莲……"一个老年人用平板、文雅的语调在读着《莫德》："啊，我多么希望，经过长久的哀思……"他站在汽车库里，感到自己心头上的冰块正在融化，有一种奇异的痛苦。他好像正在穿过一个陌生国土的关卡，过去从来没有到这里来过，今后也决不会再离开这个地方。咖啡馆里的驼背女孩子说："他又丑又坏……"石膏做的圣婴躺在母亲怀抱里，等着背叛的十字架、鞭打和长钉。她对他说："我是你的朋友。你可以相信我。"又一颗枪弹从门锁打进来。

靠墙站着的那个仆人脸色苍白，对莱文说："看在上帝的面上，别打了。他们总会逮住你的。他说的是实话。是那个女孩子。我听他们打电话说了。"

我的动作要快，莱文想，门一打开，我必须先开枪。但是他的脑子里千头万绪乱成一团。他嫌面具遮住眼睛看不真切，便用一只手笨拙地把它摘掉，扔在地上。

仆人看到了莱文脸上红肿的嘴唇，一对漆黑、愁惨的眼睛。他说："从窗户出去。爬到楼顶上去。"但是他不知道这个人思想已经麻木了，自己也拿不定主意是否要做最后一番挣扎。他迟缓地把头转过去，窗外一台油漆工人使用的吊台正晃晃悠悠地贴近大玻璃，第一个看见的还是马尔库斯爵士的仆人。站在油漆工吊台上的是麦瑟尔，他这次干的是一件拿生命当儿戏的事。吊台晃来晃去，麦瑟尔一手拉着一根绳子，一手在够窗户，在莱文转过身来的时候。他悬在窗户外面，身下六层楼底下才是狭窄的制革街，完全没有办法掏出自己的手枪。对莱文采说，他是一个毫无自卫能力的活靶子。

莱文呆呆地看着他，慢慢开始瞄准。打中这个人并不是难事，但是他好像已经失去杀人的兴趣了。他现在感觉到的只是痛苦和绝望，是一种对一切事都已厌倦的心情，就连这次又被人出卖也引不起他的愤怒和仇恨了。冷雨飘摇下漆黑的威维尔河已经把他和一切敌人分隔开了。啊，基督！我多么希望……但是他自从诞生以后便注定要落得这么一个下场，被一个又一个人出卖，直到通向生活的每一条道路都被堵住．被他死在地下室的母亲出卖，被管教所里的牧师、被夏洛特街上那个鬼鬼祟祟的医生出卖，没有一个人同他站在一边。他又怎能逃脱得了世界上最最常见的一种出卖——女人的善变呢？就连凯特也是这样，如果不是因为女人，他一定没丧命呢。不论是彭利滋还是卡特尔，不论是姚西还是巴拉尔德，不论是巴克尔还是"大丹狗"，或迟或早都坏在女人手里。莱文一边想，一边心不在焉地慢慢瞄准，他有一种奇怪的屈辱感，但在孤独凄凉中却感到自己并不孤单。他又想到了"伞兵"和梅休，这两人都曾经认为他们的女朋友和别人的不同，他们的爱情是崇高的。一个人出生以后唯一要考虑的问题就是如何比降临人世更干净、更利落地离开人世。莱文第一次对他母亲的自杀不再气恨了。正当他犹豫不决地瞄准窗外时，背后的门被撞开了，桑德斯的子弹从背后打进他的身体。死亡带着无法忍受的痛苦降临在他身上。他必须像女人分娩婴儿一样分娩自己的痛苦。剧烈的阵痛使他呜咽着、呻吟着，最后从他体内出来了，莱文随着自己的独子走进广阔无垠的寂寥中。

第八章

一

　　每逢有人进出餐馆，便从里面漏出一股菜香。当地的扶轮社社员正在楼上的雅座里会餐。鲁比站在门口，可以听见酒瓶瓶塞砰砰的开启声，还有人在朗读打油诗。已经一点过五分了。鲁比走到外边和看门人聊天。她说："最糟糕的是，我这个人最讲究守时。他告诉我一点钟，我就准时到这儿来了，一心想好好吃一顿。我知道女孩子应该让男人等着，可是架不住肚子饿呀！他就不能准时来吃饭吗？"过了一会儿她又说："问题是我老不走运。我是那种女孩子，连寻寻开心都不敢，因为准知道自己会怀孩子。我不是说我已经有孩子了，但是有一次我真的传染上腮腺炎了。你说怎么会有这种事。成年人会传染给我腮腺炎？可我就是这种事事不走运的人。"她又说："你穿着这一身镶边的制服，戴着好几个勋章，可真漂亮。你是不是可以跟我说几句话呀？"

　　市场比平常任何时候人都多，因为防空演习刚刚结束，想最后买一点儿圣诞节用品的人都出来晚了。只有阿尔弗雷德·派克尔太太一个人是戴着防毒面具出来买东西的，因为她是市长夫人，得给别人做个榜样。现在她已采购完毕，正在回家的路上。她的小狗秦基跟在她身边，在泥泞的地上拖着肚子和腿上的长毛，嘴上还叼着一个特制的小面具。秦基走到一根电线杆子底下，尿了一摊尿。派克尔太太说："哦，秦基，你这个小坏东西。"看门人满脸愠怒地向市场那边眺望着。他戴的是蒙斯[1]勋章和军人勋章。他负过三次伤。每当商人们到这里来进餐，什么克罗斯威特·克罗威特公司的高级旅行推销员呀，大马路上大食品杂货店的经理呀，他都要把玻璃门给人打开。有一次他还不得不跑到马路上搀扶一个胖子走下出租汽车。他走回餐馆，站在鲁比旁边听她闲扯，脸上没有表情，心里却充满了同情。

"晚了十分钟了。"鲁比说，"我本来以为这个人是信得过的。我本来应该摸摸木头或者把指头交叉起来的。现在倒霉，算我活该。我宁愿丧失了荣誉也不愿失掉一顿午餐。你知不知道这个人？很爱摆架子。说是他叫戴维斯。"

"他总是带女人到这儿来吃饭。"看门人说。

一个戴夹鼻眼镜的小个子从他们身边走了进去。"圣诞节快乐，哈罗斯。"

"祝您圣诞快乐，先生。"看门人说，"你同这个人交往不长的。"

"我连一盘汤都还没喝上呢。"鲁比说。

一个卖报小孩走过去，叫卖《新闻报》中午出的号外和《日报》的晚版。几分钟以后又有一个卖报的小孩走过去，叫卖《邮

---

[1] 蒙斯市位于比利时，第一次世界大战期间（1914年8月），英国远征军第一次与德国军队在此交锋。

报》出的号外和一份贵族报纸《卫报》的晚版。听不见卖报小孩口里喊的是什么，他们手里的广告被东北风刮得卷了起来，只能看见一张上有一个"——剧"字和另一张上的一个"——杀"字。

"也应该有个限度呀，"鲁比说，"女孩子可不能那么自轻自贱。十分钟是最大的限度了。"

"你等了可不止十分钟了。"看门人说。

鲁比说："我就是这种人。你会说我太容易上手了，是不是？我也是这么想，但是我好像从来也不能引动他们。"她又非常悲惨地加了一句，"问题在于，我是个生来就使男人幸福的人。这从我的一举一动都看得出来。就因为这个，他们都不愿意接近我。我一点儿也不责怪他们。我自己也不喜欢我这样。"

"看，那是警察局长，"看门人说，"到局里喝酒去了。他在家里老婆是不许他喝的。祝您圣诞愉快，先生。"

"他好像有什么急事。"一张报纸广告飘动着露出一个"悲——"字来。"他会不会招待一个女孩子一顿配有洋葱、土豆的上好牛排？"

"你听我说，"看门人说，"你再等五分钟我就下班了，咱们一起去吃午饭。"

"你说话可得算数。"鲁比说。这次她没有忘记把手指交叉了一下，又摸了摸木头，然后走进饭店，坐下来，同假想中的舞台监督进行了一场很长的谈话。她脑子里的这位大人物样子同戴维斯先生差不多，但是同人定了约会从不爽约。舞台监督称赞她是个有才能的演员，请她出去吃饭，吃过饭以后把她带到一套豪华的公寓里，请她喝了好几杯鸡尾酒。他问她愿不愿意签订一个合同，到伦敦西区演出，周薪十五镑。他还对她说，想请她看看自己的公寓住房。鲁比胖嘟嘟的面孔上愁云消散了，她开始兴奋地摆动起一条腿来，惹得一个正在计算正午市场价格的商人非常生气，狠命瞪了她一眼，唠叨着搬到另外一张台子上。鲁比开始自言自语起来："这是餐厅，从这里通向浴室。这是卧室，很雅致，是不是？"鲁比马上回答说她同意每周十五英镑，但是她还需要在西区演出吗？想到这儿，她抬头看了看钟，走了出去。看门人正在等着她。

"怎么？"鲁比说，"你就穿着制服陪我出去吗？"

"我只有二十分钟时间。"看门人说。

"那就吃不了牛排了。"鲁比说，"好吧，我想香肠也凑合了。"

他们走到市场另一边一家小餐馆里，坐在柜台前面吃香肠，喝咖啡。"你这身制服叫我真不舒服，"鲁比说，"谁都以为你是个带着女朋友出来散心的卫兵。"

"你们听见枪声了吗？"柜台后边的人问他们说。

"什么枪声？"

"就在你们饭店拐角的中部钢铁公司里边。死了三个人。老魔鬼马尔库斯爵士和另外两个人。"他把中午版的报纸摊开，放在柜台上热水罐旁边。隔着香肠、咖啡杯和胡椒瓶，马尔库斯爵士那张邪恶、苍老的脸和戴维斯先生那张焦灼的胖脸瞪着眼睛看着他们。"原来他没来赴约是这么回事啊。"鲁比说。她半晌没有说话，只顾埋头看报。

"我真搞不懂莱文要干什么。"看门人说，"你们看这里。"他指给他们看这一栏下面的一小段报道。这条新闻说，伦敦警察局特别政治部的负责人已经乘专机到达诺维治市，下机后直赴中部钢铁公司。"我一点儿也看不懂。"鲁比说。

看门人翻了几页，想看看别的什么消息。他说："真奇怪，眼看就要打起仗来，他们头版却在报道什么谋杀案，把战争的消息挤到后边去了。"

"也许不会打仗了。"

他们闷头吃了一会儿香肠。鲁比觉得很奇怪，戴维斯先生刚刚还跟她一起坐在道具箱上欣赏圣诞树，现在却被人打死了，而且死得那么惨，那么痛苦。也许他还是准备来赴约的。他不是个坏人。她说："我觉得他挺可怜。"

"你觉得谁可怜？莱文？"

"啊，不是莱文。我是说戴维斯先生。"

"我知道你的感情。我也觉得有点儿可怜——那个老家伙。我在中部钢铁公司干过事。他有时候心肠很好，过圣诞节的时候到处送火鸡，不算太坏。比我在饭店干事强多了。"

"咳，"鲁比把杯子里的咖啡喝干说，"还是得活下去啊。"

"再喝一杯吧。"

"我不想敲你的竹杠。"

"没关系。"鲁比坐在高凳子上把身体倚在他身上，两个人的手碰到一起。他们两人因为都有一个认识的人突然惨死而感到心情有些沉郁，但是又因为这种共鸣好像找到了同伴，心头有一种甜丝丝的、寻得依靠的奇怪感觉。他们好像感到很安全，好像沉浸在没有情欲、没有变幻无常，也没有痛苦的爱情里。

二

桑德斯向一个中部钢铁公司的职员打听了一下盥洗室的位置。他洗了洗手,心里想:"这件事算完了。"他干得并不太满意,本来是个简单的盗窃案,结果却出了人命,连凶手本人一共死了三个人。整件事有一种神秘气息,但是却什么也没有暴露出来。麦瑟尔这时正同政治部负责人一起,在最高一层检查马尔库斯爵士的私人书信和文件。那个女孩子说的事有可能是真的。

桑德斯被那女孩子搅得心神不安。一方面他不得不佩服她的勇气和鲁莽,另一方面他又恨她给麦瑟尔带来的痛苦和折磨。"得把她带到伦敦警察局去,"麦瑟尔说,"可能要对她提起控诉。乘三点零五分的火车去伦敦,安排她在一间单独的车厢里,把门锁起来。在这个案子调查清楚以前我不想和她见面。"唯一令人欣慰的是,莱文在停车场打伤的那个警察已经安全度过了危险期。

桑德斯离开中部钢铁公司,走到制革街上,因为无事可做感到难受。他在市场的转角走进一家酒馆,喝了一品脱苦啤酒,吃了两根冷香肠。生活好像又恢复了常态，又在正常的轨道上运行起来。酒吧间后面的墙上挂着电影院的广告，广告旁边的一张招贴引起了他的注意："新法治疗口吃病。文学硕士蒙泰古·菲尔普斯先生将在共济会大厅公开讲解，免费入场，会上进行募捐。时间：二点整。"一家电影院正放映埃迪·坎特的新片，另一家电影院则放映乔治·亚理斯主演的影片。桑德斯准备在临开车以前再回警察局去押解那个女孩子。过去他试过很多很多治疗口吃的办法，现在再试一次倒也无妨。

共济会大厅非常宽敞，墙上挂着共济会领导人物的大照片，所有的人都戴着绶带和不知什么名堂的勋章。这些照片上的人物个个像生意兴隆的杂货店经理，给人以颇难忍受的安宁、幸福感。这些营养充足、事业成功、地位有保证的人高高地挂在墙上，而下面大厅里则是一小群不得其所的人，穿着老旧的胶布雨衣，戴着褪了色的紫红色呢帽，系着学校的领带。桑德斯跟在一个战战兢兢的胖女人后面走进了大厅。一个招待员过来问："两——两——两——""一个。"桑德斯说。他在靠前边的一个位子上坐下，听着身后两个口吃的谈话。这两人叽叽喳喳，说得和中国话似的。他们急促地连续说出几个字以后便结结巴巴起来。大厅里一共聚集了大约五十人。他们偷偷摸摸地彼此看着，就像丑人照镜子一样。从这个角度看，桑德斯想，我的口吃倒还不是最厉害的。这些人聚在一起像是找到了难友，正因为彼此不能顺畅地交际，倒好像他们思想都是柜通的一样。所有的人都在等待着一个奇迹。

桑德斯同大家一起等待着，正像他站在装煤的车皮后面等莱

一个被出卖的杀手 265

文现身一样耐心。他并没有感到多么沮丧。他知道他对自己欠缺的这种本领也许过分看重了。即使他说话非常流利,不再担心那些总是使他陷入窘地的齿音,可能他仍然无法表达出他的爱慕和钦佩来。具有讲话的能力并不等于掌握了要说的言辞。

　　文学硕士蒙泰古·菲尔普斯先生走上讲台。他穿着一件礼服大衣,漆黑的头发涂了很多油,发青的下巴薄薄地扑了一层粉。他身上带着一股坚定自信、无所畏惧的神气,好像对患有口吃病、抑郁沮丧的人说:"看啊,只要你们也有信心,跟我上几次课,一定能治好口吃。"这位蒙泰古·菲尔普斯先生年纪四十二三岁,看来生活很富裕。他一定有自己的一套不能公之于众的生活。看到他你不由得联想到舒适的软床、丰盛的饭菜和布莱顿的旅馆。桑德斯一时想起了戴维斯先生。这天上午他还看见戴维斯先生神气活现地走进中部钢铁公司的大厦,没过半个小时就惨不忍睹地送掉性命了。

　　莱文杀了他几乎没有造成任何后果,杀人只不过像是梦中的一个幻境。戴维斯先生现在又显身出来了。这些人都是一个模子里铸造出来的,你是永远也打碎不完所有棋子的。突然,桑德斯从蒙泰古·菲尔普斯先生的肩膀上看到讲台上面挂着的共济会领导人的照片:一张苍老的脸、鹰钩鼻子、一小撮胡须,那是马尔库斯爵士。

三

卡尔金少校走出中部钢铁公司的时候脸色煞白,他第一次看到了杀人流血的惨景。这就是战争啊。他脚步匆匆地走到警察局,发现督察也在局里,心里安定下来。他神情谦恭地要了一杯威士忌酒,开口说:"真叫人心惊胆战。昨天晚上他还在我家吃饭呢。派克尔太太也去了,带着她的小狗。我们费了好大劲儿才瞒住他,没叫他发现那条狗。"

督察说:"派克尔太太的狗惹了不少祸,真比诺维治市任何人惹的麻烦还多。我跟你说过没有?有一次它溜进大马路的女厕所去了。这条狗看起来一点儿也不起眼,可是动不动就闹出点儿事来。如果不是派克尔太太的,我们早就把它处置了。"

卡尔金少校说:"他要我给你们下个命令,那人一露面就开枪把他打死。我告诉他我不能下这个命令。现在我想,要是真照他的话做了,可能会少死两个人呢。"

"你别为这件事后悔了,长官。"督察说,"你也知道,你就是发布这种命令我们也不会执行的。不要说你,就是内政部大臣下命令也不成。"

"这个老家伙是个怪人，"卡尔金少校说，"他似乎认为我肯定能够支配你们。他对我许了很多诺。我猜想他是你们所谓的那种天才。这种人我们再也找不着了。真是可惜。"他又给自己斟了一杯威士忌。"正好在这样一个时期，我们非常需要像他这样人的时候。战争……"卡尔金少校握着酒杯停了一会儿，眼睛愣愣地盯着杯子里的酒。他好像在那里面看到了很多东西：新兵训练营、衣橱里的军服……现在他再也不能提升为上校了。但是话又说回来，马尔库斯爵士也阻拦不了……但是说来奇怪，他不再像过去那样一想到主持军事法庭就兴高采烈了。他接着说："防空演习似乎进行得很顺利。但是我觉得不太应该叫医学院学生管那么多事。他们闹得太过火了。"

"他们有一伙人，"督察说，"大吼大叫地从警察局前面跑过去，到处找市长。我真弄不懂，这些人为什么像猫儿捉老鼠似的总要去捉弄市长。"

"老派克尔是个好样儿的。"卡尔金少校心不在焉地说了一句。

"他们闹得太过火了。"督察说，"我接到威斯敏斯特银行经理希金波坦的一个电话，说他女儿在车库里发现了一个学生，没穿裤子。"

卡尔金少校又活过来了。他说："我想那一定是罗斯·希金波坦了。她不会说假话的。她怎么做的？"

"希金波坦说她把他着实训了一顿。"

"应该训训他。"卡尔金少校说。他转动了一下手里的酒杯,把剩下的威士忌一口喝干:"我一定得把这件事告诉老派克尔。你是怎么回答他的?"

"我告诉他,他女儿没有在车库里发现一具死尸,还算万幸。你知道,莱文的衣服和防毒面具就是从这个学生身上剥下来的。"

"可是这个学生到希金波坦家去干什么呀?"卡尔金少校说,"我想我要去银行兑一张支票,问问老希金波坦这件事。"他开始笑起来。空气中的迷雾已经澄清了,生活又恢复了常态:一件丑闻,同督察喝一杯酒,给老派克尔讲个新闻。他在去威斯敏斯特银行的路上差点儿和派克尔太太撞个满怀。为了躲开这个女人,他不得不一头钻进路旁一家商店里。秦基走在派克尔太太前头,他非常害怕那条狗会跟着他走进商店。他做了个姿势,仿佛向街心抛去一个球,但是秦基不是喜欢和人闹着玩的狗,再说它嘴里已经叼着一只小防毒面具了。卡尔金少校急忙把背转过来,俯身在柜台上。他发现这是一家卖缝纫用品的小店,过去他从来没有到这种店铺来过。"您要买什么,先生?"店主问。

"吊裤带,"卡尔金少校急中生智地说,"我要买一副吊带。"

"什么颜色的,先生?"

卡尔金少校斜着眼睛看着秦基从店铺门口走过,派克尔太太跟在后面也走了过去。"紫红的。"他如释重负地说。

四

老妇人轻轻关上街门，踏着脚走过漆黑的过道。如果是生人，在这间屋子里是看不清路的。但是她对这里每件东西的位置都一清二楚：帽架在什么地方，摆杂物的桌子在什么地方，楼梯在什么地方，她全了如指掌。她手里拿着一张晚报，为了不扰乱阿基，轻手轻脚地打开厨房门。她的脸上露出又惊又喜的神色，但是却没有出声。她把提篮拿到滴水板前边，把篮子里的东西——土豆、一个菠萝碎块罐头、两个鸡蛋和一块鳕鱼——放在板子上。

阿基正在厨房桌上写一封长信。他把他妻子用的紫墨水推在一边，使用自己最好的一瓶蓝黑墨水。他用的笔是拥有狭长墨槽的钢笔。他写得很慢、很小心谨慎，有时一个句子先在另一张纸上起好稿，然后才抄在信纸上。老太太站在污水池旁边看着他，等着他首先讲话。尽管她连大气也不敢出，呼出的气息有时却带着小哨的声音。最后，阿基把笔放下。"怎么样，亲爱的？"他说。

"哦，阿基，"老妇人喜形于色地说，"你猜怎么着？查姆里先生死了。叫人打死了。"她又补充说,"已经登报了。莱文也死了。"

阿基看了一会儿报纸。"真可怕,"他心满意足地说,"还死了一个别的人。真是一场大屠杀。"他仔细读着这段新闻。

"真没想到,咱们诺维治会发生这种事。"

"他是个坏蛋,"阿基说,"但是现在他人已经死了,我也就不便说他的坏话了。他把我们牵扯进了一件让我感到羞愧的事。我想,今后咱们住在诺维治没有危险了。"阿基的脸上现出极端疲倦的神情,看了看他用工笔小字写的三张信纸。

"哎呀,阿基,你把自己累坏了。"

"我想这封信会把事情都澄清的。"阿基说。

"给我念念,亲爱的。"老妇人说。她背靠着污水池,非常耐心地等着自己的老伴读信,一张恶毒的、皱皱巴巴的老脸露出一种温柔多情的样子。阿基开始读信。开始时,他读得很慢,不是很顺畅,但是读了几句,就从自己的声音里取得了信心。他抬起一只手摸了摸衣领。"主教大人钧鉴……"他读道,"我现在给您写一封正式信件,因我不愿叨冒和您旧日的交谊。"

"就这么写,阿基,真没有人比得上你。"

"这是我第四次给您写信……与上次相隔约十八个月。"

"有那么久吗,亲爱的?那次是我们到克拉克顿旅行回来。"

"约十六个月……我完全了解您上次复信的内容。您认为我的事情已受宗教法庭正式审理,早已结案。但如果您能认识到我如何身受冤屈,主教大人,您的正义感一定会叫您竭尽全力,重

一个被出卖的杀手　271

新开庭听我申诉的。如果此事发生在别人身上，只会认为是生活中的一个小节，而我却因此而含冤终身。尤有甚者，即此小节过失也是枉加在我头上的。"

"写得太好了，亲爱的。"

"下面我就转入具体情况：主教大人，请您想一下，一个旅馆的女仆一年以前在一间黑暗屋子里见过一个人（根据她的证词，她承认当时那人没有允许她拉开窗帘），一年之后她在法庭上如何能发誓证明这是同一个人呢？至于看门人的证词，我当时在法庭上就提出疑问：是不是上校和马尔克·艾格尔顿太太对这人行了贿。但法庭不允许我提出这个问题。这种根据诽谤、误解和假证而定的罪，您认为公正吗？"

老妇人又怜悯又有几分骄傲地笑了："这是你写得最好的一封信了，阿基。"

"主教大人，人所共知，马尔克·艾格尔顿上校在教区宗教会议上是我的死敌，法院这次调查可以说是他一手挑唆起来的。至于马尔克·艾格尔顿太太，则是一条人所不齿的母狗。"

"这么写好吗，阿基？"

"亲爱的，有时候一个人被逼到死胡同里，只能把心里的话说出来，此外再也没有别的办法了。再往下我就把我过去的证词再仔细申述一遍，但是这回我把论据提得尖锐多了。最后，我用世俗的人能理解的道理为自己申辩。"这一段他已经背得下来了，于是他就以他的妻子为对象慷慨激昂地讲起来，一对深陷的、疯狂的、好像圣徒似的眼睛紧紧盯着她。"主教大人，即使那人的假证和受人贿买的证词都实有其事，那又怎样呢？难道我犯的是不可原宥的罪

272

恶,难道我就应该为此终生忍受折磨,失去生计,甚至得靠着不体面的手段才能养家糊口?人是由肉体和灵魂两部分组成,这一点再没有谁比我知道得更清楚了。主教大人,就是您,我也在寻欢作乐的场所看见过。即使像我这种穿着教衣的人偶然犯了一点儿情欲过失也是可以原谅的,连您自己,主教大人,当年肯定也是个偷情的老手。"他说话说得有点儿上气不接下气,停了下来。两个人又恩爱又敬畏地互相凝视了一会儿。

阿基又接着说:"下面我打算写一点儿关于你的事。"他看了看他妻子身上拖到地面的黑裙、肮脏的上衣和满是皱纹的黄脸。从他的表情看,没法不承认他的感情是非常非常纯洁的。"亲爱的,"他说,"我不知道我会落到什么田地,如昊——"他开始给信件的下一段打腹稿,一边往纸上写一边大声朗读。"在这漫长的考验——不,漫长的困苦折磨中……如果没有我的爱妻的支持,我不知道……我想象不出自己会落到什么田地。她对我非常信任、矢无二心,不,她对我矢志不渝、诚心相待。而我这样一个贤惠的妻子竟遭到马尔克·艾格尔顿太太的诋毁、鄙视,倒好像上帝只选择那些有钱有势的人去侍奉他似的。这次审判至少教会了我区分朋友与敌人。但就是在审判中,我妻子的证词,一个相信我、热爱我的人的证词,却抵不过那些谎言和诽谤,根本未受到重视。"

老妇人俯过身来,眼睛里闪着骄傲和得意的泪水。她说:"太好了。你觉得主教的夫人会读到你的信吗?噢,亲爱的,我知道我该上楼去打扫打扫房间,可能有些年轻人要到这儿来了。可是我就是舍不得离开你,亲爱的。我要在这儿陪着你待一会儿。你

一个被出卖的杀手 273

写的东西叫我觉得自己非常圣洁。"说着,她一屁股坐在污水池旁边的一把硬椅子上,看着她丈夫的手在纸上移动,好像是在看着一个在屋子里浮动的可爱幻影,过去她从来不敢希冀看到它,现在却被她捕捉到手了。"亲爱的,最后我还准备这样写,"阿基说,"在这充满伪证的无情世界里,有一个女人始终是我生活的铁锚,有一个女人我始终可以信赖,直到我生命的尽头,直到我走上生命的彼岸。"

"他们应该惭愧死的。"她哭了起来,"唉,阿基,他们怎么会那么对待你呢?但是你写的话是真的。我决不离开你。我决不离开你,至死也不离开。永远、永远同你在一起。"在这两人这样互相盟誓的时候,他们的两张邪恶、苍老的脸彼此凝望着,脸上流露着为崇高爱情感召出的信任、敬佩和甘愿忍受痛苦折磨的神情。

五

  安被领进一节车厢里。当她被孤零零地扔在那里以后,她偷偷地扭动了一下门把手。正像她预料的那样,门从外边锁上了。尽管桑德斯说话谨慎,极力掩饰自己的行动,安还是知道自己所处的地位。她灰心丧气地望着窗外湫隘、肮脏的火车站。她觉得一切值得挣扎、值得活下去的生活价值都已经失去了,她连一个糊口的工作都没有了。她的眼睛越过一张霍尔利克酒"最适于夜间饮用"的广告牌和一张色彩鲜艳、画着约克郡海滨碧海黄沙的风景画,看到了自己辗转于各处职业介绍所的茫茫前途。火车开始移动了,候车室和厕所从她面前掠过,水泥的月台逐渐倾斜下去,面前展现出一片荒凉的铁轨。

  我多么傻,她想,居然妄想阻止一场战争。三个人丧了命,这就是全部收获。现在,轮到她为三条性命负责了。她对莱文的厌恶不知不觉地消失了。当火车行驶在一片荒凉中——两旁堆积如山的煤堆、破旧的小棚子、抛在岔道上的空车皮、几株从煤灰渣里挣扎出来又枯死的小草,她痛苦而悲悯地回忆起莱文来。她曾经同他站在一条战线上,他是那样真挚地相信过她,她曾经答应过他,决不把他出卖,但是她违背了自己的诺言,连一点儿内心斗争也没有就把他出卖了。莱文临死前一定知道了她的背叛。在他的记忆里,她和那个曾经陷害过他的牧师还有那个向警察打电话告密的医生永远列在了一起。

  好了,她已经失去了她在这个世界上唯一关心的人。她想:痛苦从来就被认为是一种赎罪。她毫无道理地失去了自己的爱人。因为她是绝对不可能阻止一场战争的。人是一种战斗成性的生物,他们需要战争。从桑德斯留在她对面座位上的一份报纸,她读到了一些有关战争的新闻:有四个国家已经完成了战前总动员,最后通牒昨天午夜已经到了最后期限。这些新闻没有登在第一版上,但这只是因为诺维治的居民正在经历一场近在眼前的战争。这场战争是在制革街结束的。她满心恼怒地想:当暮色从受了伤害的黑暗土地上升起的时候,当炼铁炉的红光映现在长长的黑色矿渣堆后面的时候,这里的人多么喜爱这样一场战争啊!而现在她乘着一列火车,慢慢地驶过这一片混沌黑暗,车轮咔嗒咔嗒地辗过重重叠叠的辙岔,宛如一头垂死的野兽正在逃离战场,痛苦不堪爬过无主之地。难道这不也是一场战争吗?

  为了不叫眼泪流出来,安把脸贴在车窗玻璃上:结霜的玻璃冰冷刺骨,使她的情绪稳定了一些。驶过一座新哥特式小教堂和一排乡村别墅的时候,火车的速度加快了,接着窗外出现了郊野风光:田地、缓缓向一扇栅栏门走去的几条牛、破旧的篱笆中一条小巷、一个骑自行车的人正在点车灯……安想要哼一支歌提提精神,但是她唯一记得的曲调是《阿拉丁》和《只是公园》。她想到乘坐公共汽车回家的漫长旅途，电话里的声音，火车离开伦敦前她没有能挤到窗玻璃前同他招手，火车驶过去的时候他背对着她，连最后一眼也没有看到。戴维斯先生从那时候起就开始破坏她的幸福了。

在她凝望着窗外凄清寒冷的田野时，她又想：即使她有能力拯救英国免于战争灾祸，这个国家也许也不值得她这样做。她想到戴维斯先生，想到阿基和他的妻子，想到舞台监督、梅迪欧小姐，她还想到自己公寓的那个女房东，鼻尖上总挂着一滴稀鼻涕。是什么迫使她扮演了这样一个荒诞的角色呢？如果她不主动向戴维斯先生提出到外面去吃饭，莱文也许就进了监狱，另外两个人也就不会丧生了。她努力回忆诺维治商业街上那一张张焦灼的面孔，争着读夜空上映显出的灯光新闻，但是那些脸在她记忆里只是模糊的一片。

通向车厢过道的门打开了。窗外隆冬的暮色越来越浓，她想到了摆在自己面前的还有不少问题。他们是不是还要向她盘问个不休？她大声说："我已经写了供状了。"

麦瑟尔的声音在她耳边响起来："还有几个问题得同你讨论一下。"

她带着绝望的神色转过头来说："你来干什么？"

"我负责审理这个案子。"麦瑟尔坐在她对面的倒座上，眼睛望着窗外。她看着田野从远处奔驰而来，又飞快地消逝在自己肩膀后面。麦瑟尔说："我们已经把你说的那些事进行了初步调查。真是非常奇怪。"

"我没有说假话。"她倦怠地说。

麦瑟尔说："我们已经给伦敦的一半大使馆打了电话，更不要说日内瓦了。当然了，还有伦敦警察局长。"

安带着些气恼地说："真是抱歉，给你添了这么多麻烦。"但是她无法佯装下去。看到麦瑟尔在他身边，看到他那笨拙的、曾经对她非常亲切的大手，看到他那魁梧的身材，她那种冷漠、嘲讽的态度无法再维持下去了。"啊，对不起，"她说，"这句话我早就对你说过无数次了，是不是？我把你的咖啡打翻了的时候说的也是这句话，现在死了这么多人我还是这么说。别的什么话也不能更确切地表达我的意思，是不是？我把事情搞得一塌糊涂。我本以为事情非常清楚。我失败了。我根本没有想伤害你。我以为伦敦警察局局长……"她开始啜泣起来，可是她却哭不出眼泪来，好像眼泪已经枯干了。

麦瑟尔说："我要升职了。我也弄不懂是怎么回事。我自认为把事情搞糟了。"他向前俯着身子，用低低的、祈求的语调向车厢对面说，"我们可以结婚了，马上就结婚……虽然我敢说你现在不想结婚了。你的日子会越来越好。他们会给你一笔钱的。"

这就像走近老板的办公室，本来以为会受到撤职处分，忧心忡忡，没想到却提了一级——或者在戏里面分配给一个主要角色。在现实生活中这种事是很少有的。

"当然了，"他沉着脸说，"你这回会一下子红得发紫。你很可能阻止了一场战争。我知道我没有相信你。我失败了。我本来想我总是信任——我们已经找到不少证据，我本来认为你告诉我的那些事是谎言，现在看来都是真的。我看他们必须撤回那份最后通牒了。他们只能这样做。"他又添了一句，表示很不喜欢这件事闹得尽人皆知。"这将成为本世纪最轰动的一件新闻。"他把身体往后一靠,脸上显出阴沉、忧郁的样子。

"你是说,"她带着不能置信的神情说,"我们一到伦敦,马上就可以去登记结婚?"

"你愿意吗?"

她说:"我就嫌汽车走得太慢了。"

"不会那么快的。还得等三个星期。咱们还没有钱领到特别许可证。"

她说:"你是不是说我能拿到一笔钱?我愿意把它全花在许可证上面。"他俩都笑了起来。突然间,过去三天的噩梦好像一扫而光,都被留到诺维治市的钢铁堆上了。这些事都是发生在那个地方的,他们永远也不需要回到那个出事的地点去了。留下的只是一点儿轻微的不安,只是莱文暗淡的幽灵。如果说活着的人会仍然谈论他,仍然记着他,那只不过是莱文不甘消亡,在进行一场毫无希望的战斗而已。

"虽然如此,我还是失败了。"安说。她的脑子里又出现了小木棚里的情景:莱文把自己的麻袋盖在她身上,摸了摸她冰凉的手。

"失败?"麦瑟尔说,"你获得了最大的成功。"有几分钟,安觉得失败这种感觉好像永远也不会从自己的脑子里消除了,好像她的每一件幸福都要被它投上一点儿暗影。她觉得这件事永远也解释不清,她的爱人是永远也无法理解的。但就在他脸上的阴郁神色消失以后,她感到自己又在经历另一种失败——她不能赎罪了,麦瑟尔的声音驱走了笼罩着她的暗影,在他的笨拙而又温柔的大手下，那暗影已经消失了。

"巨大的成功。"他像桑德斯说话一样，每个字音都说得很真切，因为他越来越清楚那成功意味着什么了。它是值得宣扬一下的。田野从路轨两旁向后奔驰，暗影越来越浓，至少有几年的时间这片土地可以暂时享受到太平了。他是一个英国的公民。他只要求有几年平安无事就可以从事他从心眼里喜爱的工作。正因为时局的动荡，那暂时的安定才格外宝贵。车窗外面，有人在田野上一道篱笆底下燃烧冬日的枯草。一个农民打完了猎，骑着马独自从一条幽暗的小路回家去。那人戴着一顶怪模怪样的老式圆顶帽，胯下的老马羸弱得好像连一条壕沟也跳不过去。一个已经点着灯火的小村庄远远地出现，又飘过去，像是一只悬着灯笼的游艇。一座灰色的英国教堂蹲踞在紫杉树和几百年积累下的坟堆中间，从麦瑟尔面前一掠而过，像是一条老狗守在自己窝中。接着，火车又驶过一个小站的木头站台，一个脚夫正在检视一株圣诞树上的标签。

"你没有失败。"麦瑟尔说。

安一心思念着伦敦。她没有看到窗外昏黑的原野，眼睛停在麦瑟尔的幸福的脸上。"你不了解，"她说，仍然舍不得放开心里的那个幽灵，"我真的是失败了。"但是当火车通过一座高架桥，驶进伦敦市区时，她已经把那个幽灵完完全全忘掉了。桥下一条条灯火通明的狭窄、寒酸的街道像星光一样向四面八方辐射出去，糖果店、卫理公会小教堂、教堂门前石板路上用粉笔写的一些通知……她这时想的正是麦瑟尔刚才想的事：这就是和平的环境。她拂拭了一下玻璃上的水蒸气，把脸贴在上面，怀着幸福和温情贪婪地望着伦敦的夜景。她像是一个失去了母亲的孩子，不得不担负起抚育弟妹的责任，而她却不知道这是一个多么沉重的担子。一群孩子吵吵嚷嚷地在街头上走着，尽管她听不到他们的声音，也看不到他们的嘴在动，她却知道孩子们正在尖声喧闹，因为她自己就是他们中的一员。一个小贩在街角卖炒栗子，她脸上的红光正是那炉火的反光。糖果店里挂满了一条条的白纱袜子，袜子里塞着给孩子预备的廉价圣诞节礼物。"啊，我们到家了。"她叹了口气，高高兴兴地说。那暗影完完全全从她心头消失了。

马上扫二维码，关注**"熊猫君"**

和千万读者一起成长吧！

图书在版编目（CIP）数据

一个被出卖的杀手 /（英）格林 (Greene,G.) 著；傅惟慈译 . -- 南京：江苏凤凰文艺出版社，2017.12
（读客全球顶级畅销小说文库）
书名原文：A gun for sale
ISBN 978-7-5399-7977-9

Ⅰ.①—… Ⅱ.①格…②傅… Ⅲ.①长篇小说—英国—现代 Ⅳ.① I561.45

中国版本图书馆 CIP 数据核字 (2014) 第 295120 号

A GUN FOR SALE by Graham Greene
Copyright © Verdant S.A., 1936
Simplified Chinese translation copyright © 2017 by Shanghai Dook Publishing Co., Ltd.
This edition published by arrangement with David Higham Asscciates Ltd.
through Bardon-Chinese Media Agency
All rights reserved

中文版权 ©2017 上海读客图书有限公司
经授权，上海读客图书有限公司拥有本书的中文（简体）版权
图字：10-2014-453 号

书　　名	一个被出卖的杀手
著　　者	（英）格雷厄姆·格林
译　　者	傅惟慈
责任编辑	丁小卉　姚丽
特邀编辑	姚红成　徐陈健
责任监制	刘　巍　江伟明
策　　划	读客图书
版　　权	读客图书
封面设计	读客图书　021-33608311
出版发行	江苏凤凰文艺出版社
出版社地址	南京市中央路 165 号，邮编：210009
出版社网址	http://www.jswenyi.com
印　　刷	北京中科印刷有限公司
开　　本	880×1230mm　1/32
印　　张	9
字　　数	189 千
版　　次	2017 年 12 月第 1 版　2017 年 12 月第 1 次印刷
标准书号	ISBN 978-7-5399-7977-9
定　　价	59.90 元

如有印刷、装订质量问题，请致电 010-85866447（免费更换，邮寄到付）
版权所有，侵权必究